二見文庫

夢見るキスのむこうに

リンゼイ・サンズ／西尾まゆ子＝訳

The Deed

by

Lynsay Sands

Published by arrangement with Avon,
an imprint of HarperCollins Publishers
through Japan UNI Agency, Inc., Tokyo

読者のみなさまへ

エイヴォン・ブックスから『夢見るキスのむこうに』にのせるメッセージを書くよう頼まれたとき、わたしははじめて、彼らが全米卵巣がん連盟と提携しており、売上金の一部を寄付していることを知りました。わたしにとってそれは、願ってもないことでした。

母を乳がんで亡くして一年後に、わたしはこの作品を書きはじめました。母の死から一年は、ひたすら嘆き悲しんで過ごしたものです。やがて涙もかれ、泣いてばかりいてもしかたがないと気づいて、わたしは読んで笑えるような本を探しました。ところが、見つからなかったので、自分で書いてみることにしたのです。実際、この物語を書きながら、終始おなかを抱えて笑っていました。それが一種のカタルシスとなって意欲がわき、書き終わった瞬間、また次の物語を書きはじめたくなって……作家人生がスタートしたのです。

読者のみなさまにも、わたしが楽しんで書いたように、この作品を楽しんで読んでいただけたらと思います。この物語がみなさまをほほえませ、笑わせ、少しのあいだ悲しみや悩みを忘れさせてくれることを願ってやみません。

マギー・ウィランへ

あなたは母としてできる限りの愛と支え、そして励ましをくれた。
そのおかげでできあがったものを、今、ここにいて見届けてくれたらと願う。

夢見るキスのむこうに

登　場　人　物　紹　介

エマリーヌ(エマ)	エバーハート公爵夫人
アマリ・ド・アネフォード	傭兵団を率いる騎士
ロルフ・ケンウィック	エマのいとこ
フルク	エマの最初の夫。エバーハート公爵
バートランド	フルクのいとこ
レディ・アスコット	バートランドの母親
セバート	エバーハート城の家令
モード	エマの侍女
ブレイク・シャーウェル	アマリの親友。 ともに傭兵団を率いる騎士
オールデン	アマリの従者
リトル・ジョージ	アマリの筆頭家臣
デ・ラセイ	仕立屋
ギザ	お針子
シルヴィー	お針子
リチャード二世	イングランド王
アランデル大司教	大法官
ウィカム司教	前の大法官。エマの結婚式を執り行う

プロローグ

一三九五年五月、イングランド、レスターシャー

控えの間で、エマはそっと周囲の様子をうかがった。いらいらと歩きまわっている者あり、しゃちこばって座っている者あり。だが、誰もが国王に謁見するのを前に神経を張りつめているのは見てとれた。

視線を落とすと、自分が手にしたハンカチをもみしだいていることに気づいた。あわてて力をゆるめ、緊張の証《あかし》を隠すかのようにハンカチを手のなかで丸める。

エマの泣き落としにあい、彼女が国王リチャード二世に直接会って嘆願できるよう手配してくれたのは、いとこのロルフだった。女性が謁見を許されることは珍しい。女性が持ちこむのはたいがいがつまらない問題で、夫か父親に相談すればすむことだというのが世間一般の見方だ。ところがロルフはリチャード二世のお気に入りであるうえ、幼いころから一緒に育ったエマを妹のように思ってくれていて、彼女の望みならば、できるだけかなえようとしてくれる。嘆願の内容は説明したくないと言っても、ロルフはエマの謁見を願いでることに同意し、王もまた——不運なことに——鷹揚《おうよう》にそれを受け入れた。

くしゃくしゃになったハンカチを袖のなかにたくしこみ、エマは膝の上に手を置いてもじもじしないよう努めた。謁見を実現させるため、ありとあらゆる手をつくしてきたのだが、待ちに待った瞬間が間近に迫った今、彼女は後悔しはじめていた。どうしてこんな突拍子もないことを思いついてしまったのだろう？　こうと思ったら猪突猛進《ちょとつもうしん》、立ちどまってじっくり考えてみるということをしないたちなのだ。今回も直接王に訴えようと思いたつなり、深く考えもせずに実現へと突っ走った。衝動的かつ、強情。それが自分の欠点なのはわかっている。この調子だと、いずれとんでもない目にあうだろう。少なくとも教区のガンプター神父にはそう言われていた。

「レディ・エマリーヌ」

名前を呼ばれてぎくりとし、エマは顔から血の気が引くのを感じた。ついに自分の番が来た。国王陛下に謁見するのだ。ああ、なんてこと！　やっぱりやめておけばよかった。

「どうかなさいましたか？」ためらうエマを見て、執事長が片方の眉をあげた。彼女は臆病風に吹かれた自分に毒づきながら、威勢よく立ちあがった。好むと好まざるとにかかわらず、わたしは今ここにいる。わたしの希望で。最後までやりとげ、いい結果が出ることを願うしかない。

エマは背筋をのばし、執事長に近づいた。彼が優雅に踵《きびす》を返し、この一時間人々が入っては出てきたドアへとエマを導く。ほとんどの人は入って、出ていった。ひとりを除いて。そ近衛兵《このえへい》の気の毒な男は、何を言ったかはわからないが、どうやら王の機嫌を損ねたらしい。近衛兵が怯《おび》えきった男を引きずるようにして、どこかへ連れ去った。たぶんロンドン塔行きなのだろう。彼女は緊張した面持ちで謁見の間に入り、王が腰かけている椅子に近づいた。

王の右側にどこかの司祭、左側にはウィカム司教の失脚後大法官となったアランデル大司教が立っている。彼を見て、エマの脳裏を不吉な思いがよぎった。この新しい大法官はどうも好きになれない。きわめて高慢で狡猾《こうかつ》な人物に見える。彼女を前にしたときの表情からも、それが見てとれた。話を聞く前から、時間の無駄だと決めつけたそうな顔をしている。

必死に気持ちを奮《ふる》いたたせようとしたものの、ふと、これから自分が話すことはまさに大司教の正しさを証明するようなものだという気がして、エマはまた弱気になった。まったく、なんてばかなことを思いついてしまったのかしら。

「レディ・エマリーヌでございます、陛下」

エマは思わず振り返り、取り次ぎを終えて退出する執事長を見やった。そして、見なければよかったと思った。なにしろ、王宮に入るのははじめてだ。ふさわしい作法がまったくわからない。まわりの人のまねをするしかないのだが、執事長はおじぎをしたままあとずさりして部屋を出ていったのだ。自分もああいう格好で退出しなくてはいけないのだろうか？だとしたら、とんでもなくぶざまな姿をさらすことになりそうだ。

「レディ・エマリーヌ？」

エマはまたびくりとして三人のほうを振り返ると、深く膝を折っておじぎをし、王に顔をあげよと言われるまでそのままでいた。

「そなたがロルフのいとこなのだな？」リチャード二世はエマを上から下まで見やり、好奇心のまじった口調で言った。

「はい、陛下」エマは落ち着かなげに身じろぎし、喉の奥に居座る不安をのみこむようにして答えた。いっそのこと直訴はやめにしてこの場を辞そうかと思ったが、そんな無礼を働いたら、先ほどの不運な男のように部屋から引きずりだされるかもしれない。それに、ロルフの顔に泥を塗ることにもなる。

「ロルフ卿《きょう》に、そなたに会うよう頼まれたのだが？」

エマは唇を噛《か》んでうなずいた。

リチャード二世は辛抱強く待ったが、しばらくして、わずかに目を細めた。「どういった用件だろうか？」

顔が赤くなるのを感じながら、エマは王の両脇に立つふたりの男性に目をやった。謁見に国王以外の人がいるとは考えなかった。実を言えば、謁見のこと自体、何も考えていなかった。ただ、ロルフを説得して、国王に直訴する機会をつくってもらおうと心に決めただけなのだ。いざ、こうして王とふたりの側近の前に立っていると、緊張のあまり頭が混乱し、恐怖でいっぱいになる。誰のせいかは明らかだ。

すべて大司教のせいだわ、とエマは決めつけた。怖い顔でこちらをにらみつけているあの男のせいだ。王は問いかけるように穏やかなまなざしを向けてくるだけだし、司祭は単に興味深げな顔をしているのに対し、アランデル大司教の表情は沈黙が続くにつれ険《けわ》しさを増していた。

「レディ・エマリーヌ?」

エマはリチャード二世に視線を戻した。想像していたような人ではなかった。さほど年配でないこと――たぶん彼女より四歳年上くらい――は知っていた。そして、一年ほど前に妻を失って以来悲しみに暮れているという話は、王宮から遠く離れて暮らし、噂話《うわさばなし》とも無縁なエマの耳にも入っていた。リチャード二世はアン王妃のことを深く愛していたらしい。政略結婚では珍しいことだ。それにしても、もっと威圧感のある人物を想像していた。正直なところ、エマから見ると、大司教のほうが恐ろしかった。今も見る者を委縮させるような顔つきをしている。

視界の隅に小さな動きをとらえて視線をふたたび戻すと、リチャード二世が椅子の肘掛けをいらだたしげに指でたたいていた。エマは背筋をのばして切りだした。「申し訳ございません、陛下。お話しいたしたいのは……」言葉を切り、かすかに頬を赤らめて言いにくそうに続ける。「個人的な問題でして」

王が同情するようにやさしく言った。「かまわない、時間をかけて話すといい」

エマはうなずいたものの、自分の手を見おろし、ため息をつき、深く息を吸い、話をはじめようと口を開いて、また途方に暮れたように首を振った。「なんとお話ししていいか」

リチャード二世が物問いたげに片眉をあげる。エマはため息をついた。今さら逃れようはない。そう覚悟を決めて、一気に言った。「陛下、ご存じのようにわたしはフルク卿、エバーハート公爵と結婚しています」

王が重々しくうなずいた。「ああ、それは知っている。謁見を申しでたのは夫に関することなのか？」

エマは力なくうなずいた。ばかなことを思いついた自分を心のなかでののしりながら。「はい。あの……わたしは……つまり、結婚はしているのですが、今日まで夫はその気に……どうやら……ええと……」今、わたしの顔はまっ赤になっているに違いない。頬が燃えるように熱い。彼女は表情をくもらせた。

リチャード二世の眉が興味深げにつりあがり、アランデル大司教の眉は不快感もあらわにひそめられる。

「彼がその気に？」王は怪訝《けげん》な顔つきになり、椅子から身をのりだして言った。司祭も、そして苦々しげな表情を浮かべながらではあるが大司教も、身をのりだしている。

エマは三人の男性をゆっくりと見渡し、切ない声で訴えた。「夫は結婚式の日以来、一度もベッドをともにしてくれないんです」

三人ともぽかんと口を開けた。最初に気をとり直したのは大司教で、けしからんと言いたげにきっと口を引き結んだ。その動きにつられ、王もゆっくりと体を起こし、口を閉じた。だが司祭は、まるでエマがいきなり服を脱いでチェスをしましょうと誘ったかのように、口をあんぐり開けたまま彼女を見つめている。

その無礼な態度は無視することに決め、エマは袖口から滑り落ちてきたハンカチをつかむと、それをむなしくよじりながら、王の答えを待った。

かなりの時間がたったころ、リチャード二世が身じろぎし、咳払《せきばら》いし、頭をかきながら尋ねた。「つまり、その……状況がそなたは……不満なのだな？」

確信が持てずにいるような言い方だ。エマは眉をわずかにあげた。王が戸惑っているのは、一般的にレディは夫婦の営みを楽しまないものと思われていることに関係があるのかもしれない。少なくともガンプター神父に相談したときはそう言われた。エマ自身は好きでも嫌いでもなかった。いずれにしてもほかに子供をもうける方法はないのだから、受け入れるしかない。

「わたしは子供がほしいのです、陛下」彼女はきっぱりと言った。「結局のところ教会でも、それが妻の務めと教えているではありませんか。わたしは義務を果たし、夫の名を継ぐ跡継ぎをもうけたいのです」話しながらちらりと大司教を見ると、先ほどまであった眉間のしわは消えており、彼は一度まばたきをしたあと、賛成するようにうなずいた。

「なるほど」リチャード二世は厳粛な顔でうなずき、ほっそりとした顔の下半分を手で覆った。考え深げにあごを撫《な》で、無言で幾度もうなずく。一日じゅうそうしてうなずいているのかとエマが思いはじめたころ、王はふと身じろぎし、一瞬顔をしかめてから話しはじめた。

「たぶんいろいろな用事《アフェア》で忙しいのだろう」〝情事《アフェア》で忙しい〟とも受けとれる王の発言に司祭がくすりと笑うと、王ははたと口を閉じ、司祭をにらんだ。司祭はとたんに真顔に戻り、王は言い直した。「たぶん地所のことで忙しいのだ」

「二年間もですか？」

三人はいっせいに目をむいた。

「つまり、こういうことか？　そなたの夫は二年間……」

「そうです」エマはしぶしぶ認めた。

三人が同時に息をのむ。値踏みするような視線が集まり、エマは身をすくめた。彼女にはどこか欠陥があるのではないか？　でなければどうして夫が丸々二年もベッドをともにしないのだ？　そんな声が聞こえる気がして、エマは恥ずかしさのあまりうつむいた。自分はどう見えているのだろう？　鏡をのぞいては、どうして夫は自分を拒絶するのだろうと考えたものだ。はっとするような美人ではないが、不器量というほどでもないはずだ。

輝く金髪に、白くてしみひとつない肌。たしかに鼻はいささか上向きだし、目と唇も大きすぎるかもしれない。それに、当世風の細身ではない。かといって太っているわけでもなく、均整がとれていて、健康的な体つきだ。不器量ではないからこそ、どうして夫が結婚初夜以降、妻の部屋に一歩も足を踏み入れようとしないのか理解できなかった。

「それで、わたしにどうしてほしいのだ？」

エマは目をぱちくりさせた。何をおっしゃっているのかしら。答えは単純そのものなのに。

「ですから……夫に命じてほしいんです」

「命じる？」リチャード二世は喉をつまらせそうになった。

本気で面くらっているようだ。そう気づいて、彼女は少し不満に思った。「もちろんですわ、陛下。それが彼の義務だと……わたしへの、そして……陛下への義務だと説明していただきたいんです」

「わたしへの？」

王は今にも目の玉が転げ落ちそうなほど目を見開いている。エマは辛抱強く説明した。

「そうです、陛下。夫は陛下の家臣であり、子孫をつくる義務があります。子供が、そして孫が陛下にお仕えすることになるわけですから」

リチャード二世はまばたきし、やがてちらりとアランデル大司教のほうを見た。大司教は頭を小さく左右に振っていたが、やがて軽く肩をすくめてうなずいた。まあ、だいたいにおいてもっともな言い分であると言いたげに。王が大司教のほうへ身を寄せて何やら耳打ちし、大司教がそれにこたえる。話の内容を聞きとろうと、今度はエマのほうが前に身をのりだしたが、最後のほうがやっと聞きとれただけだった。

「となれば、こういう……たわわに実った果実を、なんというか……無駄にするのは……。なんなら、ほかの者にもがせるという手も……」

リチャード二世はため息をついてエマのほうに向き直り、しばし無言で彼女を眺めていたが、やがてまたため息をつくと、唇をすぼめて前に身をのりだし、困ったような顔で言った。

「ならば……」ひそひそ声で話していることに気づき、王はまずいとばかりに言葉を切った。いらだたしげに両側を見ると、大司教も司祭も王の言葉を聞き逃すまいと身をのりだしている。リチャード二世はエマの背後を見て、さらにまずいと思った。

王の視線を追うと、ドアの前にいる近衛兵たちが前にのりだしていた体をもとに戻した。彼らでさえ、王がなんと答えるか興味津々らしい。

かぶりを振って、リチャード二世は話しはじめた。「先ほど、そなたは彼がその……あれを果たさないと」

「夫の務めというやつをですな」大司教がぼそりと言った。

「そう、結婚初夜以来、務めを果たさないと言った。つまりその、こう考えていいわけかな？　少なくとも結婚は……なんというか……」

「完成していると」大司教がまたつぶやく。

「そうそう、少なくとも彼は……」リチャード二世は大司教のほうへ手を振った。

「結婚を完成させた」

「させたのか？」王が尋ねる。

「え、ええ」エマは答えた。

彼女の表情を見て、リチャード二世が眉根を寄せた。「確信がないようだな」

今度はエマがいたたまれなくなる番だった。実を言えば、確信はない。〝結婚を完成させる〟というのが何を意味するのか、よくわからないのだ。母はエマが六歳のとき、出産が原因で亡くなった――長年望んできた息子とともに。以来、父が男手ひとつで育ててくれた。すばらしい父親ではあったが、やはり母親ではない。初夜とその際行われる行為について説明する段になると口ごもり、やたら咳払いしたあげく、ぶっきらぼうにこう言ったのだ。

〝花婿がおまえのベッドで寝るのだ〟

〝わかりました、お父さま〟エマは続く指示を待った。だが、父は襟を引っ張りあげ、ひとつうなずくと、彼女の肩を軽くたたき、逃げていってしまった。

「ひょっとすると、このレディが初夜の様子を語ってくれるかもしれませんな」エマがもの思いに沈んでいると、アランデル大司教がさらりと言った。

彼女ははっとして顔をあげた。「初夜の様子？」

「そう、いや、全部でなくていいんですぞ」大司教が困惑顔で王を見る。

リチャード二世は突然いらだって、口のなかで何やらつぶやくと、エマを見据えた。「つまり、そなたの夫は結婚初夜、そなたのベッドで寝たのだな？」

「え、ええ」彼女はほっとしてほほえんだ。やはり結婚は完成していたのだ。「はい。家臣が夫の服を脱がせ、わたしの部屋に彼を残していきました。それは大変な騒ぎでしたわ。屋根が吹きとぶのではないかと思うようないびきで」

「なるほど。で、花婿はそなたに触れたか？」アランデル大司教がもどかしげにきいた。

「触れる？」エマはまた心もとなげな表情に戻り、思いだそうとした。触れられた記憶はないので、とたんに心配になる。三人の表情からして、大切なことらしいからだ。だが、ふと思いだしてまたにっこりした。「ええ。夫は夜中に寝返りを打って、わたしの上にのっかってきました。本当に窒息するかと思いましたわ」声をひそめて打ち明ける。「なにしろ、すっかり酔っ払っていたのですから。押し返しても目を覚ましませんでした」

話を聞いて喜んでくれるどころか、王も大司教も体を起こして顔をしかめた。ふたりは苦虫を嚙みつぶしたような顔を見あわせていたが、やがて大司教がげんなりしたようにきいてきた。「朝はどうだった？」

「朝ですか？」エマは記憶を探った。二年も前のことだ。「ええと、覚えている限りでは、わたしのほうが先に起きたと思います。ええ、そうです。わたしは起きて、衝立《ついたて》の後ろで着替えをしました。出てみると、夫は……そうそう、ベッドの上で短剣をいじっていました。それで皮膚を傷つけてしまったんです」

「傷つけた？」大司教がいぶかしげに目を細めた。

「ええ」彼女はうなずいた。「まだ前の晩の酔いが残っていたんでしょう。いずれにしても、夫はその血をシーツでふきました。血でシーツがだめになってしまうと思い、布を渡そうと思ったときに、ドアをたたく音がしました」

「ドアの外には誰が？」答えはわかっているというようにリチャード二世がきいた。

「父とガンプター神父、それからフルク卿のいとこのバートランドでした」

「彼らはどうした？」

エマは肩をすくめた。「朝の挨拶に来ただけです。そうそう、父はシーツを見ると、はがして、大広間につるすよう命じました。風をあてれば、しみになるのを防げると思ったのでしょうけれど、もちろん、そうはいきませんでしたわ。あら、陛下、どうして頭を振っていらっしゃるのです？　わたし、おかしなことを言いましたでしょうか？」

「いやいや」リチャード二世は苦い顔で答えてから、司祭のほうを向いた。あいにく司祭はエマをくい入るように見つめているところだった。その好色な目つきとぴくぴく動く眉からして彼は、夫が無関心だからといってエマの魅力がないとは考えていないようだ。どちらかといえば、喜んで夫に代わって〝実った果実をもぎとる〟役を買ってでそうな雰囲気だった。

王に名を呼ばれ、司祭ははっとわれに返った。「はい、陛下」そう言って、さっそく筆記用具の準備をはじめる。

「以下の通達を行う。われ、イングランド王はフルク卿に……その……」

「夫の務めを果たす」

「そう、夫の務めを果たすことを命ず。そむくなら……」王はためらい、困った顔をした。

「よろしいでしょうか」エマが小声で口を挟むと、リチャード二世は期待をこめた顔で振り向いた。「罰として、そうですね……羊六十頭を召しあげる、というのは？　夫は羊が大好きなんです。城には何百頭といますわ。まだ一度も夕食に出たことはありませんけど」

「羊百頭だ！」王が言った。「いや、このまま妻をないがしろにするようなら、羊を一頭残らず召しあげる！」

エマは安心したようににっこり笑った。「ありがとうございます、陛下。はじめての子には陛下の名前をつけさせていただきますわ」王の手をとり、すばやく口づけする。ちらりと大司教を見ると、いかんと言うように激しく首を横に振っていた。彼女はまた頬を赤らめ、王の手を放して、深々と膝を折った。

「よし、では……」リチャード二世が咳払いした。「これでよいだろう。レディ・エマリーヌ、もう問題はないか？」

「はい、陛下。何もございません」エマはそう言うと、上目づかいに王を見た。

「よろしい」リチャード二世は、ドアの前に立つ近衛兵に手で合図した。エマが後ろを振り返ると、退出する彼女のためにドアが開いていた。

エマは唇を噛み、執事長がおじぎをしたままあとずさった様子を思い浮かべてためらった。

「まだ何か？」

王が眉をあげるのを見て、彼女はため息をついた。無理に笑みをつくり、膝を折ったままであとずさりをはじめる。なかなか難しい動きだった。おじぎのままあとずさるよりも断然難しい。ドアまであと少しというところまでたどり着き、なかなかうまくやっていると得意になったとたん、いきなりつまずいた。それでもなんとか踏みとどまった。

「レディ・エマリーヌ！」

名前を呼ばれ、エマは顔をあげた。王は笑いと困惑が入りまじった顔をしている。司祭はあっけにとられ、大司教は明らかにおもしろがっていた。その大司教は手を口にあてて笑いをごまかすような咳をしながら、彼女に立つよう合図した。

エマは顔を赤らめ、ゆっくりと体を起こした。そしてためらった末、今度は執事長がしていたようにおじぎをし、そのままあとずさりで謁見の間を出た。やがて、目の前でドアが閉まった。

1

「オールデン、何をやってる！　ちゃんと聞いてなかったのか？　グリーンのチュニックと言っただろう？」

「は、はい、閣下」オールデンは身を縮め、おどおどとあとずさりした。

たくましい上半身は裸のまま、下着に長靴下だけという姿でも、アマリ・ド・アネフォード卿は甲冑《かっちゅう》に身をかためたときと同じくらい威圧感があった。ましてや今のように不機嫌きわまりないときは。

オールデンは騎士に仕えてまだ二週間だ。それだけの短期間であっても、今の主人の精神状態が普通でないことは感じとれた。少なくとも、いつものアネフォード卿ではない。ほかの兵士の反応や、友人であるブレイク卿が見せるおもしろ半分いらだち半分の表情から判断しても、それは間違いなさそうだ。主人が怒っている理由がなんなのかはよくわからないが、どうやら国王からの書簡に関係ありそうだった。昨日、チェスターフォード卿と契約の話をしているところに、王の使者が書簡を持って訪れたのだ。アネフォード卿は一読するなり、さっと青ざめ、その書簡をくしゃくしゃに丸めて暖炉に放りこんだ。そして馬に鞍《くら》をつけろと怒鳴って、足音荒く城を出ていった。だが、数秒後には命令をとり消し、憤然と屋内に戻ってくると、酒をあおりはじめた。

以来、ずっとそんな調子だった。いらいらと歩きまわるかと思うと、座って飲みはじめる。若いオールデンには理解しがたい行動で、そのせいで主人の前に出るといつも以上に緊張してしまうのだ。

いらだたしげに投げ返されたチュニックが顔にぴしゃりとあたってオールデンはもの思いから覚め、また一歩あとずさりした。だが、大きな石にけつまずいて尻もちをつく。あわてて立ちあがり、今度は横歩きでじりじりと主人から離れた。「す、すぐグリーンのをお持ちします」

アマリは目を細めて従者を一瞥《いちべつ》すると、振り返って、今度は今あがったばかりの冷たい湖に目をやった。

「子供相手にあんまり八つあたりするもんじゃない」

アマリは肩越しに振り返った。笑いながら諭す友人のブレイクを、険しい目でにらみつける。「へまばかりするからだ」

「おまえを怖がってるんだよ」ブレイクは悠然と笑いながら、アマリのむきだしの肩を軽くたたいた。「自信がつけば、へまもしなくなるさ」

アマリは顔をしかめた。「あいつに自信がつくとは思えないな」

「おまえがあの調子で叱《しか》りとばしてばかりじゃだめだ」

アマリは渋面をつくったが、黙ったまま、また穏やかな湖面に視線を戻した。

ブレイクはアマリの視線を追い、ため息をついた。「結婚を断ればいい」旅に出てから、もう百回近くこう忠告している。

そのたびいつもするように、アマリは不満げに息を吐いた。「で、自分の領地を持つチャンスをあきらめろというのか？」

ブレイクはほほえみ、首を横に振った。「なら、その女性と結婚すればいいだろう。自分がしたくてするなら、どうしてまわりの人間にあたり散らす必要がある？」

「したくてするわけじゃない」アマリはすぐさま言い返した。「ほしいものを手にするために、しなくてはならないことをするだけだ。不細工な女と結婚したいと思う男がいるか？」

「彼女とは、まだ会ってもいないじゃないか」ブレイクがそう指摘すると、アマリはあきれ顔で友人のほうを見た。

「おまえから聞いた話じゃなかったか？　その彼女が国王陛下に嘆願して、夫に自分と寝るよう命じてもらったというのは？」

「ああ、宮廷でそういう噂を聞いた。もっとも、陛下を除くと誰も彼女の顔は見ていないし、陛下はその話はなさりたがらない。それに、夫はその……務めを果たすため、わが家に戻る途中で亡くなった」

「自殺だったんだろうな」アマリは苦々しげな顔でつぶやいた。

ブレイクは笑いを嚙み殺した。「なら、断れば――」

「そうはいかない！」アマリは友人にいらだった顔を向けた。「断れないことはわかってるだろう」もどかしげにため息をつく。「おれが領地を持てる唯一のチャンスかもしれないんだ」

ブレイクは真顔になってうなずいた。そして、オールデンがグリーンのチュニックを手にして戻ってきたのを見ると、少年に向かって小さくほほえみ、前に出てチュニックを受けとった。「ここはもういい、オールデン。馬の用意をしておいてくれるか？　じき出発する」

「ありがとうございます」少年は安堵《あんど》に顔を輝かせ、踵を返すと、そそくさと野営地のほうへ戻っていった。

昨日馬をとめ、野営の準備をはじめたのは昼過ぎだった。あと一時間で目的地のエバーハート城に着くという地点だ。花嫁と会う前に旅の汚れを落としてきれいにしたいというのがアマリの口実だったが、野営地ができると彼はさっそく酒をあおりはじめた。酔いつぶれたアマリをブレイクが天幕まで抱えて運んだのだ。今朝もアマリは遅くまで寝ていて、朝食と水浴にだらだらと時間をかけた。そして今はもう正午だというのに、まだ着替えも終えていない。

おそらく、今度は何かしら理由をつけて、昼食をとってから出かけようと言いだすに違いない。そんなことを考えながらブレイクは不機嫌な友人にチュニックをさしだした。

「ありがとう」アマリはチュニックを受けとり、さっと羽織ってから、剣と小物を置いた岩まで歩いた。「出発前に昼食をとったほうがいいかもしれないな」チュニックをサッシュで締めながら、仏頂面で言う。ブレイクが吹きだすと、むっとした顔で友人のほうを向いた。

「なんだ？」


「ロルフ卿！」セバートは、英国国旗を掲げた一団の先頭で馬をおりた金髪の男性を認めると、城の階段を一気に駆けおりてきた。

「セバート」ロルフは手綱《たづな》を家臣のひとりに放り、挨拶代わりに家令の背中を軽くたたいた。「元気か？」

「元気にしておりました。ありがとうございます。旅はいかがでしたでしょうか？」答えながらも、家令の視線はロルフの隣にいる司教と近衛兵のほうをいぶかしげにさまよった。

「快適だったよ。ところで、エマはどこだ？」

「厨房《ちゅうぼう》にいらっしゃいます」

ロルフはうなずき、背後の馬に乗った男性たちを手ぶりで示して命じた。「セバート、司教さまの案内を頼む。ぼくはいとこを捜してくる」

セバートがうなずくのを見て、ロルフは階段をあがって城のなかへ入った。

足早に厨房まで歩き、ドアを少しばかり開けると、熱気に出迎えられた。湿った熱風が波のようにあとからあとから押し寄せてくる。火にかけた鍋からたちのぼっているようだ。鍋は三つあり、そのどれもが豚一匹茹《ゆ》でられるくらい大きかった。ロルフは目を細めて水蒸気の先を見ようとした。大鍋をかきまぜているのは、黒っぽい服を着た人たちだ。一瞬彼は、魔女の館《やかた》に迷いこんだかと思ったが、そのなかに……いとこのエマの姿を認めた。ひときわ小柄で、女性らしい豊満な体つきをしていなければ子供だと勘違いしそうなほどだ。小さな足台をひとつの鍋から隣の鍋へと運び、その上にのってなかをのぞきこんでいる。

エマよりはるかに大柄な女性がかたわらに立ち、彼女が中身をかきまぜてから次の鍋に移るのを辛抱強く待っていた。ロルフはいらだちもあらわに厨房に入ると、背後でドアが自然に閉まるに任せた。

何度とめても、エマは召使いの仕事に首をつっこまずにはいられないらしい。こうなったのは夫の責任、そしてそれ以前は父親の責任だと、ロルフは思っていた。父親のセドリック・ケンウィックはひとり娘を城じゅう自由に駆けまわらせていたし、亡くなった夫のフルクは自分に妻がいることすら忘れているようで、ましてや彼女が何をしているかなど気にもとめなかった。

かぶりを振りながら、近づいていってエマの後ろに立つと、ぽんと肩をたたいた。あいにく、彼女はちょうど鍋の上にかがみこんだところで、肩をたたかれてびくっとし、煮えたぎった液体のなかに頭からつっこみそうになった。すんでのところで、エマの腰をつかんで引き戻し、ため息をつく。「エマ、こういう仕事は召使いに任せたらどうだ?」

「ロルフ!」いとこの声に、エマはそう叫んで、彼の腕に身を投げだす。それから喪中であることを思いだしたらしく、一歩さがると、未亡人にふさわしい厳粛な表情をつくってみせた。「ご機嫌いかが?」落ち着いた声で尋ねる。

「言わせてもらえば、暑くてゆだりそうだよ」ロルフはそっけなく答え、彼女の腕をつかんだ。「隣の部屋へ行って話そう」

「あら、だめよ、ロルフ。できないわ。ちゃんと全部黒く染まったかどうか確かめないと」

「全部って……」彼が呆然《ぼうぜん》と鍋を見つめるそばで、エマが得意げにうなずいた。

「城じゅうの布を黒く染めたの」そう告げて、鍋に戻る。

「城じゅうの布?」ロルフはいとこの黒いドレスに目をやった。よく見ると、これは王に謁見するときに着ていたドレスだ。もっとも、あのときは淡いブルーだった。そういえば、出迎えたセバートも黒の喪服を着ていた。ロルフは無意識に洗濯女のほうを見やった。そしてはじめて、彼女もまた黒一色の装いであることに気づいた。どうやらエマは城の住人全員がフルクの死を悼まなくてはならないと考えているらしい。

「そうよ。これで全部終わり」エマはロルフに背を向けて、たった今落っこちそうになった鍋をかきまぜた。「これはシーツなの」

ロルフは仰天した。「シーツ？　寝具まで黒く染めたのか？」

驚きに満ちたいとこの口調に、エマは振り返った。「だって喪中だもの、ロルフ。夫が亡くなってまだ一週間なのよ」

「ああ。でも……エマ、きみは、フルクとは他人同然だったじゃないか。彼は去年一年で、全部合わせても十日もこの城で過ごしていないんじゃないか？」

「そうね」彼女が気まずそうに答えた。

「彼のことなど愛していなかったんじゃないのか？」

エマは眉をひそめた。「もちろん、愛していたわ。夫だったんですもの。夫を愛するのは妻の務めでしょう」

「それはそうだが……」話題が脇にそれたことに気づき、ロルフはかぶりを振ると、もう一度彼女の腕をとって鍋から引き離した。「話さなくてはいけないことがあるんだ。とても大事な話なんだよ、エマ」

「こっちも大事よ、ロルフ。喪中なんだもの、死者には敬意を示さないと」

「ああ、でも本当に大事な話なんだ」

「なら、ここで話して」

ロルフはそうはいかないと言いかけたが、肩をすくめた。エマと言い争っても無駄だ。とりわけ彼女が今のように決意をみなぎらせているときには。それにひとたび自分の訪問理由を告げれば、エマが自ら厨房から飛びだしていくのは間違いない。

「陛下がきみによろしくとおっしゃっていた」彼は慎重に話しはじめた。

エマが今度は顔を輝かせて振り返った。「本当に？　すごいことじゃない？　わたしのことを覚えていてくださったのね」

「ああ、そうだな。たぶんきみのことは一生忘れないと思うよ」ロルフはいくぶん皮肉まじりに言った。「ともかく、よろしくとおっしゃっていた。そして、結婚するようお命じになった」

「なんですって？」エマはしばし、ぽかんといとこを見つめた。「結婚？　また？　夫はついこのあいだ埋葬されたばかりなのよ！」

気分を害した様子のエマを見て、ロルフはここは司教に登場してもらうしかないと思った。決然と彼女の腕をとり、鍋から彼女を引き離す。「おいで。ウィカム司教も一緒なんだ。彼は今、大広間できみが来るのを今か今かと待ってらっしゃると思う」

「ウィカム司教がこの城にいらしているの？」エマはうれしそうにほほえんだ。司教とは一、二度会ったことがあり、好感を抱いている。親切で温厚な人物で、大法官を務めたにもかかわらず、その人柄は変わらなかった。彼が退任したときには、教会は貴重な人材を失ったと思ったものだ。

「そうだ」ロルフは少々言いにくそうに切りだした。「ウィカム司教はきみの結婚式を執り行うため、ぼくと一緒にここまで来られた」

「なのに、今までずっとおひとりで待たせていたわけ？　ひどいわ、ロルフ、司教さまがいらしてるなら、早くそう言ってくれなくちゃ」エマは文句を言いながら、持っていた棒を洗濯女に押しつけた。

湿ったドレスのしわをのばし、髪を撫でつける。身繕いをするエマを、ロルフはほほえましい思いで見守った。もっとも無駄な試みなのは明らかだった。ひとつにまとめて結った髪はすでにほつれ、金色に輝く巻き毛が熱と蒸気で細かくカールして顔を縁どっている。それが顔を包む光輪のようで、彼女をいっそう魅力的に見せているとロルフには思えるのだが、もしかすると贔屓目《ひいきめ》かもしれなかった。なにしろ、いとこをこよなく愛しているのだから。

「行きましょう」身なりを整えるのは無理だと気づいたらしく、エマがため息をついて言った。「いつまでも司教さまをお待たせするわけにはいかないわ。失礼ですもの」向きを変え、ロルフの先に立って厨房を横切りながら、肩越しにきく。「陛下はわたしと誰を結婚させようというの？」

「アマリ・ド・アネフォードという男だ」ロルフは、床に積みあげてある黒く染め終えた布をよけながら答えた。

「アマリ・ド・アネフォード？」エマはドアの前で足をとめてその名前を繰り返し、考えこんだ。「聞いたことのない名前ね。もっとも、ここにはあまり噂は入ってこないのだけれど。人づきあいもないし」

「最近になって叙爵されたんだ。騎士だったが、アイルランド遠征中、暗殺者に襲われた王の命を助けた。その功績を認められて爵位が与えられたらしい」

「王の命を助けた？」エマは目を丸くしてロルフを見つめた。

「そうだ」

「まあ」向きを変えてドアを押し開け、大広間に入る。「偉大な騎士に違いないわ。すてきじゃない？」

ロルフはくるりと目をまわし、彼女のあとに続いた。

「ウィカム司教さま」エマは両腕を広げ、暖炉のそばに所在なげに立つ男性を出迎えた。「またお会いできて光栄ですわ。しかも、国王陛下のご命令を伝えるために、いとこと一緒にわざわざここまでおいでくださったなんて、感謝にたえません」

彼女の言葉に、司教は驚いた表情を見せた。「いや、わたしは陛下の命令を伝えに来たわけではない。結婚式を執り行うために来たんだ」

エマは目をぱちくりさせた。「結婚式を執り行う？」振り返って、ちらりとロルフを見る。「でも……そんなの無理です。夫を亡くしたばかりですし」

一瞬、沈黙がおり、ロルフとウィカム司教は顔を見あわせた。やがて司教が咳払いをした。

「時機が悪いことは、陛下もご承知のうえだ。それでも、この結婚が今すぐなされることを望んでおられる」

エマは面くらった。「そんな……。でも、どう考えても無理です。失礼ながら、陛下の言葉を誤解なさったのではないでしょうか。わたし、未亡人になってまだ一週間もたっていないんですよ」

ウィカム司教がちらりとロルフを見た。ロルフは司教を目で制すると、一歩前に出て言った。「わかっているよ、エマ。ただ陛下は、きみがとても子供をほしがっていたことを覚えていらして、なるべく早く再婚したいだろうとお考えになったんだ」

エマは考えこむように唇を噛んだ。たしかにそうだ。年をとるのは早い。自分ももう二十二歳だ。「おっしゃるとおり年齢を考えると、喪中期間を短くしてもいいのかもしれませんけど」自信なさげにつぶやく。

ロルフと司教はほっと胸を撫でおろした。

「そうですね」エマはひとつうなずいて、きっぱりと言った。「短くしてもいいかもしれないわ。こういう状況であれば、三カ月でも許される気がします。どうでしょう？」答えを求めてふたりを見ると、司教は目を丸くしてロルフを見つめている。

ロルフは気まずそうに身じろぎし、やがてため息をついた。「わかってないな、エマ。ド・アネフォードがこの城に着きしだい、きみは彼と結婚するんだ」

エマはいぶかしげに目を細めた。「いつ、到着する予定なの？」

ロルフは足を踏み替え、またため息をついた。「今日、だと思う」

「今日？」彼女の目が飛びだしそうになった。「でも……そんなの、非常識だわ。わたし、着るものもないし」

いかにも女性らしい嘆きだと思ったウィカム司教は、笑みを交わそうとロルフのほうを振り返った。だが、ロルフが顔を曇らせているのを見て、怪訝そうな表情になる。

「彼女はたった今、すべてのものを黒く染め終わったところなんです」ロルフが説明した。

「とはいっても、何かあるだろう？」司教は戸惑いながらきいた。

「お気づきになりませんでしたか？　召使いまでみな、黒い服を着ていることに？」

そう言われて、ウィカム司教は人気のない部屋を見渡した。実を言えば、何も気づいていなかった。考えごとにふけっていたせいだろう。歩いていって外に続くドアを少し押し開け、中庭をのぞいてみる。そのとたん、信じられない光景が目に飛びこんできた。男性も女性も、庭を走りまわっている子供たちでさえ、全員黒一色の装いなのだ。司教はぴしゃりとドアを閉じ、困惑とあせりが入りまじった表情でロルフを見やった。

「エマは何もかも黒く染めあげたんです」突然笑いがこみあげるのを感じながら、ロルフは説明した。

「何もかも？」

「布類はすべて」

「すべて……」司教が消え入りそうな声でつぶやく。

「そうするべきだと思ったので……」エマは心もとなげに答えた。いささかまぬけな気分だった。たしかに寝具やテーブルクロスまで染めたのはやりすぎだったかもしれない。でもあのときは、悲しみのあまりそうするのが当然だと思えたのだ。実を言えば、そこまでしたのは、夫への哀悼の気持ちからだけではなかった。子供がほしいという自分の望みもともについえた悲しみからだ。二十二歳では、もうもらってくれる男性もいないだろうと思った。ロルフが王のお気に入りでなかったら、おそらくこの古い城で子供もない未亡人として年老いていくしかなかったに違いない。

エマはため息をついてかぶりを振ると、きっぱりと言った。「夫が……夫婦らしいことは何もなかったとはいえ……亡くなったのですから、わたしは短い期間であっても喪に服さなくてはいけないと思います。少なくとも三カ月間は再婚できません」

「これには複雑な事情が絡んでいることを、彼女にも説明したほうがいいのかもしれないな」司教が小声で言う。

「たしかにそうですね」ロルフは司教をちらりと見てため息まじりに答え、エマのほうに向き直った。切りだそうと二度口を開け、またため息をつくと、彼女を暖炉の前の椅子に座らせる。そして自分はマントルピースを背に、人気のない大広間とドアがすべて見渡せる位置に立った。これからする話は誰にも聞かれたくない。

「いいかい、エマ。実を言うと、今ちょっと厄介なことになっているんだ」ロルフはためらい、眉間にしわを寄せて背中で手を組むと、暖炉の前をさんざん行ったり来たりしてから、ようやく彼女が座っている椅子のほうに向き直った。「つまり、その、きみが王に嘆願して、フルクに……ええと……あれを……」

「夫の務めを果たすよう命じさせた」司教が言葉を補った。

「そう、そうです……。で、そうしたことで、世間に知れ渡ってしまったんだよ……その、きみの結婚が……いわば……」

「本当の意味で完成していなかったと」ウィカム司教がつぶやく。

「そういうことです」ロルフはうなずき、チュニックを引っ張って咳払いした。「それを聞いて、フルクの家族が騒ぎだしてね。つまり、フルクのおばといとこが、婚姻は無効だと主張しはじめたんだ。なぜなら……」助けを求めるように司教を見やる。

「完成していないから」

「そのとおり」

エマは眉根を寄せた。「でも、ロルフ、結婚はちゃんと完成していたのよ」

ロルフは凍りつき、驚いたように彼女を見た。「そうなのか？」

「ええ」彼女はむっとした顔で答えた。「結婚初夜のことはすべて陛下にご説明したわ。フルクとわたしはベッドをともにしたと」

レディ・エマリーヌは非常に初心《うぶ》で、結婚が完成するという言葉の意味もきちんとわかっていないようだとリチャード二世が言っていたことを思いだし、ロルフはかぶりを振った。そこのところを説明すべきかどうかしばし迷ったものの、自分には荷が重いと思い直した。王の命令とはいえ、さすがに……。

「たしかに」エマが言い、彼のもの思いをさえぎった。「フルクがその……そうしたのはそのときだけだったわ。だから、きちんと……夫の……務めを果たしていたとは言えないと思う。でも、そのことは陛下しか知らないし、陛下はわたしがそう望んだわけではないこともご存じのはずよ。夫が無関心だったからといって、わたしを責めるようなことはなさらないと思うわ」

「もちろん違うさ、エマ。陛下はきみを責めたりしていない。逆にきみを守ろうとしているんだ。そしてご自分を。フルクのおばといとこは、きみの夫が務めを果たさなかったことを知っている。跡継ぎがいないことも承知のうえだ。何せ厚かましくて強欲なふたりだからね。いろいろと悶着《もんちゃく》を引き起こしかねない。今、陛下が何より避けたいのは争いごとだ。彼らは結婚が完成していないなら、婚姻は無効だったとして、領地と爵位をフルクのいとこのバートランドに引き渡すよう要求してきている」

「バートランドに?」エマは困った顔になった。バートランドがフルクの領地と爵位をねらっているると聞いても、さほど驚きはない。結婚式の日に会っただけだが、好感の持てる男性ではなかった。とはいえ、何か不愉快なことを言われたとか、されたとかいうわけではない。不作法でも偏屈でもなかった。逆にエマに対してはきわめて慇懃《いんぎん》だった。おもねるようだったと言っていい。だが、その愛想のよさはどことなく嘘《うそ》くさく、目には貪欲な光が宿っていた。彼はそのぎらぎらした目つきで城を、そのなかのすべてを、そして彼女をじろじろ眺めたのだ。宝の山を前にした追いはぎのように。「あの人、野心家みたいね」エマはひとりごとのように言った。

「きみが思ってる以上にね」その言葉を受けて、ロルフがつぶやいた。

エマはいぶかしげにいとこを見やった。「どういう意味？」

ロルフは人のいない大広間を用心深くぐるりと見まわし、声をひそめて言った。「陛下はバートランドほか数人が王位転覆をもくろんでいるのではないかと疑ってらっしゃる」エマがぎょっとした顔をしたが、彼はまじめな顔でうなずいた。「大法官も仲間ではないかとお考えだ」

「アランデル大司教が？」エマは息をのんだ。謁見のあいだ王の隣に立っていた陰鬱な顔つきの男性を思い浮かべる。

「そうだ」

「でも、どうして？　それで何か得るものがあるの？」

ロルフはため息をついた。「大法官のねらいがどこにあるのかはわからない。バートランドと組んでいるかどうかもはっきりしない。ただ、バートランドが権力を求めているのは確かだ」

エマが怪訝な顔をすると、ウィカム司教が説明した。「バートランドは若いころに従者を務めたことで、ヘンリー・ボーリングブローク（のちの英国王ヘンリー四世）ときわめて親しい関係にあるんだ」

「陛下のいとこにあたる方ですね」彼女は眉根を寄せて言った。

司教がうなずく。「リチャード二世が退位すれば、ヘンリーが王座にいちばん近い人間ということになる」

「そして陛下の友人として、バートランドは重用される」エマは苦々しげにつぶやいた。

「つまり、ヘンリー・ボーリングブロークは王位をねらっているのですか？」

男性ふたりは顔を見あわせ、やがてロルフが気まずそうに肩をすくめた。「証拠は何もないんだ、エマ。バートランドやその仲間は、自分の利益のためにヘンリーを利用しているだけかもしれない。ヘンリーは日ごろから陛下には忠誠を示している」

「なるほどね」エマは考え深げに暖炉の火を見つめた。

ロルフはしばらく彼女が考えごとにふけるに任せてから、つけ加えた。「陛下はバートランドの権力欲をよくご存じだから、彼にはこれ以上力をつけさせたくないと考えていらっしゃる。今は父親から受け継いだささやかな領地を持っているだけだが、ここが手に入れば、はるかに大きな財力と権力を持つことになるだろう。だからこそ、陛下はこの結婚をお決めになったんだ。そうすれば、フルクの爵位とそれに伴うすべては、ド・アネフォードのものとなる」

エマは怪訝そうに言った。「バートランドはおもしろくないでしょうね」

ロルフはうなずいた。「そうだ。バートランドとその母親は結婚に断固反対するだろう。だが、あのふたりが陛下に対して訴えを起こす前に既成事実をつくってしまえばいい。そう陛下は望んでいらっしゃる」

「訴えを起こす前に？」エマはいぶかしげに目を細めた。「ふたりはすでに王に謁見したのではないの？」

「つまり……」ロルフは気まずそうに口ごもり、やがてため息をついた。「いや、していない。その機会がなかったんだ。陛下は彼らの計画を小耳に挟んでおられたから、できるだけ謁見の日を引きのばした。すべての手はずを整えるまでね。ぼくたちは謁見の日の前日に出発している。ふたりは一日遅れでこちらへ向かっているはずだ」

「ふたり？」

「レディ・アスコットとバートランドだ」

「レディ・アスコットもここに向かっているの？　そうよね。当然だわ。バートランドが行くところには、どこへでもついてくるんだもの」エマは不安な面持ちで立ちあがった。夫のおばのことはよく覚えている。最後に会ったときも、ずいぶんいやな思いをした。バートランドが脂ぎった貪欲な豚なら、レディ・アスコットはまさに鬼ばばだ。口やかましく冷ややかで、底意地が悪い。そして、召使いには威張り散らす。一度など、料理を出すのが遅いと言って給仕係の娘を杖《つえ》で打ちすえたのだ。レディ・アスコットには二度とこの城に足を踏み入れてほしくないし、ましてや自分によく仕えてくれている召使いたちに権力をふるってほしくはない。城の住人たちがレディ・アスコットにいやな思いをさせられていると思ったら、永遠に心の平安は得られないだろう。となると、リチャード二世が結婚をとり決めてくれたのはありがたいと言える。だが、王がそう決めたのなら、なぜバートランドとレディ・アスコットはこの城へ向かっているのだろう？　エマはふと疑問を感じ、探るような目でいとこをじっと見た。ロルフはばつが悪そうにもじもじしている。

「陛下は彼らに、結婚に反対する者があるとは思っていなかったと説明し……」

「そんなの嘘よ」

責められて、ロルフはひるんだ。

ウィカム司教が感心しないというように首を振る。「嘘とは、言葉がすぎるぞ」

エマはもどかしげに手を振った。「陛下はほかにどういう説明をなさるつもりなの？」

ロルフはためらった。「陛下は平和が保たれることを望んでおられる」

「もちろんそうでしょうね」彼女はそっけなく同意した。「それで？」

「それで、彼らに、きみはその……自らすすんで……その……」

「妻の務めを果たすつもりがあったと」またしても司教があとを続けた。

「そう、そうおっしゃるつもりでいる。そうすれば、彼らもつまらない訴えは起こさないだろうとお考えだ」

「フルク卿の恥になることだからな。彼らが自ら訴えをとりさげると期待したい」ウィカム司教は満足げに指摘した。「だが、往々にして体面よりも欲が勝つ場合も……」

エマはぐるりと目をまわした。当然だろう。体面を保つことと、エバーハート城を手に入れることを秤《はかり》にかけた場合、彼らのことだ、欲が勝つに決まっている。

「その場合は、こういう問題が起きるとは思わなかった、今や主《あるじ》のいなくなった城とその住人、そして未亡人であるきみの安全に配慮して、早急にド・アネフォードとの結婚を命じたのだと説明なさると思う。そのあとで、こういう趣旨の書簡を持たせることになる。式がすみ、結婚が……その……」

ロルフはまたもや困った顔で、ウィカム司教のほうへ視線を泳がせた。司教がため息をついて言う。「完成する」

「そう、完成する前に彼らが城に着いたなら、婚姻の無効を申し立て、領地に対する権利を主張してもよい、と」

エマは顔をしかめた。あの禿鷹《はげたか》のようなふたりがこの城を支配すると思うと、血が凍りつく。だが、ふとロルフが自分の視線を避けていることに気づいた。

「何？　まだ何かあるの？」

ロルフは気まずそうに目をそらしたままだ。エマは手をもみしだきながら、じりじりと答えを待っていたが、ついに業を煮やしていとこにつめ寄った。「何があるの、ロルフ？」

ロルフがあわれむような視線を返すのがせいいっぱいなのを見てとると、司教が口を挟んだ。「バートランドが求めているのは領地だけではない。きみのことも妻として求めているんだ」

「なんですって？」ぎょっとして、エマは司教に目をやった。「でも、わたし、あの人は好きじゃないんです」なんとも子供じみた反論だ。好きかどうかなど、結婚とそれに伴う義務とはなんの関係もない。そもそも、アマリ・ド・アネフォードにだって会ったこともないのだ。それでも彼を夫として受け入れることに抵抗は感じなかった。というより、まだ状況がよくのみこめていなかった。バートランドが自分と結婚したがっているとは！　信じられない。フルクは夫の務めを果たすことに耐えられなかった。なのになぜ、夫のいとこが自らその役を引き受けようというのだろう？　ねらいはいったい何？

「バートランドはこれがいちばん円満な解決方法だと主張している」ロルフは吐き捨てるように言った。「きみも〝何ひとつ奪われずにすむ〟からだそうだ。もっとも、そんな主張がまやかしであることは誰の目にも明らかだ。彼が喉から手が出るほどほしいのはほかでもない、きみの……」

「持参金」ウィカム司教はロルフを鋭い目で見て、あとを引きとった。

「そう、もちろんそれもだ」ロルフはつぶやいた。エマがフルクと結婚したとき、エバーハート城は崩壊寸前だった。彼女の持参金がなかったら、本当の廃墟《はいきょ》と化していただろう。バートランドとレディ・アスコットがその持参金を返そうとするはずがない。いくらか残っていたとしても。

「なんてやつ！」エマはいきなり怒鳴った。バートランドとベッドをともにするくらいなら、蛇と寝たほうがまだましだ。それだけではない、レディ・アスコットがこの城に住むと思うと――息子が城の主となったら移り住んでくるのは間違いない――全身に悪寒が走った。あの女はわがもの顔でここの人々に指図するに違いない。すべてを手中におさめ、わたしのことも召使い扱いし、召使いは奴隷扱いするだろう。少しでも気に入らないことがあれば、杖で打ちすえるのだ。エマは打たれた痛みすら、今感じられる気がした。ビールをこぼしでもしたら、骨を折られるはめになる。冗談じゃない。そんなことを許してたまるものですか！

「彼らの好きにはさせないわ。一刻も早く……ところで、わたしの夫はどこ？」

「夫？」ロルフと司教は戸惑って彼女の顔をのぞきこんだ。

「アマリ・ド・アネフォードよ」エマはきっぱり言った。「結婚相手はその人なんでしょう？　今、どこにいるのかしら？　彼はことの深刻さがわかっていないの？」

「思うに、彼はこうした状況については知らされていないだろう」ウィカム司教が慎重に答えた。「もっとも、陛下が直接命令をくだされたはずだ。すぐにもこの城で結婚式をあげるようにと」ちらりとロルフを見やり、またエマに視線を戻す。「実を言えば、われわれよりも先に到着しているはずだったのだが……」

「なら、どこにいるの？」エマはそう問いかけ、ふと顔を曇らせた。「ひょっとしたら追いはぎに襲われたのかも」

ロルフは小さくほほえんだ。「けちな追いはぎ二、三人ではド・アネフォードを襲うどころか、歩みを遅らせることもできないだろうよ。彼は――」

「だったら、バートランドが刺客を送って、暗殺――」

「エマ」ウィカム司教はなだめるように言ったが、エマはもうじっとしていられなくなった。

「セバート！」ドアのほうへ突進しながら、大声で家令を呼ぶ。

「小柄な女性にしてはたいした肺活量だな」司教は恐れ入ったようにロルフに言った。

「ええ」ロルフは苦笑した。「彼女にこういう一面があることを、すっかり忘れていましたよ。子供のころは別として、人前ではあまり見せることがなかったんですが」

「なるほど……」司教はうなずいたものの、エマがふたたび屋敷じゅうに響き渡るような声で家令を呼んだので、またしても驚いた顔をした。

彼女が勢いよくドアを開けると、セバートが緊張の面持ちで立っていた。

「ご用でしょうか、奥さま？」家令はさっと大広間を見渡し、特に異状がないことを見てとると、今度は困惑の表情を浮かべた。

「男衆を十人くらい集めて、夫を捜しに行かせて」エマはすぐさま命じた。家令はきょとんとした顔をしている。

「しかし、奥さま――」

「今すぐよ、セバート。でないと、一巻の終わりだわ」

セバートはうなずいて退こうとしたが、ふと足をとめ、振り返った。彼の視線は助けを求めるように暖炉の前に立つ男性ふたりのほうをさまよってから、エマに戻った。「しかし、奥さま、ご主人さまはお墓のなかではないかと」恐る恐る指摘する。

エマはくるりと目をまわした。「セバート、あなたはどうしてほかの召使いみたいに、ドアの外で盗み聞きってものができないの？」

「わたしは……」セバートはむっとして背筋をのばしたが、エマはかまわず続けた。

「聞いていたら、わたしがアマリ・ド・アネフォードと結婚することになったとわかったはずなのに。一刻を争うの。フルクのいとことおばがここにたどり着く前に式をあげなくてはならないのよ。でないと、バートランドがこの城は自分のものだと言いだすわ」

「バートランド卿とそのお母上が？」セバートは青ざめた。彼もレディ・アスコットの召使いに対する冷酷な仕打ちを忘れてはいなかったらしい。

「そうよ」エマはぴしゃりと言った。「さあ、言うとおりにして。手分けして夫を捜しに行ってちょうだい。迷ったか何かしたんだと思うわ。すぐに連れてきてもらわないとならないの。それから、今後はこういう大事な会話には関心を持つようにして。いちいち事情を説明して時間を無駄にすることがないように」

「かしこまりました」セバートは即答し、うなずくと、大広間を飛びだしていった。

家令が出ていったあと、ロルフはエマを落ち着かせようと口を開きかけたが、彼女は彼に話をする機会を与えなかった。階段の下まで歩き、上を見あげてまた大声で叫ぶ。「モード！」

侍女がすぐに姿を現し、悪魔に追いかけられているのかと思うほどの勢いで階段を駆けおりてきた。「はい、奥さま」

「花よ。花冠とベールが必要だわ。それに新しいドレスも」

「ベールでございますか？」侍女の不器量な顔が、石のように無表情になる。

「そうよ、モード。ベールよ」エマはいらだちをこらえ、嚙みしめた歯のあいだから言った。

「わたし、結婚するの。だからベールがいるのよ」

「結婚？」モードがぽかんと口を開ける。

「その言葉が理解できないわけじゃないでしょう？」

「いえ……ええ。でも、あの奥さま……ベールは……いえ、ドレスもすべて……」

「黒に染めてしまったのよね。ええ、わかってる。残念なことだけど、しかたがないわ。指示にしたがって、モード」

モードはごくりと唾をのみ、うなずいた。そして階段を駆けあがったが、踊り場で一瞬ためらって振り返り、やがて両手をあげた。「メイビス！」大声で叫んで一気に階段を駆けあがる。しばらくすると、別の召使いが階段を駆けおりてきた。おそらくこれがメイビスで、花を用意する役目を言いつかったのだろう。モードのほうは必要なドレスを探しているに違いない。

「失礼してよろしいでしょうか？　わたしは着替えをしなくてはなりませんので」混乱をきわめた周囲の状況とは対照的に、今やエマはすっかり落ち着き払って言った。「先に教会にいらしていてください。そちらで夫を待ちましょう」

エマがしずしずと階段をのぼっていくのを、ウィカム司教は感嘆したような顔で見守った。

「たいした……レディだ」しばらくして、ぼそりと言う。

「ええ、まあ」ロルフはため息をつき、テーブルまで歩いた。テーブルの上には、ワインのボトルとグラスが三個置いてある。「一杯いかがです、司教さま？」

司教は断りかけたが、思い直した。「そうだな」疲れたように答え、テーブルに近づく。

「一杯くらい、かまわんだろう」

2

「何事だ！」ついにエバーハート城が見えてきたと思ったところで、武装した男たちにとり囲まれ、アマリは気色ばんだ。「おまえら、死にたいのか？」

ブレイクが笑みを隠し、肩をすくめた。「どうやら、おまえが無事城に着くよう花嫁が護衛を送ってきたようだぞ」

「護衛だと？」アマリは顔をしかめ、かぶりを振った。「迷った牛じゃあるまいし。おれを捜しに、わざわざ人をよこしたのか？」

「牛を探しに、武装した男たちはよこさないだろう」

笑っている友人をアマリはにらみつけた。

ブレイクはまた肩をすくめた。「だから言ったんだ――」

「あともう一回この結婚は断るべきだったと繰り返したら、この場でたたき斬るぞ」

「やれるものならやってみろ」ブレイクがにやりとして言い返す。

アマリはうなり、友人の挑発は無視することにした。ブレイクにおれの置かれた状況がわかるはずがない。ブレイクは庶子ではない。生まれながらに財産を相続する権利を持つ嫡出子だ。正式な夫婦のもとに生まれ、父親の死後は当然ながら領地を譲り受ける。そうした望みのないおれが、生まれてこのかた自分の居場所を確保するためにどれほど苦労してきたかなど知る由もないだろう。レディ・エマリーヌと結婚すれば、夢見てきたすべて――そのために努力を重ねてきたすべてが手に入るのだ。自分自身の城が。それを思うと、満たされることのなかった魂も癒される気がする。

まもなく妻となる女性が醜女《しこめ》だというのは残念きわまりないが。アマリはため息まじりに心のなかでつぶやいた。もっとも、運がよければ彼女は子育てに忙しくなり、夫のことは放っておいてくれるかもしれない。

となると、なるべく早い時期に妊娠してもらわなくてはならないが、その前に子づくりという苦役が待っている。彼は城の外壁に目をやり、またひとつため息をついた。

これまで見たこともないような美しい城だった。これが自分のものになるのだ。自分のものに！　そう思い、アマリは鞍の上で姿勢を正した。

この城を自分のものにするためなら、怪物メドゥーサとだって寝てみせる。彼は決意も新たに中庭に馬を乗り入れた。塔や納屋、そして忙しそうに行き来する人々に目をやる。ここにいるのは自分の家臣、自分の召使いだ……。

あらためてその人々を見て、アマリは口をゆがめた。それから振り返って、護衛と称する男たちを見やった。

先ほどは気がつかなかったが、レディ・エマリーヌがよこした男たちは全員、黒ずくめだった。とり囲まれたときは、怒りのあまり服装のことまでは気づかなかった。ところが今となっては目につかずにはいられない。なんといっても、城内の人間がひとり残らず黒一色の装いなのだ。あまりに奇異な光景に、彼は眉をひそめた。

城によっては、住人が特定の色の服を着ると聞いたことはある。もっともそれも従者や兵士に限られているのが普通だ。

ここでは、誰も彼もが黒い衣装をまとっている。中庭で遊ぶ幼い子供までが黒い服を着ているのだ。この城の色なのだろうか？　不吉な予感がする。

ちらりとブレイクを見ると、彼も城の人々の異様な装いに気づいたようだった。まわりを見渡して怪訝な表情を浮かべている。ブレイクが問いかけるような顔でこちらを向いたが、アマリはまだ友人に腹をたてていたので、肩をすくめただけで馬をおりた。

「セバート！」ふたりが階段をのぼりはじめると、女性の召使いが上から駆けおりてきた。「お客さまを教会のほうへご案内しなくては。司教さまと奥さまとロルフ卿があちらでお待ちなんですから」

「聞いたか」ブレイクとは口をきかないという決意も忘れ、アマリは友人にささやきかけた。「教会で待っているだと」

「花嫁は相当結婚にのり気らしいな」家令が駆け寄ってくるのを見ながら、ブレイクがおどけた口調で言う。

友人を無視し、アマリは階段をのぼり続けた。「まずは飲み物でももらいたい」

召使いがあわててドアの前に出て、彼の行く手をさえぎった。「ですが、奥さまから一刻も早く――」

「今ではおれがこの城の主人なんだが」アマリは冷ややかに言い放った。

「今はまだ、そうではない」

その断固とした口調に、アマリはゆっくりと振り返った。階段の下に集まった人々を押しのけるようにして、ひとりの男が近づいてくる。長身で均整のとれた体つきをしたその男が漂わせる雰囲気が、アマリは気にくわなかった。ここはじきわが城となる。おれ以外の人間がここで主人然とふるまっていいはずはない。

「きみは？」アマリはゆったりとした、それでいて挑戦的な口調できいた。

「ロルフ・ケンウィック卿」彼が軽く会釈して答えた。「レディ・エマリーヌのいとこだ。じき、きみとも親戚関係になる」小さく笑ってつけ加える。アマリが王に結婚を命じられていい気持ちはしていないことを、この男は直感的にわかっているようだ。

「長旅だったのでね」アマリは言った。「飲み物と軽い食事でもいただきたい」

「その時間はたっぷりある」ロルフが愛想よく言った。「こうして話をしているあいだにも、召使いたちがせっせと食事の用意をしているよ。しかしながら、今は司教とぼくのいとこが教会できみが来るのを今か今かと待っている。思ったより到着が遅れたね」

そう言われてアマリは後ろめたさに身じろぎした。結婚式を先のばしにしたくて、できる限り旅に時間をかけたことは自覚している。罪の意識から、アマリはロルフに押し戻されるようにして階段をおりた。「命令を受けしだい急いで来たんだが」アマリはそう言って、反論を封じるかのようにブレイクをにらんだ。

友人は笑いを咳でごまかし、何も言わなかった。アマリに歩調を合わせ、中庭を横切っていく。百人かそこらの男たち——数えきれないほどの戦闘をともに戦い抜き、アマリが自分の城を持つと聞いて家臣となることを決めた戦士たち——が列をつくってあとに続いた。

「もちろん、そうだろう」ロルフがうなずき、アマリの背中を軽くたたいた。「いとこにもそう請けあったんだよ、今日の午後、きみを待っているあいだ、何度となくね」冗談めかして言い、やがて黒い服に身を包んだ召使いたちが集まっている教会の前まで来ると、足をとめ、アマリのほうに向き直った。「彼女を大切にしろ。でないとぼくはきみを殺さなくてはならなくなる」

あまりに明るい口調だったので、アマリはとっさに意味がわからず、呆然とロルフの後ろ姿を見送るしかできなかった。召使いたちが彼のために道をあけていく。

「あれは警告だな」ブレイクはさらりと言い、ロルフが教会のドアの前に立つ司教と花嫁に合流するのを見ていたが、やがてひょいと両眉をつりあげた。「おやおや、まるで葬儀に出席するような格好だ」

アマリは問題の女性を見やった。そしてまた、ぽかんと口を開けた。

「見たところ、太ってはいないようだぞ。だからといって、がりがりでもない。なかなか魅力的な体つきをしている」ブレイクは言い、もう一度小柄で女らしい体をした女性をまじまじと眺めた。「もっとも、彼女がえらくのり気というのはぼくの勘違いかもしれないな。彼女は本当にフルクを愛していたんだろうか？」ちらりとアマリに目をやる。「口は閉じたほうがいいんじゃないか。その調子だと蠅《はえ》が飛びこんでくるぞ」

アマリはきっと口を引き結び、くいしばった歯のあいだから言った。「これはなんだ？冗談か？　結婚式に黒の衣装？　花嫁が教会で待ってる？　おれは——」

「花婿殿」教会の入口で、いらだたしげに眉根を寄せた司教が呼びかけた。「ぐずぐずしている場合ではありませんぞ」

こちらに背を向けて立っていた女性が興味深げにちらりと振り返った。もっともすぐに前に向き直ったので、アマリからは黒いベールが一瞬見えただけだった。

「彼女は本当に不器量なのかもしれないな。だから結婚を急いでいるのか。こうすれば、式が終わるまで顔を見る機会がないわけだから」

アマリは苦々しげな顔でごくりと唾をのみ、束《つか》の間、馬に飛び乗ってこの場を逃げだそうかと考えた。しっかりしろ。心のなかで自分を叱咤《しった》する。城のことを考えるんだ。彼はため息をつき、背筋をのばして、教会へと足を進めた。まるで絞首台へ向かうような心境で。

もう二度と振り返ってはだめ。エマはそう自分に言い聞かせた。人ごみの端に、幾人か見知らぬ男性がいるのは見てとれた。黒一色の城の住人と並ぶといやでも目につく。あのなかのひとりが夫となる人だ。もっとも姿勢や物腰から見て、花婿は先頭に立っているふたりのうちのどちらかだろう。それがわかっただけで、彼女は落ち着かない気持ちになった。どちらも自分が夫として想像していたような男性ではなかったからだ。ふたりとも巨漢だった。一方、自分は、はっきり言って背が低い。子供のころは、ロルフに年がら年じゅうちびだとからかわれていた。今でも身長はロルフの肩に届くか届かないかといったところだ。なのに、あのふたりはさらに背が高そうだ。胸のまんなかあたりに届くかどうかも怪しい。しかも、上背だけでなく横幅もある。胸板も厚くてがっしりしている。彼女は動揺を抑え、ほかの選択肢を思い浮かべた。

バートランド。彼のいいところと言えば、フルクと同じようにほっそりした体つきをしているところだ。もっとも、いいのはその一点だけ。

どちらを選択するべきかは悩むまでもない。巨漢だろうとなんだろうと、今から夫となる人はバートランドに比べたら何倍もましだ。

教会の入口で夫が近づいてくるのを待ちながら、どちらがその人かと考えをめぐらせた。ひとりは金髪、もうひとりは黒っぽい髪をしている。それぞれの顔だちを見分けるには遠すぎたが、金髪のほうはほほえんでいるようだった。場の空気を楽しんでいる様子がうかがえる。もうひとりは、葬儀に臨むかのように陰気な顔をしていた。結婚式の日にあんな暗い表情をする人はいない。となると、夫となるのは金髪の男性のほうに違いない。

夫となる男性がようやく隣に立った。エマはその気配を感じ、手にした花束をぎゅっと握りしめた。視線はじっと司教に向けたままだ。夫となる人を見るのが怖かった。彼が耐えられないくらい醜男《ぶおとこ》だったら、自分がどんな反応を示してしまうか不安なのだ。軽薄に聞こえるかもしれないが、最初の夫がハンサムだとわかったときにはほっとした。今度の夫がとんでもなく不細工だったら、失望が顔に出て、相手を怒らせてしまうかもしれない。容姿がどうであろうと彼と結婚するしかないのだから、できるものなら見ないでおいたほうがよさそうだ。

「花嫁よ」

呼びかけられて、エマははっとウィカム司教を見た。両眉をつりあげたその表情からすると、何か大事なことを聞き逃したらしい。司教がもう一度誓いの言葉を口にすると、彼女はごくりと唾をのみ、声にならない声でそれを繰り返した。夫も同じような小声で繰り返す。続いて、花嫁に口づけをと言われた。エマは覚悟を決め、相手が醜男だった場合に失望が顔に出ないよう、しっかりと目を閉じて夫のほうを向いた。

アマリは覚悟を決め、観念したように手をのばし、花嫁の黒いベールを持ちあげた。そして次の瞬間目に入ったものに、思わず息をのんだ。彼女はまぶたを閉じていたし、顔全体が見てとれたわけではない。だが、目の前の女性は少しも醜くなかった。それどころか、とても愛らしい顔だちをしている。肌はしみひとつないし、ふっくらとした唇は誘っているようだ。鼻はちょっぴり上を向いているものの、それはそれで魅力的だ。そして、何より若い。想像していたような年増《としま》ではなかった。

思わず笑みがこぼれたが、彼女の唇が、夫のためらいを感じとってゆがんでいるのを見て、アマリは自分がすべきことを思いだした。両肩をつかみ、彼女を地面から持ちあげ、唇を合わせる。ほっとしたせいで、意図した以上に力が入った。慎み深い、そっけないほど軽い口づけのはずが、知らず知らず情熱的なキスになってしまった。

エマは驚いて目を開けた。そしてはじめて夫の顔を見て、二重に驚いた。そこにいるのは黒っぽい髪のほうだった。しかも今は少しも陰気に見えない。熱いまなざしでこちらを見おろし、ほほえんでいる。彼女は戸惑い、心もとなげな笑みをつくって、地面におろされた瞬間に小さくほほえみ返してみた。そのあとはくるりと司教のほうを向き、式が終わるまで前を見つめ続けた。

ウィカム司教が深くなめらかな声でふたりを夫婦と宣言する。だがエマにはほとんど何も聞こえていなかったし、目の前にいる司教の顔も見えていなかった。代わりに視界を漂っているのは花婿の顔、さっき見た上からほほえんでいる顔だった。

黒っぽい髪はいささか長めで乱れているものの、日に焼けた顔にはよく似合っている。やさしげなダークブラウンの目のまわりには、よく笑うらしく、小さな笑いじわがあった。引きしまった、けれども柔らかな唇。ほほえむとすてきで、そのキスはどこまでも甘かった。

エマがふっとため息をつくと、突然、まわりを囲む人々のあいだに歓声がわき起こった。式が終わったのだ。ふたりは無事、夫婦となった。これで安心だわ。

「さて、そろそろおふたりはお部屋に引きあげられたらいい」

ウィカム司教の言葉に、エマは顔がまっ赤になった。この三十分ほどは頭がぼんやりしていて、夫のほうは見まいとしながらテーブルに置かれた料理を機械的に口に運ぶのがせいいっぱいだった。見ず知らずの他人と夫婦になるというのは、やはり変な感じだ。一度経験しているとはいえ、落ち着かなかった。

城に戻るなり、ロルフと司教がアマリを脇に呼んで何やら耳打ちしていたことに、エマは気づいていた。たぶんこの結婚に絡む事情を一から説明していたのだろう。だから、今はアマリも一刻も早く結婚を完成させなくてはいけないことは知っているはずだ。それでもみなの前で床《とこ》入りを命じるというのは、いくらなんでもやりすぎではないだろうか？　式が終わってからまだ一時間もたっていないのだ。

「まだ暗くなってもいませんわ」エマは顔がほてっているのを気にしまいとしながら、反論した。

「たしかに。だが、ウィカム司教のおっしゃるとおりだ」隣に座るロルフがそう言って席を立った。「結婚を完成させなくては」

ためらう花嫁を見て、アマリは司教とロルフに向かって意味ありげな顔をしてみせ、同じく立ちあがった。「わかった。おれたちは部屋に引きあげるとしよう。司教といとこのほうが、おれたち夫婦より床入りに熱心だったなどと言われないように」

曖昧にほほえみながらエマも立ちあがると、大広間に集う人々をさっと見渡した。この城の誰もが、今日の午後、突然結婚式が行われた事情を知っている。エマが告げたわけではない。城内にめぐらされた情報網によって自然と広まったのだ。だからみな、ここで結婚が完成すればバートランドとその母親の支配を永久に免れると思って、見るからに安堵した顔をしている。一方、アマリの家臣は戸惑いを隠せないでいるようだった。不信感をあらわにしている者もいる。たとえばブレイクと呼ばれていた男性などは、司教とロルフの非常識な言動に、明らかに懸念を示していた。

それに気づき、アマリは友人の肩に手を置いた。「ロルフ卿から説明があると思う」それだけ言うと、無言でテーブルを離れた。エマがあとに続く。ロルフはさっそくブレイクの隣に移動し、説明をはじめた。この性急な結婚の裏にある事情を知ったら、ブレイクはさぞかし仰天するだろう。もっとも、ブレイクも自分同様、バートランドでは、バートランドのことはよく思っていない。彼は貪欲で身勝手で、しかも腰抜けだ。アイルランドでは、バートランドのお粗末な指揮のせいで、多くの兵士が無駄に命を落とした。そのうえ証拠はないものの、アイルランドで国王を裏切り、暗殺者を手引きしたのはバートランドではないかと、アマリは疑っていた。だが、今になってみると、バートランドへの先入観からそう思いこんだだけかもしれない。暗殺未遂があった夜の出来事を最初から思い返してみれば……。そこまで考えてふと、自分が今どこへ向かっているかに気づいた。あと少しで階段をのぼりきる。

なんてことだ！　これから初夜を迎えるのだ。隣に立つ小柄な女性を見おろし、ごくりと唾をのむ。バートランドのことなどもうどうでもよくなった。

エマは男女のことについて何も知らないのだと、ロルフは繰り返し強調した。噂によると、一度も夫と夫婦の営みをした経験がないらしい。彼女をそこまでないがしろにする愚かな男がいるとは信じられないし、自分としてはそれを喜んでいいのかどうかもわからなかった。妻がほかの男を知らないというのはうれしいことだが、なにしろ処女とは寝たことがないのだ。庶子として生まれ、庶子として生きるのがどれほどつらいか身に染みて知っているだけに、アマリは決して庶子をつくらないと心に決めていた。だから相手にするのはもっぱら娼《しょう》婦《ふ》で、処女には手を出したことがない。ところが、そのせいで今は途方に暮れていた。経験がないために、どうことを進めていいかわからないのだ。

妻の顔を見ると、彼女はこれからどんなことが待ち受けているか、まったく心配していないようだ。だが、その無垢《むく》な表情はいつまで続くことだろう。たぶん寝室のドアを閉めるまでか。ふたりきりになったら、彼女はきっとさめざめと泣き、おれのことを怯えた目で見るに違いない。

内心ため息をつきながら、アマリは処女と寝た経験のあるほかの男たちの話を思いだそうとした。誰もが言うのは、まず、処女は不安でいっぱいだということだ。それはそうだろう。なにしろ、最初のときというのはひどく痛むらしい。処女膜なるものがあるからだ。男はそれを突き破らなくてはならない。そのとき、出血があるという。ときにはかなりの血が出るそうだ。

額に冷や汗が浮くのを感じ、アマリはまたしてもごくりと唾をのんだ。どうしたら、この か弱げな女性に対してそんなまねができるだろう？　無理だ。自分の体重で彼女を押しつぶしてしまいかねない。興奮のあまり、あの小柄な体をふたつに折ってしまうかもしれない。いずれにせよ、やさしくゆっくりことを運ぶなどできそうになかった。なにしろ、結婚式のときから床入りのことが頭を離れないのだ。ベールをめくり、彼女が美しい娘であることを知ったときから。いや、娘ではない、レディだ、とアマリは心のなかで言い直した。妻は穢《けが》れを知らないレディなのだ。

「あなた？」

声をかけられてアマリは妻のほうを向き、彼女が穏やかにほほえんでいるのを見てびっくりした。

「ここがわたしの……いえ、わたしたちの寝室よ」彼女が告げた。

「そうか」アマリは咳払いし、取っ手に手をのばして妻のためにドアを押し開けた。だが、自分もなかに入っていいものかどうか、しばし迷った。彼女を数分ひとりにして、なんにせよ床入りの準備をする時間を与えたほうがいいのではないだろうか。

エマは部屋の奥へ向かおうとして、夫がついてきていないことに気づいた。振り返ってみると、彼はまだ戸口に立っている。部屋に入るでもなく、出るでもない。よほど心配なことがあるのか、難しい顔でなにやら考えこんでいた。「あなた？」

夫がもの思いから覚め、こちらを見た。途方に暮れたような顔をしている。エマは意外に思ったものの、ふと気づいた。きっと彼ははじめてなのだ。彼女は緊張がさっと解けていくのを感じた。今までは新たな夫とふたたび初夜を迎えると思って内心どぎまぎしていた。何をすればいいかはわかっていても、男性とはじめてベッドをともにするとなると、やはり緊張せずにはいられない。ところが相手が自分以上に緊張しているとわかると、急に気が楽になった。夫が一度も女性とベッドをともにしたことがないなら、自分のほうが経験があるということになる。となると、自分が主導権を握るしかない。

「いらして」エマはやさしくほほえんで手をさしだした。「大丈夫だから」

処女の妻に励まされていることに気づき、アマリは困惑してかぶりを振りながら、部屋に入って後ろ手にドアを閉めた。

ドアが閉まると、エマは振り返って部屋のなかを見渡し、ロルフが旅の土産にくれた衝立に目をとめてきいた。「着替えに衝立はお使いになる?」

「いや、寝るときは何も着ない」

「まあ!」答えを聞いてエマは頬を赤くしたが、すぐに落ち着きをとり戻して衝立へ向かった。「なら、わたしが使わせていただくわ。あなたはお部屋のほうでどうぞ」そう言うと、衝立の奥へと消えた。

アマリは衝立をしばし見つめてから、部屋全体を見まわした。薄暗くて殺風景な部屋だ。巨大なベッドが最初に目についた。うれしいことに、人並みはずれて背の高いアマリでもゆったり寝られる大きさだ。ところが、これまたまっ黒だった。木製部分は暗褐色だが、寝具やカーテンが黒なので、ベッドそのものも花嫁が結婚式に着ていたドレスと同じ黒一色に見える。

げんなりだった。見たところ、妻は異常なほど黒が好きらしい。だからといって、何もかも黒にしなくてもいいだろうに。寝具やカーテンの色を変えれば、部屋もだいぶ明るい印象になるはずだ。そう思いながら腰から剣をはずす。大きな暖炉が、ベッドと反対側の壁の大部分を占めていた。その前に椅子が一脚置いてある。もう一脚持ってこさせよう。寒い夜、妻とふたり暖炉の前でくつろぐ場面を思い浮かべ、心を惹《ひ》かれた。壁にかかったタペストリーに視線を移す。そのあいだも、アマリの頭のなかにはひとつの言葉が繰り返し鳴り響いていた。〝おれのもの。すべておれのものなのだ〟

満足げにため息をつき、妻が奥で着替えをしている衝立を見やった。異国から持ち帰ったものだろう。この手の調度品にはあまり詳しくない。それでも、描かれているのが異国の地、異国の人々であることはわかった。ふと衣擦《きぬず》れの音がして、衝立のてっぺんに妻のドレスがかけられた。自分はぼんやり部屋を眺めていたが、妻のほうはそうではなかったらしい。衝立の向こうで彼女が一枚一枚服を脱いでいる姿が目に浮かぶ。

下半身がうずくのを感じ、アマリはあわててその光景を振り払った。今から興奮していてはいけない。処女の花嫁にはあくまでやさしく接するのだ。長い、我慢の夜になりそうではあるが、彼女にとってできる限り苦痛のない、楽な体験にしてやりたかった。急いで服を脱ぐ。妻が男の全裸を見ることに耐えられるかどうかわからないので、先にベッドに入っていたほうがいいかもしれない。

そんな気遣いをよそに、ようやくチュニックを脱ぎ終わったところで、妻が衝立の向こうから現れた。その姿を見て、アマリは下着にかけていた手をはたととめ、またしても目を丸くした。

信じられない。寝間着まで黒とは！　黒でない服は一枚も持っていないのか？　彼女の首から爪先までを覆う黒い寝間着を見て、アマリは呆然とした。

夫の仰天した顔に気づきながらも、エマはもじもじするまいとした。彼の表情からして、未経験だという推測はあたっていたようだ。励ますようにほほえみ、そろそろと彼の脇を通りすぎると、注意深くベッドにもぐりこんだ。それから、そっと夫のほうを盗み見た。彼がまだ目を丸くしたまま同じ場所に突っ立っているのを見て怪訝に思い、声をかけようとしたが、恥ずかしがっているのだろうと思い直した。

「見ないと約束するわ」やさしく言って、それを証明するために目を閉じ、両の手で覆う。

アマリは妻の奇妙なふるまいに虚を突かれ、かぶりを振りながら手早く下着を脱ぐと、ベッドに近づき、上掛けをめくって、そっと彼女の隣に滑りこんだ。

ベッドが沈むのを感じると、彼女はすぐに手をおろした。アマリのほうを向いて、輝くばかりの笑みを浮かべる。「ほら、心配するほどのことではないでしょう？　さあ、横になって」

そっとベッドの上に押し倒され、彼は言葉を失った。何が起きているのかわからなかった。妻は本気で主導権を握るつもりなのか？　処女のはずの妻が？

アマリをあおむけに寝かせると、彼女はやさしくほほえんで、上掛けを彼の首までかけ、自分も横になった。そして同じように首まで上掛けをかけると、満足げにため息をついた。

アマリはしばらく黙って妻の隣で横になっていたが、やがて好奇心を抑えられなくなり、ちらりと彼女のほうを見た。妻は目を閉じ、穏やかな笑みを浮かべている。「レディ・エマリーヌ？」おずおずと声をかけてみた。

彼女がはっと目を開けた。「何かしら？」

「おれたちは何をやってるんだ？」

「結婚を完成させているのよ」エマはそうささやいて、大丈夫というようにほほえむと、また目を閉じた。

「これがそうなのか？」

アマリの困惑した口調に彼女は眉をあげた。「ええ。同じベッドで一緒に横になっているでしょう」

アマリはうめいた。これで結婚が完成すると本気で信じているなら、花嫁は想像以上の世間知らずだ。どうやって説明したら……。

「あなた？」

目を開けたアマリは、ベッドから転げ落ちそうになった。妻が体を起こし、心配そうな顔でこちらをのぞきこんでいたのだ。

「うめいてらしたわ。どこか痛いの？　最初のときは少し痛むものだと聞いたことがあるけれど……」

彼はもう一度うめき、顔をそむけた。どうやって説明すれば……。

そのときドアをどんとたたく音がして、アマリはびくりとし、反射的に体を起こした。その拍子に頭を思いきりエマの頭にぶつけてしまう。

「すまない」小声で謝ったが、またドアをたたく音がした。

「ことはすんだか？」心配そうな声がドアの向こうからきいてきた。

ロルフの声だとわかり、エマはぐるりと目をまわした。いくらなんでもやりすぎだ。「ええ」

「いや、まだだ！」

夫が否定したことにびっくりして彼女は振り返った。この人、どうして嘘をつくのかしら？

「なら、急げ」ロルフがもどかしげに怒鳴る。

「宴席に戻って、おれたちのことは放っておいてくれ！」アマリは怒鳴り返し、今度は妻のほうを向いてため息をついた。「レディ・エマリーヌ」慎重に切りだす。「悪いが、きみは誤解しているようだ……」いったん言葉を切って、眉根を寄せた。「どうやら……結婚を完成させるという言葉の意味をちゃんと知らないような気がする」

「わたしが？」彼女が心もとなげに口をすぼめる。

「そうだ」アマリはしぶしぶ答えた。「同じベッドで寝るだけではないんだ」

「そうなの?」急に不安げな顔になった妻を見て、アマリは心のなかでロルフに毒づいた。ロルフだけではない、司教、リチャード二世、バートランド、最初の夫、みんなに責任がある。ことにフルクだ。彼がきちんと務めを果たしていれば、こんなはめには……。

ふたたびドアをどんどんたたく音がし、アマリはまたしても考えごとを中断させられた。

「まったく。結婚初夜くらいふたりだけにしてもらえないものか」

「近づいてくる一行がありますぞ!」今度はウィカム司教だった。「バートランドではないかと思われます。王宮から直行してきたに違いない」

「なんてこった」アマリは力なく毒づいた。この城を自分のものにするという夢がこぼれ落ちていく。

「早くことをすませろ!」ロルフが叫んだ。

「あなた?」彼女が心配そうに彼の裸の腕をつかむ。「ほかにもしなくてはいけないことがあるの?」

「ああ」アマリは困ったようにため息をついた。

「なら、しなくては」彼女が断固とした口調で言う。

アマリは驚いて妻のほうを見た。「しなくては?」

「そうよ。当然でしょう。この城の人たちをバートランドの母親のもとで働かせるなんてできないわ。どんな仕打ちを受けるかわからない」

「それは知ってるが、しかし——」

「しかしも何もないわ。ほかにもしなくてはいけないことがあるなら、するまでよ」

どうしていいかわからずにアマリが呆然と妻を見つめていると、彼女は上掛けをはねのけ、黒い寝間着を脱ぎはじめた。

「何をやってるんだ？」

「何をしなくてはいけないのかは知らないけれど、わたしだってばかじゃないわ。あなたが服を脱いでこのベッドに入ってきたなら、それをするには裸にならなくてはいけないということくらい見当がつく。でなければ、あなたもわざわざ寒さに震える危険を冒さないでしょう」言い終わると同時に彼女は寝間着を頭から脱いだ。気がつくと、アマリはこれまで見たこともないほど美しい胸を見つめていた。これもおれのものなのだ。一瞬喜びがわきあがったが、ふとわれに返った。結婚が完成すれば、自分のものになる。ただし、あいつらに先を越されたら……。

「バートランドだ！」いらだちのまじった怒声がドアを揺るがした。「風のごとく馬を走らせているぞ！　早くするんだ！」

アマリはドアをにらんで毒づいたが、こんなことをしていても時間の無駄だと気づき、妻のほうへ向き直った。

「いいかい、きみも言ったように、最初のときは痛みが伴うそうだ。もっとも、痛い思いをするのは男のほうではなく——」

「気を遣ってくださっているのはわかるけれど、時間がないのよ。お願いだから、すべきことをして」

「門の前に着きました、奥さま。彼は門の前にいます！」

「誰の声だ？」新たな声なので、アマリは尋ねた。

「セバートよ」彼女がため息まじりに答えた。そしてアマリが混乱した顔をしているのを見て、つけ加えた。「うちの……家令よ」

「なんだって？　城の人間全員がドアの外にいるというのか？」彼はあきれたようにつぶやいた。

「あなた」彼女がもどかしげに促す。「早くしましょう」

アマリは妻のほうを向き、ため息をついた。「こんな状況では緊張して——」

「中庭に入りました！」今度はモードの声だった。彼女のことはアマリも覚えていた。城に着いたとき、城内に入るのを禁じた年増の召使いだ。

「本当に全員集合してるのか……」

「早くするんだ！」ウィカム司教が大声で命じた。

どうやら見張りが、寝室の外に集まっている人々に刻々と状況を伝えているらしい。

「緊張しているのはわたしも同じよ」彼女がきっぱりと言った。

「ああ、だが……」アマリは上掛けをどけ、自分の、今はいささか力のない男性自身を手で示した。さっきまでは――衝立の奥で妻が服を脱いでいるところを想像し、今夜のことに思いをめぐらせていたときは、それは堂々と屹立《きつりつ》していたのだが、ドアの向こうから声がするたびに縮み、しぼんでいった。今はもう誰にも見られたくないとばかりにうつむいている。何もかもおじゃんだ。彼は肩を落とした。

一方のエマは、夫の脚のあいだにあるものを魅入られたように見つめていた。全裸の男性を見るのははじめてで、男性にはこうしたものがついていることを今の今まで知らなかったのだ。フルクが服を脱いでベッドに入ってきたときは、恥ずかしくてまともに見られなかった。

だが、今は思わず身をのりだして、とくと観察してみた。ひどく小さな脚のように見える。ひょっとすると、本来の形ではないのかもしれない。病気かけがのせいでこのようになってしまったとか……。

「今はあなたの……なんと言うか……普通と違っているところを問題にしている暇はないわ」エマはこわばった声で言った。「誰にも欠点はあるものよ。それより、早く何をすれば……」話しながらも、視線は夫の脚のあいだにあるものに釘《くぎ》づけだった。見ていると、なんとそれはみるみる大きくなった。信じられない。わたしの夫は不思議な能力の持ち主らしい！


「馬をおりました！」誰か――メイビスだろうか――が金切り声で叫んだ。

「終わったか？」ロルフがあせって尋ねる。

「あなた？」エマは夫の顔をのぞきこんだ。

「横になって」彼は決然と命じた。妻に見つめられただけで下腹部が熱くなってきた。

エマはすぐにベッドにあおむけになった。いきなり上にのしかかられ、驚いて息をのむ。すっかり大きくなったものが内腿に押しあてられた。

「これで、結婚は完成？」夫の体重がかかって胸が苦しく、エマはあえぎながら言った。今のところは痛みはない。彼の話では……。

「まだだ」彼が答えた。「脚を広げて」

「脚を？」エマはまた戸惑った顔をした。

「今、正面玄関の前です！」押し殺したささやきが聞こえると同時に、階下で荒々しく扉が開く音がした。城全体が震えるほどの衝撃だった。寝室の前の人々が、衣擦れの音をさせながら急いで階段を駆けおりていく。

「レディ・エマリーヌ」

「はい」

「すまない」

「終わったの？」

アマリは妻の心細げな顔を見おろした。彼女に見つめられるだけで、男性自身がたちまち誇らしげに屹立するとは誰が想像しただろう。おかげで救われた。いや、たぶん救われる。

男の怒鳴り声が階段をのぼって近づいてくるのがわかった。

「すまない」アマリは今一度、痛い思いをさせることを謝罪してから、腰を突きだした。

思ってもみない激痛にエマが悲鳴をあげる。その声がやむと同時に、寝室のドアが大きく開いた。

3

開いたドアの向こうに全世界の人が集まっているみたい……とエマはぼんやり思った。少なくとも知っている人たちはひとり残らずいた。バートランド、ウィカム司教、いとこのロルフ、ブレイク、アマリの家臣たち。そして城の召使いも全員が——さっきまで見張りに立っていた者も含めて——勢ぞろいし、ベッドの上のふたりを見ようと押しあいへしあいしていた。結婚は完成したかを——自分たちは部屋のまん前に立って息を切らしている男の支配を逃れたのかを——確かめようとしているのだ。バートランドのほうは憔悴《しょうすい》と敗北感に顔をゆがめ、ベッドカーテンの向こうで体を絡ませているふたりを凝視している。エマはベッドにもぐりこむとき、無意識のうちにカーテンを大きく開けたままにしていた。

時間がとまったかのような一瞬の間があった。だが、突然、アマリが動いた。エマの体の上から飛びのくと、なめらかな動きですばやく上掛けを彼女にかけ、壁に立てかけてあった剣をつかんでくるりと戸口のほうを向き直った。

「いったいどういうつもりだ？」

エマははっと夫のほうを見た。彼だってこれがどういう状況なのか、きちんと把握しているはずだ。にもかかわらず、思いもかけず初夜に邪魔が入った花婿の役を自然に演じている。その機転に舌を巻き、今度はバートランドを見やった。

記憶はあてにならないものだ。フルクとそのいとこがともにアマリよりは小柄なのはわかっていたが、あらためて見るとその体格差は歴然としていた。アマリと並ぶとまるで子供だ。そのすぐ後ろに頭ひとつ背の高いブレイクとロルフが立っていることも災いして、バートランドはさながら巨人に囲まれた小人だった。吹けば飛びそうな金髪の小人。体にまるで厚みがなく、顔だちだけは整っているものの、アマリの粗削りで力強い顔の線と比べると、なんともやわで弱々しかった。一騎打ちとなったら、バートランドはアマリ・ド・アネフォードの敵ではないだろう。そう思ったので、バートランドがいきなり背筋をのばしてこう宣言したときには、いささか意表を突かれた。「国王陛下の使いで来た」

アマリが片眉をひょいとつりあげると、ウィカム司教が見物人を押しのけるようにして前に出てきた。「失礼、アマリ卿」先ほどまでのあせりをみじんも感じさせない重々しい口調で、なめらかに言う。「バートランド卿がおっしゃったとおり、こちらは国王陛下の書簡をお持ちです。内容は、この結婚がまだ完成していない場合は無効とする、というものですが、見たところすでに――」

「違う！」今やパニックに陥っているのはバートランドのほうだった。「このふたりは抱きあっていただけだ！　結婚は完成していない。この結婚は無効だ！」

アマリは剣先を床につき、その上に体重をかけて、見るからにくつろいだ姿勢をとった。

「異議ありだな、バートランド卿。きみのいとこと違い、おれは時間を無駄にしない。この結婚は無事、完成した」

バートランドは一瞬悔しそうに顔をゆがめたが、ベッドの上で上体を起こし胸もとで上掛けを握りしめているエマを見ると、不意ににんまりと笑った。「なら、証明してほしい」

全員の視線がいっせいに自分に向けられたので、エマは戸惑って目をぱちくりさせた。どうやって証明しろというの？　この人たち、とんでもなく痛いあの行為をもう一度やれと言うのかしら？　全員の目の前で？　もう一度？　結婚を完成する、というのはあの行為のことに違いない。彼らが部屋になだれこんでくる直前にしたことで、ふたりは本当に夫婦として結ばれたのだ。少なくともエマにはそう思えた。

ちらりとベッドを見て、アマリは問題があることに気づいた。シーツは、この城にあるありとあらゆる布と同じく黒く染められている。白いシーツなら血がついたら一目瞭然だが、黒となるとそうはいかない。

「たしかに、シーツではわからない」バートランドの言わんとすることに気づいたロルフが、司教の隣まで進みでて言った。「しかしながら、アマリ自身が証拠になる」

エマも含め、全員の視線が今度はアマリに集まった。そして、脚のあいだへとおりていく。

思いがけず注目を浴びて、さっきまでまた誇らしげにそそり立っていたそれは、人々の視線の重みに耐えきれないとばかりにしぼんでいった。だが、彼女が息をのんだのはそのせいではなかった。先端に血がついていたのだ。アマリはけがをしたらしい。大丈夫だろうか。エマは心配になって夫の顔をのぞきこんだが、彼はけがをものともせずににっこりほほえんだ。

アマリは剣先を床からあげ、あたりの空《くう》を切り払うようにして一歩前に出た。「これでフルク卿がおろそかにしていたことをこのおれがやりとげたと、納得できたろう。もう花嫁とふたりきりにしてもらえないか」鋭い口調で言う。

「もちろん、そうしましょう」司教がうなずき、呆然自失のバートランドをロルフとともに寝室から追いだす。ロルフは寝室を出る前に足をとめ、エマに向かって茶目っ気たっぷりにウインクしてみせると、静かにドアを閉めた。

アマリはほっとため息をつき、剣をまた壁に立てかけ、のろのろとベッドのほうへ向き直った。ところが、ベッドは空だった。

不審に思って部屋を見渡すと、妻は裸で洗面台の前に立っていた。どうやらドアが閉まるなり、一秒も無駄にすることなくベッドから飛びだしたらしい。無理もない。こんな騒ぎになり、恥ずかしくていてもたってもいられない心境なのだろう。あんな行為は二度と繰り返したくないと思って当然だ。アマリは苦い思いでベッドに腰をおろした。両手で顔を覆い、膝に肘をついて疲れたようにため息をつく。

「あなた?」ひんやりとした手が膝にのせられ、アマリはびくりと顔をあげた。「わたしのせい?」

「なんだって?」エマは静かに言って、彼の脚を開こうとした。

「なんだって?」アマリは面くらい、されるがままに脚を開いた。だが、そのあと彼女が血のついた男性自身をふきはじめたのを見て、なんとなく察しはついた。

「けがをしたのね」エマはそっと言った。「きっとあのとき……わたしたちが、その……」

「結ばれたとき」あとを引きとったアマリは、やさしく撫でられて下半身がまたしてもうずきだすのを感じて、彼女の手をとった。「レディ・エマリーヌ——」

「エマと呼んで」

「エマ?」

「そう、エマよ。それがわたしの名前」

「ああ、そうだな。エマ、おいで」アマリはエマを立たせ、自分の隣に座らせた。そして、彼女が不意に裸であることを意識したのか、上掛けで体を隠すのを見て、くすりと笑った。

「あなたの傷を手当てしないと」夫がほほえんだままなので、エマは落ち着かなげに言った。だが、彼の笑みが消えるのを見て、何も言わなければよかったと後悔した。

「けがをしたのはおれじゃない」アマリは服を着ていないことは気にせず、立ちあがると、彼女の脚をベッドの上にのせ、横にならせた。「痛みがあるのはきみのほうじゃないか」

「わたし?」エマは仰天した。「だって、出血していたのはあなたよ」

「違う」アマリは首を振り、彼女の体からそっと上掛けを引きはがした。「きみなんだよ」

言われてエマが視線をおろすと、驚いたことに内腿に血がついていた。ぎょっとして体を起こし、こわごわとその血を見つめる。月のものではない。時期が違う。でもこの血はわたしの……体のなかから流れてきている。

「まだ痛みはあるかい？」

「ええ。でもあのときからずっと……。まさか、わたし……」エマは額に手をあて、あえぎながらまたベッドに身を沈めた。「わたし、死ぬの？」

「違う、違う」アマリは安心させるように言ったが、彼女の顔色を見て眉をひそめた。「顔がまっ青だ」

「血を見るのが、だめなの」エマはぼそりと打ち明けた。

アマリは険しい顔になった。「おれの血を見ても大丈夫だったじゃないか」

「ええ、そうね。だけど……自分の血だとは思わなかったから」

「ああ……そうか」アマリは苦笑し、かがみこむと、彼女が先ほど手当てに使った布をとり、今度は彼女の内腿をやさしくふいてやった。

まっ青だった顔をまっ赤にして、エマは彼の手をつかんだ。「いいのよ、わたし……」恥ずかしそうに切りだしたものの、夫の断固としたまなざしに制止され、口をつぐむ。

「おれはきみの夫だ」アマリはそれしか言わなかったが、充分だった。エマは彼の手を放すとあおむけになり、恥ずかしさをこらえ、彼の〝手当て〟に黙って耐えた。

「それに、きみもおれにこうしてくれたじゃないか」アマリは血をふき終わると、布を洗面器に放りこんだ。「さあ、ゆっくり休むといい」

「はい、あなた」彼に上掛けをかけてもらいながら、エマはこの場にふさわしい従順な口調であることを願いつつ、こたえた。アマリは満足げにベッドをひとまわりし、彼女の反対側からベッドに入った。

エマはしばらく無言でベッドに横になっていた。隣で眠る夫の邪魔をしないよう注意しながら、目だけで部屋を見まわした。二年間自分の寝室だった部屋だ。今までと、これといって変わったところはない。なのに突然、まったく違う部屋に見える。どうしてなのかはよくわからなかった。何も変わっていない。なのに……すべてが変わってしまった。

穏やかでゆっくりとした呼吸をすることに意識を集中しつつ、階下の大広間から聞こえてくるどんちゃん騒ぎに耳を澄ませた。女主人の結婚と、その完成、さらにはバートランドの母親にこき使われずにすむことを祝っての宴だ。ふと、どうしてレディ・アスコットは息子と一緒でなかったのだろうと不思議に思った。バートランドは結婚が完成する前にこの城に着かなくてはならなかったため、母親を置いて、ひとり先を急いだのだろうか。そうとしか考えられない。いずれにせよ、レディ・アスコットがいないのはありがたかった。ともかく恐ろしい女性なのだ。あの冷ややかな目で見られるだけで身がすくむ思いがする。

エマはベッドの脇の窓に視線を移し、ため息をついた。今日は大変な一日だった。今すぐ結婚しなくてはならないと聞かされ、夫が間に合わないのではないかと気をもみ、教会で待ち、式をすませ、間一髪で夫婦として結ばれた。結婚を完成させるというのが何を意味するのかようやくわかった今、自分はなんとばかだったのかと思う。フルクとこうしていたら、どんな感じだったのだろう？　不快な行為だから、彼がする気にならなかったのもうなずける。不愉快なことは徹底的に避ける人だった。とはいっても、子供をつくるにはそれをするしかないらしいのだ。

そこまで考え、エマははっとして腹部に手をあてた。命が宿り、育っていくのがおなかのなかであることくらいは知っている。ふたりの——アマリとわたしの子供。そうだ。すでにここには彼の子供がいるに違いない。あれだけの痛みを伴ったのだから、一度で子供ができるのでは？　でなかったら、世の中にこんなに多くの子供が誕生するはずがない。

エマはうっすらと口もとに笑みを浮かべ、まどろみはじめた。おそらく、すでにおなかのなかで育ちつつある子供のことを夢見ながら。

「あいつなら帰った。今ごろは傷口をなめているころだろう」

大広間でかがみこんでテーブルの下をのぞいていたエマは、どきりとして体を起こした。床に寝転がっている男たちの顔をひとりひとり見て、バートランドを捜していたのだ。振り返ると、いとこのロルフが隣に立っていた。「誰のこと？」

「バートランドだよ。ゆうべぼくたちが階下《した》に戻ると同時に出発した。きみが捜していたのはあいつじゃないのか？」

エマは苦笑いした。「何もかもお見通しね、ロルフ」

ロルフは肩をすくめ、彼女の額に軽くキスをした。「花婿はどこだ？　まだベッドのなかか？」

「ええ」

「よほど疲れたんだろうな」

からかわれて、エマは頬が熱くなるのを感じ、あわてて話題を変えようとした。「朝食はいかが？」

見え透いたごまかし方ににやりとしながらも、ロルフは追及しないことに決め、代わりに大広間の様子を目顔で示した。「朝食はありがたいが、今すぐこの連中を起こせるとは思えないな」

「そうね」エマはため息をつき、昨夜の宴のあとを眺めた。大広間は人で埋めつくされていたが、誰ひとり目覚めている者はいない。老若男女問わず、みな落ちて散らばったチェスの駒みたいに床に寝転がっている。横切るだけでもひと苦労だ。食事の場所をつくるのは不可能に近そうだった。彼女は不意に向きを変え、正面の両開きのドアへ向かった。「来て」

食べ物にありつけるかと思い、ロルフは言われるがままあとに続いた。「どこへ行くんだい？」

「厨房の裏口にまわるのよ。何か食べるものがあると思うわ」エマはそう言うと、ドアを開けて外に出た。朝の空気はすがすがしかった。

ロルフが眉をひそめた。「厨房で食事をするのはいただけないな。料理人に話を聞かれてしまう」

「料理人はテーブルの脇で、奥さんと一緒に寝てたわ。それに、実はピクニックに行こうと思っていたの」

「ピクニック？」

先に立って城の裏にまわりながら、エマは肩越しにいとこに笑いかけた。「もう何年もしていないでしょう。昔はよく城を抜けだしたじゃない。懐かしいわ」幼いころのささやかな冒険を思いだし、彼女は小さくほほえんだ。料理人の目を盗んで食べ物をちょっぴり持ちだしては、城を囲む森のなかへ分け入って食べ、そのあとは木立のなかでかくれんぼをして遊んだものだ。「馬で十分くらい行ったところにすてきな空き地があるのよ。小さな川も流れているの」

「よさそうだな」ロルフも思い出に浸りつつ、ほほえんだ。エマは当時から行儀のいいお嬢さまではなかった。それどころか、とんでもない跳ねっ返りだった。鬼ごっこをするときも、女の子なら〝か弱い乙女〟になりたがるのが普通だろうに、いつも〝正義の味方〟ダリオン卿をやると言って聞かなかった。男の子のように森のなかを走りまわり、木にのぼったり枝にぶらさがったりした。スカートをはいていようと関係なかった。邪魔にならないよう、腰のところで丸めてとめてしまうからだ。そうでないときはロルフのズボンを借りた。彼女の父親――ロルフのおじ――に見つかったら、ふたりともきっと鞭《むち》でたたかれただろう。

そんなことはないか。ロルフは思い直した。おじのセドリックはふたりに甘かった。特にエマには。おそらく見て見ぬふりをしただろう。いや、実はとうにふたりの遊びを知っていて、見て見ぬふりをしていたのかもしれない。

「ここよ」エマが言った。厨房のドアを押し開け、なかに入ると隅にあったかごを持ってきて、中身をつめはじめる。

ロルフは頭を振って思い出を振り払い、かごのなかをのぞいた。「おいおい、こんなにたくさんはいらないだろう。ぼくらふたりだけなんだぞ」

「司教さまもご一緒にどうかしらと思って。ここに来る途中、中庭を横切ってらっしゃるのを見かけたのよ」

ふたりの思い出に司教が踏みこんでくるのかと思うと、ロルフは一瞬、嫉妬を覚えたが、やがて肩をすくめてうなずいた。自分たちはもう子供ではない。それに、ここはおじの城でもない。おじの城は今、自分の城となっている。

「きみがそうしたいなら」ロルフはそう言うと、かごを受けとってエマに腕をさしだした。

アマリはもともと朝は弱いが、とりわけ今朝は特別機嫌が悪かった。よく眠れなかったのだ。下腹部がうずくせいで幾度となく目が覚めた。気持ちは紳士的であろうと、若い花嫁に最初の晩からあまり強引なまねはすまいと思っているのだが、体のほうはそれほどものわかりがよくなかった。気がつくとベッドから体を起こし、脇の蠟燭《ろうそく》に火をつけて妻の美しい寝顔を眺めていた。実際、繊細な花のように愛らしかった。軽い寝息さえ上品だ。

太陽がのぼりはじめたころ、ようやくうとうとと浅い眠りについた。だが、ほんの一時間もすると目が覚めてしまった。新しいわが家——自分の城、自分のベッドで。ところが、妻はどこにもいない。起きだして城内と中庭を捜したものの、居場所はわからなかった。中庭は墓場のように静まり返っている。城壁を守っているのはふたりだけ。ほかの人間は、周囲の村の住民も含めてみな大広間に重なるようにして寝転がり、天井を揺るがすような大いびきをかいていた。誰もがふたりの結婚を祝う宴を大いに楽しんだらしい。おれ以外の誰もが……。そう思うといっそう腹がたった。彼らは浴びるようにエールを飲み、楽しむだけ楽しんで、今や正体もなく眠りこけている。おれのエール、おれの大広間なのに。

あれこれ考えているうちにますます怒りがわき、アマリは大広間にとって返すと、両手を腰にあて、脚を広げて怒鳴った。「妻はどこだ?」

だが、足もとの酔っ払いがひとりふたり身じろぎした程度だった。もはやかんかんになったアマリは、足音も荒く大広間を出た。足早に厩舎《きゅうしゃ》へ向かい、途中でバケツを拾うと、馬用の水桶から水をくむ。それから大広間に戻った。

最初の怒声はほとんど注意を引かなかったが、二度目のそれは、床にのびている酔っ払いたちにバケツの水を盛大にぶちまけたこともあって、いくらか効果があった。

女たちは驚きと抗議の声をあげて目を覚まし、男たちは毒づきながら剣をつかむ。自分たちを無理やり起こしたのが誰なのかみなが気づいて騒ぎが静まるまで、アマリは待った。そして大広間がまたしんとなると、今度は不気味なまでに落ち着いた口調で言った。「ようやく聞く耳を持ったか。おれは妻がどこに行ったか、知りたいのだ」

誰も答えなかった。みな目をぱちくりさせるばかりだ。今まで眠りこけていたのだから当然と言えば当然なのだが、誰ひとりエマの居場所を知らないようだった。

アマリはため息をついて不満そうな顔をした。「なら、誰か妻が毎朝することや行くところを知らないか?」

「ミサでしょうか」

答えたのは例の中年の召使い、モードだ。彼女が妻の侍女だったことを思いだし、アマリはほっとしてそちらのほうを向いた。そして口を開きかけたとき、脇にいた男が言った。

「そうです。ですが、今ガンプター神父がいらっしゃらないので、ミサはないと思います」

モードが肩をすくめた。「司教さまが開いてらっしゃるかもしれないわ」

「いや」会話がこれ以上発展する前に、アマリは首を横に振った。「教会は調べたが、妻はいなかった。ウィカム司教もいらっしゃらなかった」そうつけ加え、彼は眉をひそめた。司教を捜して、こちらを向いたいくつもの顔をさっと見渡す。もちろん大広間にはいなかった。今朝はいて当然の人間がひとりもいない。妻を捜していて気づいたのだが、ブレイクも見あたらなかった。ブレイクには女性を惹きつける強烈な魅力がある。そこまで考えてふと浮かんだ疑念を、アマリは振り払った。

次の瞬間、ばかげた疑念を言葉にせずによかったと思った。ブレイクがいきなり、ゆうべ座っていた長テーブルの下から這《は》いでてきたからだ。胸の大きな金髪娘も一緒だった。

ブレイクは立ちあがると威厳たっぷりに服を直し、女性に手を貸して立たせてからアマリのほうを向いた。「やあ、ようやく目が覚めたよ」陽気に言って、何事もなかったかのようにアマリに近づく。

「妻の姿が見えないんだ」

それを聞いてブレイクは顔をあげ、大広間を見まわした。「ひょっとすると、朝の——」

「教会にはいなかった。そこは調べた」

「そうか。なら……」ブレイクが考えをめぐらせる。「彼女のいとこはどこだ?」

アマリは目を見開いた。妻のいとこを捜すことは考えなかった。さっとまわりを見渡す。

「ロルフはどこだ?」

　怒りに満ちたアマリの顔を前にして、若い給仕女は一瞬ためらったものの、勇気を振り絞って一歩前に出ると、もごもごと答えた。

「聞こえない!」アマリからいらだたしげに怒鳴られ、給仕女がびくりと飛びあがる。それでもためらいがちにもう一歩前に出ると、彼女は咳払いをして、さっきよりはいくらか大きな声で言い直した。「あの方はゆうべ、わたしのそばで寝ていらっしゃいました。でも、今はいません」

　娘が赤面していることからして、ロルフは単にそばで寝ていただけではないようだ。昨晩、自分が新妻と大急ぎでした以上のことをしたに違いない。そう思うといっそう怒りが募《つの》り、アマリは顔をしかめたが、ブレイクが娘に助け船を出した。

「よかったじゃないか。いとこと一緒ならレディ・エマは無事だろう。遠乗りにでも出かけたんじゃないか? 厩舎は調べたのかい?」

「ああ。だが、厩舎には誰もいなかったから、おれにはどの馬がいないのかわからなかった。厩舎係もいなかったし」

「あの……」年配の男が咳払いし、新しい領主とのあいだにじりじりと距離を置きながら言った。「厩舎係というのはわたしでございます……閣下。今すぐ見てまいります」

　仕事を放棄していたことで男を責めようとアマリが口を開いたとき、背後から楽しげな笑い声が聞こえてきた。はっとして振り返ると、ちょうど正面のドアが開き、エマがウィカム司教とロルフとともに城内に入ってきた。冗談でも言っているのか、三人とも笑っている。今朝目覚めて隣に妻がいないと知ったときからアマリの胸で荒れ狂っていた怒りの嵐には、まったく気づいていない様子だ。「今までどこにいた？」彼は吠《ほ》えるように言った。

怒り狂ったアマリを前にして、三人はいっせいにきょとんとした顔をした。

「何か問題でも？」エマが答えた。心配そうに大広間を見やり、みなが一様に不満げな顔をしているのに気づいて眉根を寄せる。

「今までどこにいた？」アマリは険しい口調で繰り返した。

「どこって……ピクニックをしていたの」

「ピクニック？」アマリは一瞬、虚を突かれた顔をしたが、やがてまたしかめっ面に戻った。「城壁の外でか？」想像するだけで胃がよじれた。

「ええ」夫の険悪な口調に驚いた様子を見せたものの、エマは平然と答えた。「ここには食事をする場所もなかったから」

何を言っているんだとアマリは反論しかけたが、ふと、彼女の言うとおりだと気づいた。代わりにぶっきらぼうに命じる。「今後は護衛なしに城壁の外に出てはならない。わかったな？」

エマがゆっくりと目を細め、目の前の夫をにらみつける。

彼女の目を見て、癇癪玉《かんしやくだま》が破裂寸前と見てとったロルフは、場をおさめようと一歩前に出た。「きみの言うとおりだ、ド・アネフォード。お供なしで城を出るのは危険だよ。今回は司教とぼくが一緒だったからいいが」

「たしかにそうだ、アマリ。ロルフ卿なら何かあっても彼女を守ってくれただろう。ともかくもういいじゃないか。こうして無事に戻ってきたんだし」ブレイクも前に出てアマリに並び、エマに魅力的な笑みを送った。「今朝のアマリはちょっとぴりぴりしているが、気にしないでやってほしい。きみのように美しい花嫁を迎えることができた幸運が今でも信じられないんだと思う。だから、今度はその運命がきみを奪っていくのではないかと気が気ではないんだよ」

アマリはブレイクに反論しようと口を開いたが、思い直した。言われてはじめて気づいたのだが、意外にも友人の言うとおりだった。寝不足で神経が高ぶっていたことももちろんあるけれど、妻がいないと知ってわきあがった怒りは、実は彼女を失うかもしれないという不安から生じたものだった。初夜がさんざんな結果に終わった罪悪感も手伝って、彼女はアマリのことを夫失格と決めつけ、国王のもとへ結婚無効宣言を求めに行ったのではないかとまで考えた。生まれてこの方、パンひとつを得るためにも懸命に働き、苦労を重ねてきただけに、ほしいものが簡単に手に入ると逆に怖くなってしまう。レディ・エマリーヌが想像していたような不器量な年増女だったら、また話は違ったかもしれない。けれども妻は不器量でも年増でもなかった。これまでの経験からすれば、苦労や不愉快な務めなしに得られるものなど何もない。こんな幸運には何か落とし穴があるに決まっている――そう思えてならないのだ。

「あなたのような魅力的で頼りになる友人を持って、夫は幸運ですわ、サー・ブレイク」エマは近づいてブレイクの腕をとると、彼が先ほどしぶしぶ下から這いだしたテーブルへと導いた。「夫も感謝していることと思います」

ブレイクのことだから愛想よく返事をしたに違いないが、アマリには聞こえなかった。エマがブレイクを部屋の奥のテーブルに座らせたからだ。見ていると、驚いたことに、彼女が小声でいくつか言葉を発しただけで、大広間全体が動き、召使いたちは自分の仕事をはじめた。警備の者は決められた場所につき、厨房で働く者は厨房へ向かい、ほかの者たちは朝食をとるために静かにテーブルについた。全員がアマリを大きく避けて通っていく。しばらくして、召使いたちが厨房から料理とエールを持ってきた。

アマリはただ立ちつくし、妻が城内を正常な状態に戻していくのを眺めながら、一抹の寂しさを感じていた。ロルフと司教がエールのジョッキが置かれたテーブルに移ろうと前を通りすぎたとき、いぶかしげにちらりとこちらを見たが、それにも気づかなかった。ここでも自分はよそ者だという思いにとらわれていたからだ。子供のころは、どこへ行ってもなじめなかった。公爵の庶子として生まれたアマリは、父の家族からは締めだされ、かといって生まれ育った村の子供たちにもうとんじられていた。

公爵の妻がアマリの顔——夫の不貞の生きた証を見るのに耐えられなくなり、どこかへやってくれと言いだすと、父は彼をほかの領主のもとへ修行に出した。寛大な扱いだったのは認める。単に村から追放することだってできたのだから。とはいえ、新しい屋敷でも、アマリはやはりはみだし者だった。従者として騎士修行に励んでいる若者は、ほとんどが名家の子弟だ。そのなかで、アマリひとりだけが庶子だった……。彼は必要に迫られて、強く、熟練した騎士となった。自分をからかって喜ぶ若者たちから、わが身を守らなくてはならなかったからだ。ブレイクもはじめはそうしたひとりだった。とはいえ、彼と戦ったのは一度だけだ。互角の勝負で決着がつかず、しまいにはふたりとも疲れきって地面に倒れこんだ。そして同時に意識をとり戻し、並んで寝転んでいることに気づくと、あっという間に友達になった。ブレイクとの友情のおかげで、一緒に修行をしているほかの従者たちにも少しずつ受け入れられるようになっていった。それでもアマリを庶子と呼び、けんかを仕掛けてくる者はあとを絶たなかった。たとえば、馬上試合や旅の途中で出会う、ほかの領主に仕える従者たちだ。ブレイクとともに騎士に叙せられたあとでさえ、何かにつけアマリは本来この世界に属していないのだと思いださせようとする輩《やから》はいた。

自分の城さえ持てば、はみだし者だという感覚も消えてなくなるだろうとずっと思っていた。本当の自分の居場所ができるはずだと。ところが今、アマリは大広間のまんなかに突っ立って、今までと同じ感覚を味わっていた。妻はおそらく、癇癪を起こした罰として、さりげなくおれを無視しているのだろう。ブレイクのほうがよほどくつろいで見える。

また怒りがこみあげ、怒鳴りそうになったが、今度はなんとかこらえた。たぶん、これが当然の待遇なのだ。結局のところ、自分は庶子なのだから。公爵と村娘のあいだにできた息子。しかも、ゆうべは妻を手荒く扱ってしまった。時間がなく必要に迫られてのことだったとはいえ。いや、そうではない。バートランドが迫ってきていることは知っていたのだから、式が終わってすぐ床入りに臨めばよかったのだ。花嫁にふさわしい気遣いとやさしさを持ってことにあたれるように。そもそも、自分がここまで来るのにだらだらと時間を引きのばしていなかったら、一日早く式をあげ、床入りをすませていたのだ。そうしたら、もっと愛情のこもった初夜を迎えることができただろう。

アマリはため息をつくと、ブレイクと楽しげに言葉を交わしている妻から目をそらし、ひとりで城を出た。腹が減っていたが、厩舎まで歩いて自分の馬に鞍をつけた。城壁の外に広がる森をひとっ走りしてこよう。少しは気が晴れるかもしれない。そして妻の怒りもいくらかおさまるかもしれない。そうすれば、やり直せるだろうか？　普段は思いたったらすぐに行動に移すほうだが、今朝は少し気持ちを整理する時間をとるべきだ。もう二度とこんな思いはしたくない……。

夫が大広間を出ていくと、エマの笑みは消えた。後悔の念が胸を刺したが、一瞬のことだった。頭ごなしに命令されることには慣れていない。城に戻ったときの夫の態度には面くらったし、偉そうなふるまいには腹がたった。大声で命令をくだし、服従を要求する夫を受け入れることなど、とうていできない。あまりにも頭にきたので、わざとアマリを無視し、ブレイクのほうを厚遇した。だが、城を出るときのアマリの顔は妙に寂しそうだった……。

「あいつはいいやつだ」

ふと声がして振り向くと、ブレイクが真顔でこちらを見つめていた。「なら、どうしてあんなふるまいをするのかしら？」

ブレイクは考え深げな目つきで手にしたエールのジョッキをのぞきこみ、しばらく黙りこんだ。何を話すべきか、友人を裏切ることなく何を話せるか、思いをめぐらせているのだろうとエマは感じた。

「きみはアマリの何を知っている？」ようやくブレイクがきいてきた。

エマはわずかに目を見開き、ゆうべロルフが話してくれた内容を思いだそうとした。だが、ほとんど何も知らないことに気づいた。「英雄だと聞いたわ。アイルランド遠征の際に暗殺者から王の命を救ったとか」

ブレイクが疑わしげに目を細める。「それだけかい？」

「ええ」

彼はため息をつき、かぶりを振った。「ぼくから話していいものかどうかわからないが、いずれきみの耳にも入るだろう」ひとりごとのように言うと、エールをあおり、それから口を開いた。「きみの夫は、庶子《バスタード》だ」

エマはぎょっとした。やがて怒りもあらわに立ちあがる。「夫はろくでなし《バスタード》なんかじゃないわ！　たしかに今朝の彼のふるまいは感心しなかったけれど、だからってあなたにそんなふうに言われる筋あいは――」

「違う、そうじゃない」彼女の誤解に気づき、ブレイクは笑いをこらえて言った。そしてエマの手をとり、ふたたび座らせる。「そういう意味で言ったんじゃないんだ。まあ、怒ると手に負えないやつであることは確かだが」冗談まじりにつけ加えた。

彼女はまだむっとした顔をしている。ブレイクはため息をついた。「彼の父親はスタンフォード公爵、母親は村の鍛冶屋《かじや》の娘なんだ」簡潔に説明する。

エマは今度は大きく目を見開き、ぽかんと口を開けた。

彼女が理解したのを見てとると、ブレイクは小さくうなずいた。「公爵の奥方も貴族の出でね。ただ、子供を産めない体だった。彼女はほかの女が夫の子を産んだという事実が我慢ならず、アマリの母親をいびり続けた。出産が原因で母親が死んだあとは、アマリを苦しめることに精力を注いだ。それでも彼が六歳になるころには、いじめにも飽き、夫に彼を村から追いだすよう迫った。そして、公爵はアマリを修行に出したんだ」

エマは膝の上で組みあわせた手をじっと見つめながら、黙って聞いていた。庶子の運命については知っている。夫婦が結婚初夜に何をするかについてはあきれるほど無知だったかもしれないが、世の習いはわかっていた。とはいえ、子供に罪はない。庶子であるせいで子供が罰せられるなんて間違っている。

「子供のころから、アマリには自分の居場所がなかった」ブレイクが続けた。「半分貴族で半分農奴。そのどちらにも属さない。ぼくの言う意味はわかるだろう?」

エマはブレイクの視線を避けたまま、無言でうなずいた。

「本当の意味でわが家と呼べる場所がなかったんだ。だから、この城がわが家となった幸運が、すんなりとは信じられないんだと思う。今朝、彼があんなふるまいに出たのは、たぶん不安からなんだよ。はじめての幸運を存分に味わう前に、きみを、そしてこのすべてを失うのではないかと怖くてならないんだ」

エマはいきなり立ちあがると、大広間を突っ切ってドアへ向かった。ブレイクは急いであとを追い、その腕をつかんだ。「あいつはいいやつだ。庶子なのは本人のせいじゃない」

「もちろんよ。そんなこと、わかっているわ」

ブレイクは目をしばたたかせ、彼女の腕を放して一歩あとずさった。「夫が庶子と聞いても気にしないのか?」

「そんなことをきくなんて、わたしに対する侮辱だわ」

「そ、それは……」彼はたじろいだ。「申し訳なかった」咳払いして続ける。「きみが黙りこんで……いきなり立ちあがったから……ぼくはつい……」

エマは小さくほほえみ、子供を安心させるかのようにブレイクの肩を軽くたたいた。「夫を捜しに行くだけよ。朝食がまだなんじゃないかと思って」

「そうか」彼は軽く背筋をのばし、かすかにほほえんでうなずいた。「ならいい。ぼくは戻って、食事を続けることにするよ」

4

エマがふたたび中庭に出ると、大勢の人がせわしなく行き来していた。つい先ほど彼女がロルフとウィカム司教の三人で通ったときとは大違いだ。ところが、これだけの人がいても、アマリの姿を見かけたという者を見つけだすには、四人に尋ねてみなくてはならなかった。どうやら夫は馬に乗って城壁の外へ向かったらしい。

教えてくれた厩舎係に礼を言いその場を離れると、エマはどうしたらいいかと考えながらゆっくりと城のなかに戻った。だが、ふと思いついて足を速めた。

今また大広間を横切っていく彼女に気づいたのはブレイクだけだった。エマは小さくほほえみかけたものの、目で問いかける彼に足をとめて答えようとはしなかった。そのまま歩いて厨房に入り、かごに手早く夫のための食べ物とエールをつめた。仲直りの、そして歓迎のしるしのささやかな贈り物だ。さらに言うなら、感謝の気持ちもこもっている。ゆうべ、彼は状況が許す限り、わたしをやさしく気遣ってくれた。そうする必要もないのに。夫が妻を大切に扱わなくてはならないという法はない。いくら世間にうとくても、妻をたたいたり、乱暴に扱ったりする冷酷な男と結婚した女性の話はときおり耳に入ってくる。

エマは二度とも、夫には恵まれたと思っていた。最初の夫は父が慎重に選んだ。もともとは九歳のときに婚約が決まっていたのだが、不幸にもその相手と家族は、結婚式の前年そろってロンドンに出かけ、疫病であっけなく逝《い》ってしまった。その数年前にはエマのおじとおば、つまりロルフの両親も同じ病に倒れている。

その後、父は婿探しをだらだらと先のばしにしていたものの、エマがまもなく十九歳になるというときになってようやく重い腰をあげた。強面《こわもて》の男をふたり雇い、候補となる男性を徹底的に調べあげた。そのなかでいちばんよさそうなのが、フルクだった。エバーハート城は、好きなときに父を訪ねることができる距離にあるし、フルクは女性を虐待するようには見えなかった。どちらかと言えば、知的探求に多くの時間を費やす学者肌だった。となれば、長い期間家をあけるに違いない。

おそらくそれが父にとっては決定打だったのだろう。他人の支配を受けることに慣れていない娘には――エマも父の言うことにはしたがっていたが、その父が娘には大甘だった――留守がちな夫のほうが好都合だと考えたに違いない。

たしかに悪い選択ではなかった。夫がベッドをともにしてくれないことを除けば、結婚していた二年間、エマは総じて幸せだった。というより、子供時代を過ごした家とほとんど同じ生活を続けていられた。ふたり目の夫を得た今、エマはアマリを選んだロルフに感謝していた。父の亡きあと、彼女の結婚について王と相談するのはいとこである自分の役目だとロルフが思っていたのは間違いない。

そう、わたしは運がいい。父とロルフという、ふたりのすばらしい男性に恵まれたのだから。弓と矢をとりに二階へ向かいながらエマは思った。そしてさらに幸運なことに、三人目のすばらしい男性とめぐりあった。ゆうべ示してくれた気遣いから、アマリがやさしい人であることはよくわかる。たくましくて猛々《たけだけ》しい顔の内側には、傷ついた幼い少年が隠れている。わが家と呼べる場所を求め、支えとなるあたたかな女性の腕を探す、宿なしの子供が。

エマは自分こそ彼の支えになろうと心に誓った。


「なんだ、おまえらは！」アマリは叫び、剣を振りかざして腕を斬りつけてきた命知らずのならず者の腹をかっ切った。

剣の切っ先が体を突き抜けた衝撃で、男がかっと目を見開く。やがて自分の腹を見おろし、血がほとばしっているのを見て愕然《がくぜん》とすると、地面にくずおれた。アマリをとり巻いていた男たちが一、二歩あとずさる。それでもまだ飛びかかる機会をうかがっていた。

追いはぎか。アマリは木を背にしてよかったと思った。追いはぎが周囲の木立から飛びだしてきて、驚いた馬から放りだされたとき、とっさにその位置で身がまえた自分の判断が幸いした。

とはいえ、もの思いに沈んでいてならず者どもに不意を突かれたとはなんとも情けない。注意を怠っていなかったら、ある程度は攻撃も予想できただろう。少なくとも馬から振り落とされることはなかったはずだ。下草のあいだをもがくようにして、盾にできる近くの木まで這っていく必要もなかったに違いない。こちらはひとり。剣と短剣のみで六人を相手にしなくてはならないのだ。不幸中の幸いは、剣を持っているのが三人だけであることだ。ほかのふたりは棍棒《こんぼう》を、あとのひとりは威嚇するように短剣を振っている。いや、剣は残りふたりになった。そう思ったのも束の間、ひとりが死んだ仲間の剣をつかみ、棍棒を投げ捨てた。

アマリはこめかみを引きつらせて敵をにらみつけ、そのうちの誰かが仕掛けてくるのを待った。彼らがいつまでもひとりずつ襲ってくるほどまぬけなら、歩いて城に帰ることもできるだろう。だが、いっぺんにかかってこられたら、たぶんおしまいだ。ふたりか三人は始末できるだろうが。はじめからわかっていたのだ――幸運は長続きしないと。運命とは気まぐれなものだと幼いころに学んだ。幸運にも美しい妻と豊かな領地を手に入れたと思ったら、翌日には殺されるはめになるわけだ。

視界の隅で何かが動き、アマリははっとして周囲に注意を引き戻した。一瞬の隙を悔やむ間もなかった。気がつくと四方から男たちが迫ってきていた。仲間の轍《てつ》は踏みたくないと思ったらしく、五人同時に襲いかかってきた。

「ええと……その……」エマが問いかけるようにちらりと見ると、エルドリンのしゃがれ声は心もとなげに小さくなった。厩舎係はため息をつき、背筋をのばしてきっぱりと言った。

「閣下から、奥さまをひとりで城から出してはならないと言われております」

エマは軽く眉をひそめ、それから平然とほほえんだ。「わかってるわ、エルドリン。でも、わたしは夫を捜しに行かなくてはならないの。今回だけは見逃してくれない？」

そう言って彼女が牝馬《ひんば》にまたがると、年老いた厩舎係はあわてて駆け寄ってきてその手綱をつかんだ。「ですが、奥さま……」

「夫を見つけたら、彼に守ってもらうわ」エマは安心させるように言うと、彼の手から手綱を引き抜き、しっかりと握った。

「ですが、閣下を見つけるまではおひとりなわけで……」だが、厩舎係の反論は尻切れとんぼに終わった。これ以上何を言っても無駄だ。奥さまはもうすでに中庭を突っ切って門へ向かっている。エルドリンはぶつぶつひとりごとを言いながら、かぶりを振り振り厩舎に戻った。あの新しい領主さまが命令にそむく人間を大目に見るとは思えない。奥さまもじきそれにお気づきになるだろう。

エマは夫が向かったとされる方角へ馬を向けた。まもなく夫と鉢合わせすることを期待して。ところが、残念ながら彼は思ったよりも遠くまで行ったようだ。追いはぎに襲われる危険性が高くなる、森の奥まで分け入ったらしい。彼女が馬をとめ、城へ帰ろうかどうしようか迷っていると、いきなり木立のなかから馬が飛びだしてきて、目の前をものすごい速さで駆け抜けていった。

城へ突進していく怯えた馬を鞍にまたがったまま見送り、エマは唇を噛んで深い森のほうを振り返った。夫の馬なのは間違いない。彼はあの馬で出かけたはずだ。なら、今はどうしているのだろう？

いやな予感がしてうなじの毛が逆立った。そのとき、どこか遠くから金属がぶつかりあう、甲高い音が聞こえてきた。

ひとりでこんな遠くまで来たアマリの愚かさをレディらしからぬ言葉でののしりながら、エマは背中から弓を引き抜き、馬を全速力で走らせた。


今日が人生最後の日になりそうだと、アマリは本気で思った。三本の剣と、短剣、棍棒がいっせいに向かってくる。自分に残された選択肢は、どの男を地獄への道連れにするかだけだ。力いっぱい剣を振り抜けば、ふたりか、うまくいけば三人を倒すことも可能だろう。そう願って左側の剣を持った男の首をねらって短剣を投げ、同時に右に向けて自分の剣を振り抜いた。あわよくば、右側の剣の男を斬り殺し、その勢いで短剣の男の首をはねることができる……。それでも、正面の剣の男に斬られるだろう。でなければ、棍棒の男に殴り殺されるか。だが、少なくともひとりで死ぬわけではないとわかれば、多少の慰めになる。

ねらいは正確で、短剣は左側の男の喉に刺さり、怒りに任せた渾身《こんしん》の一撃は右側のふたりを同時に仕留めた。右側のふたり目の男が斬られたのは首でなく肩で、致命傷とはならなかったが。それでもアマリは、覚悟していた正面の男の攻撃を受けることはなかった。ふと見ると、男は驚愕したように目を見開いてまっすぐこちらを見つめている。やがてアマリをたたき斬ろうと剣を振りあげたまま、がくりと膝をつき、うつ伏せに倒れた。その背中には矢が突き刺さっていた。思いもよらない展開にアマリは面くらい、一瞬、棍棒の男のことを忘れた。そして次の瞬間、頭を強打された。

一歩前に出ていたために、仲間が矢に倒れたことには気づかなかった最後のひとりが、アマリの頭に向けて力いっぱい棍棒を振りおろしたのだ。だが、勝利は長くは続かなかった。アマリが倒れると同時に、男の背中を矢が貫いた。

ふたり目の男が倒れるのを待つまでもなく、エマは馬を進めた。矢が弓から放たれるとすぐにあいた手で手綱をつかみ、十五メートルほど先の、夫と襲撃者たちが倒れている場所へと急いだ。

身の毛もよだつ光景だった。彼女はなるべく血を見ないようにして弓を鞍の上に引っかけると、馬の背から滑りおり、夫のかたわらにひざまずいた。アマリはうつ伏せに倒れていた。腕をつかんで自分のほうへ引き寄せ、抱きかかえるようにしてあおむけにする。そして、じっくりとけがの状態を調べた。腕を斬られているが、深い傷ではなさそうだ。もう出血もとまっている。だが、頭の傷は深刻だ。エマは手でそっと彼の頭を持ちあげ、よく見ようと少し向きを変えた。かなり強打されたのだろう、血がどくどくと流れている。

エマは唇を嚙み、来た方向を振り返った。助けが来る気配はない。まもなく現れるだろうが。アマリの馬が城に帰りつけば、警備の者たちがすぐに領主を捜しに来るはずだ。

夫の手当てをするのは必要なものがそろっている城に戻ってからにしたほうがいいと考えていると、かさかさという音が聞こえた。彼女は音のするほうを振り返った。

空き地まで来て最初に目に入ったのは、アマリの脇の血まみれの男だった。じっくり見たくはなかったので、その後は夫以外には目を向けないようにしていた。今にして思えば、それが間違いだった。どうやら追いはぎは全員が死んだわけではなかったようだ。いたちのような顔をしたその男は肩に深い傷を負っていたものの、致命傷ではなかったらしく、近くに転がっている剣に向かってそろそろと歩いていくところだった。

自分のまぬけさに毒づきながら、エマは夫の頭を放し、剣に飛びついた。一瞬で立ちあがり、身がまえる。男は、つかもうとした剣まであと数十センチというところまで来ていたが、足をとめた。そして唇をなめながら状況を推しはかった。いちばん近い剣まであと少しとはいえ、これ以上進めば、エマが手にしている剣の間合いに入ることになる。男は一瞬、それでも剣をとるそぶりを見せたが、考え直したらしく、いきなり踵を返して森のなかへ消えた。

エマは男が姿を消したあたりをしばし見つめていた。心臓が破裂しそうなほど激しく打っている。やがて剣をとり落とし、ふたたび夫に駆け寄った。

そのあいだ頭のなかを駆けめぐっていたのは、自分には剣は使えないということだった。娘が剣の訓練をすることだけは、父は決して許さなかった。ウェールズ人の召使いについて、しばらくのあいだ弓の訓練をさせたのも不承不承だったのだ。父の決意を翻《ひるがえ》そうと、エマはありとあらゆることを試みた。泣きついたり、ふくれたり、癇癪を爆発させてみたりもしたが、このことに関してだけは、父の考えは揺るがなかった。〝女性が剣の扱いを学ぶ必要はない。レディが学ぶ護身術としてふさわしくない。だいいち、娘は充分に守られている〟それが父の言い分だった。ロルフでさえ、剣を習いたいというエマにあきれ、いっさい協力してはくれなかった。

エマはかがみこんでアマリの両手をつかみ、少し引っ張ってみたが、無駄だった。ここで傷の手当てをするのはどう考えても無理だけれど、かといって助けが来るのをただ待つのも危険すぎる。なにしろ、森には追いはぎがうようよしているのだ。ここで夫を襲った六人だけではない。たった今森の奥へ逃げたひとりが仲間と合流したら、いつ戻ってくるかわからない。

「エマ！」馬に乗ったロルフが木立から飛びだしてきた。心配でたまらない表情をしている。

「よかった」いとこが手綱を引いて馬をとめると、エマはほっとため息をついた。

ロルフが鞍から飛びおり、彼女に駆け寄る。「大丈夫か?」

「ええ。でも、アマリが……」

「何があった?」

「追いはぎに襲われたの」エマは答えた。夫のほうを振り返り、まだ頭から出血が続いているのを見て、顔をしかめる。

「きみも一緒だったのか?」ロルフは明らかにアマリよりもエマのほうが心配らしい。この傷が目に入らないのだろうか?

「いいえ。わたしは戦いが終わったころに来たのよ。彼を運ぶのに手を貸して。城まで連れて帰らなきゃ。ひどく出血しているから」

ロルフはうなずき、うなりながらなんとかアマリを抱えあげ、エマの牝馬のほうへ運んだ。

「だめよ、ロルフ、そんなふうにしては」ロルフが意識を失っているアマリの体を袋か何かのように無造作に鞍にかけると——頭が片側に、脚が反対側に垂れさがる格好で——エマは抗議した。「体を起こしてあげないと。これでは乗り心地がよくないわ」

「乗り心地も何も、気を失ってるんだぞ」ロルフはそっけない口調で指摘し、自分の馬にまたがってから、身をかがめて彼女の腰に腕をまわした。

「でも——」

「いいから」ロルフはエマを鞍の自分の前に乗せると、片手で自分の馬の手綱をとり、もう片方の手で牝馬の手綱をつかんだ。「早く戻れれば、その分早く手当てにかかれる」そう言って、馬の向きを変え、来た方向へと進める。だが、追いはぎふたりの背中に矢が突き刺さり、いまだ小刻みに震えているのに目をとめて、手綱を引いた。「きみがやったのか？」

エマはうつむき、ぶるっと身震いして目をそらした。「早く城に連れ帰って、ロルフ」

彼女が青ざめているのを見て、ロルフはそれ以上何も言わずにうなずき、無言で鬱蒼《うっそう》とした森のなかを進んだ。しばらくして気持ちが落ち着いてくると、エマは小さくため息をついて肩越しに振り返り、いとこに尋ねた。「あなたもひとりで来たの？」

「厩舎係から、きみがひとりでアマリを追っていったと聞いてね。護衛なしに城を出るなと命令されたにもかかわらず。ぼくはすぐに馬に鞍をつけさせた。きみが彼に追いつく前に、きみに追いつこうと思ったんだが」

エマはほほえんだ。「わたしが夫に怒られないように？」

「本当なら怒られて当然だ。ひとりで馬で出かけたりしては絶対にいけない」

「それを言うなら、夫だって同じことよ」エマはむっとして言い返した。ロルフに叱られることはめったにないが、叱られるといい気持ちはしない。なぜなら、いつだって彼の言うとおりだからだ。

「たしかにそうだ」ロルフが同意したので、エマは少し肩の力を抜いた。彼のいいところは、常に公平だということだ。「追いはぎどもはずいぶん大胆になってきているな。フルクがきちんとした手だてを講じなかったからだ」

「彼がしなかったことはたくさんあるわ」彼女はさらりと言った。

「ああ」ロルフがうなった。

「夫の馬は見た？」エマは話題を変えた。

「見たよ。じき助けが来ると思う」ロルフの口からその言葉が出たとたん、目の前の木立から援軍が現れた。城の兵士と、夫に同行してきた戦士たち、合わせて少なくとも二十人はいる。率いているのは、険しい顔つきのブレイクだった。

「レディ・エマ」ブレイクはふたりのそばまで来て手綱を引き、彼女を上から下までさっと眺めた。無事だとわかると、今度はアマリのぐったりとした体に視線を移す。頭からまだ血がしたたり落ちているのを見て、目を細めた。

「腕にもけがをしているの」エマは言った。「急いで城まで連れ帰って、手当てをしなくては」

「追いはぎにやられたようだ」ロルフは彼女が省いた情報をつけ加えた。「もう少し奥に行った空き地に五人倒れている」

「それで全員なのか？」

「ひとりは傷を負いながらも逃げたわ」エマは説明した。

ブレイクはうなずき、配下の者をふたり城までの護衛にあてると、残りの兵を連れてロルフが示した方角へ進んだ。倒れているやつらをつかまえ――生きていればだが――逃げた男を捜すためだ。

アマリは馬からおろされ、屈強な男ふたりに二階の寝室まで運ばれた。そのあいだ、ぴくりとも動かなかった。エマは急ぎ足であとに続き、モードに湯と清潔な布を持ってくるよう大声で命じた。

まもなくアマリはベッドの上に寝かされた。エマは傷口を洗い、まずは頭の手当てからはじめた。腕の傷はたいしたことはない。かすり傷程度だ。だが、頭のけがは心配だった。外から見ただけでは、けがの程度は判断できない。小さなたんこぶほどのものでも死にいたる場合があるし、逆にアマリのようにぱっくりと割れていても意外と早く治り、わずかに頭痛が残るだけという場合もある。もちろん、いつもそうとは限らない。

エマは血に染まった布をアマリの従者が持っている洗面器に入れ、モードが糸を通した針を受けとった。傷口を縫おうとしたところで、ブレイクが部屋に入ってきて、ベッドを囲む五、六人の輪に加わった。

「逃げたやつはつかまったか?」ロルフが小声できいた。声からして、エマが最初のひと針をアマリの肌に突き刺すのを見てたじろいだのがわかる。

「いや。今も捜しているところだ。ぼくは死体をのせて先に戻った。きみが言ったとおり、五人いたよ」上の空の口調からして、ブレイクもエマの作業に気をとられているらしい。騎士が傷の縫合を見てたじろぐというのもおかしな話だ。傷をつけることにかけてはためらいはないのに。「うちふたりは背中を矢で射抜かれていた」

エマは針を持つ手をとめた。警告するようにさっとロルフを見やる。無言のメッセージを受けたロルフは困り顔になり、なんと答えたものか迷っているようだったが、やがてため息をついて言った。「ああ、ぼくも見た」

「きみとレディ・エマが着いたときには戦いは終わっていたんだろう？」ブレイクの言葉にエマはどきりとした。ロルフと一緒に城を出たと思われるとは考えなかった。いや、そうではない。ブレイクはアマリを捜しに行こうとするエマがいとこに護衛を頼んだと思っているのだ。余計なことは言わないで、ともう一度目顔でロルフに伝えると、彼女は夫の傷に注意を引き戻した。

「ああ」ロルフはようやく答えた。「ぼくが着いたときには終わっていた」

納得できずにブレイクが眉根を寄せるのが、エマには見える気がした。「なら、ふたりを殺《や》ったのは誰だ？」

エマは息をつめた。追いはぎを手にかけたと人に知られるのはいやだったし、弓の使い手であることも隠しておきたかった。指南役だったウェールズ人を除けば、知っているのはロルフだけだ。もちろん父も知っていたが、すでに故人となっている。最初の夫も同じだ。

フルクにその話をしたときのことを思いだし、エマはため息をついた。結婚式の翌日だった。意外な特技があると知って、感心してほしかった。なんとかして自分に関心を持ってもらおうと必死だったのだ。彼は結婚を祝う宴のあいだも、妻の存在に気づいてすらいないように見えたから。その翌日の朝食のときも、昼間も。

残念なことに、フルクはレディらしからぬ特技に感心するどころか、露骨に嫌悪感を示した。それが見向きもされなくなった大きな原因のひとつではないかと、今でもエマは思っている。その後まもなく、彼は妻にはひとことも言わずロンドンの屋敷へ移ってしまった。エマは女らしくないと思われたのだ。だとしたら、ふたり目の夫に弓の使い手だと知られたらどうなるか、考えただけで体が震える。アマリにはあんな嫌悪に満ちたまなざしを向けられたくなかった。

「たぶん、ダリオン卿だな」ややあってロルフがそう答えたので、エマはほっとした。

「ダリオン卿？」ブレイクが戸惑ったようにロルフを見つめた。「聞いたことがないな。このあたりに城を持っているのか？」

エマが肩越しに振り返ると、ロルフは首を横に振っていた。目が合うと、彼はいたずらっぽく目をきらめかせた。「いいや。ダリオン卿というのは森の精でね。弱者の味方なんだ。不用心に森に分け入った者を守ることで知られている……たいがいは弓と矢でね」

「きみはその、ダリオン卿とやらを見たことはあるのか？」

「ああ、もちろん。ぼくも一、二度命を救われた。一度目はまだ子供のころだったよ」

いとこがいつの話をしているのかに気づいて、エマは顔をしかめた。たしかロルフが城に来て一年たったころ、弓の練習をはじめて一、二カ月目のことだった。ふたりは浮浪児のような格好で森のなかを駆けまわり、ごっこ遊びをしていた。いつもながらエマはダリオン卿になりたがり、いとこには悪党役を押しつけた。悪党がいたいけな子供をいじめているところに、ダリオン卿が登場するという筋書きだ。当然ながら追走劇がはじまり、ふたりは森のなかを走りまわった。ロルフが逃げ、そのあとをエマが追っていく。もっともそのときはめったに身につけないスカートに阻まれ、背負った弓が邪魔になって徐々に距離が開いていった。

そのとき、突然、前方から悲鳴が聞こえてきた。不吉な予感がしてエマは足をゆるめ、息を殺して前に進んだ。かすかに人がもみあっているような音がしたが、音はすぐにやんだ。彼女は木の後ろで足をとめた。そして、目を丸くした。大柄で、いかにも残忍そうな本物の悪党がロルフに近づいていっていたのだ。ひとりが乱暴にロルフの腕をつかみ、彼をどうしたらいいか仲間と話しあいはじめた。身代金をとりたいところだが、服装からして、貧しい家の子供と判断したようだった。エマとロルフは常々、いい服を台なしにしないよう、森で遊ぶときはいちばんぼろい服を着なさいと注意されていた。

ロルフをただの村の子供と決めつけた悪党は、顔を見られたから殺したほうがいいという結論に達したようだった。ならばどうやって殺すかという話になったところで、エマは自分がいとこを救わなくてはとはたと気づいた。彼女は何も考えず、矢を弓につがえると、ふたりのうち自分に近いほうの男を慎重にねらって矢を放った。一本目が的を射る前に、すでに弓にあてがわれていた二本目もすぐさま放たれた。一秒後、ロルフがふと気がつくと、自分の両側で悪党が倒れていた。命の恩人が誰なのかすぐに気づいて名前を呼んだが、エマは茂みのなかで嘔吐《おうと》しており、答えるどころではなかった。

「姿は見ていないのか？」

エマが昔を思い起こしているあいだに、ロルフも彼女の名前は伏せてその事件のことを語ったらしい。ブレイクがそうきいていた。

「もちろん見たさ。その日も、そのあと何度も」

「話しかけられたことは？」アマリを二階に運びあげた男のひとりがきいた。今や部屋にいる全員が興味津々で話に耳を傾けている。

「ああ……いや、いつも忙しそうで、なかなか話までする暇はなくてね」

笑いがまじったロルフの口調に、エマはくるりと目をまわした。あの日、急に怖くなって嘔吐したことを、以来ずっとからかわれている。

「忙しい？」ブレイクがきき返した。

「そうなんだ。で、ふっと姿を消し、気づいたらエマがそこにいた」

「なるほど」別の男が言った。「感謝の言葉を聞く暇もなかったわけですね。ほかの人間に姿を見られる前に逃げたんだ」そして、傷の縫合に専念しているエマのほうを向いた。「あなたはダリオン卿を見たことがおありですか？」

「ああ、彼女もダリオン卿に命を救われたことがある」ロルフが代わりに答えた。

「本当に？」ブレイクが興味深げにエマに目を向ける。

「そのときの話をしてくれませんか？」オールデンがはにかみがちに頼んできた。

エマはちらりと若者を見やった。オールデンは治療のあいだずっと冷静で、必要なときはすすんで手助けをしてくれた。針が皮膚に突き刺さる場面を見ても、少しもひるむ様子がない。ひょっとすると治療師の素質があるのではないかしらなどと思いながら、彼女はかぶりを振った。「また別の機会にね。ロルフのほうが上手に話をしてくれるかもしれないわ。階下の大広間かどこかで」いささかあてつけがましく言う。

「そうだな。けが人の手当ては彼女に任せよう。ここではぼくらは邪魔なだけだ」エマの意を汲《く》んでロルフはドアのほうへ向かい、残りの者が続くのを待った。

だが、オールデンはためらい、男たちが一列になって廊下に出ても、ひとり部屋に残っていた。

ブレイクがドアの前で足をとめ、後ろを振り返った。「快復するだろうか？」

エマはふたたび針を夫の皮膚に突き刺してから手をとめ、体を起こしてブレイクの青ざめた顔を暗い表情で見やった。「なんとも言えないわ。頭を強打してるから」

彼が肩を落とし、目をそらした。「アマリが目を覚ましたら、教えてくれ」

「ええ」エマは小声で答えた。ドアが閉まると夫のほうに向き直り、ふたたび傷の縫合にとりかかる。「オールデン？　夫の寝間着をとってきてくれないかしら。これが終わったら着替えをさせたいわ」

「閣下は寝間着を持っていらっしゃいません」

彼女は手をとめ、顔をあげた。「寝間着がないの？」

「はい。チュニックも二枚しかお持ちではありません。騎士には二枚あれば充分だといつもおっしゃってます。洗濯して交互に着ればいいと」若者が眉根を寄せた。「そんなものなんでしょうか？」

「そうね……」エマはどう答えていいかわからなかった。貴族階級で二枚しかチュニックを持たない人は知らないが、これまで騎士と知りあったこともない。「よくわからないわ、オールデン。だけど夫がそう言うなら、そうなんでしょうね」

「でも」オールデンが不満げに唇を噛んだ。「ぼくの父は騎士でしたが、チュニックはたくさん持っていました。それも上等のを。宝石や紋章がついていたんです」

それを聞いてエマは両眉をつりあげた。「あなたのお父さまはどなた？」

「エドモンド・ノースウッド卿です。伯爵領を――」

「ええ、知っているわ」エマは若者をさえぎった。唇をすぼめ、小首をかしげる。「お父さまが伯爵なら、あなたはどうしてわたしの夫に仕えているの?」

「最高の騎士だからです」オールデンが誇りに満ちた口調で断言した。アマリの名声を広めるのは自分の役目だと思っているかのように。「父がそう言いました。アマリ卿ほどすぐれた騎士はほかにいない。あの方に訓練を受ければ、長生きできるし、たくさんの称号と武勇を得ることができる、と。息子をほかの人間に託すつもりはないというのが口癖なんです」

「そうなの」エマは新たな敬意の念を抱いて夫を見やった。彼は王の命を救っただけでなく、騎士の指南役としても第一級と見なされているらしい。高位の貴族たちからでさえ。

「父だって立派な騎士なんですよ」オールデンが続けた。

「そうでしょうね」エマはなだめるように相槌《あいづち》を打った。

「でも、チュニックはたくさん持っていました」

まだ納得がいかない様子のオールデンに、彼女はやさしくほほえんだ。「あなたのお父さまは騎士であると同時に伯爵だったから、それなりの服装をしなくてはならなかったのよ」

若者はようやく安心したようにうなずいた。「そうですね。たしかにそうだ」そして、ぱっと顔を輝かせた。「でも、今ではアマリ卿も公爵となったわけですから、もっと服をそろえなくてはなりませんね」

「ええ、これからそろえることになると思うわ」エマは同意した。

「服装は大事です」

真剣そのものの口調に、彼女は小首をかしげた。「そうかしら?」
「ええ、国王陛下がそうおっしゃるのを耳にしました」
「そうだったわね」エマはため息をついた。それは事実だ。陛下は服の流行には敏感だとロルフも言っていた。質素なドレスで謁見に臨んだ自分は、王を大いに失望させたに違いない。たぶん前の夫も。彼女は椅子に座り直し、前日の結婚式以来はじめて、新しい夫をとくと眺めた。

幾度かちらちら見ることはあった。最初は教会で。次は結婚を祝う宴で。そのあとも一度か二度見る機会はあったが、彼の顔だちをじっくり観察するのは今がはじめてだった。アマリも端整な顔をしているものの、フルクのような繊細な美しさはなかった。フルクは脚のほっそりとした鹿を連想させたが、アマリはもっと野性的だ。たくましくて、どこか危険を感じさせる。動物で言うなら、狼か熊といったところだろう。

エマは身をのりだし、夫の顔から髪を払った。眠っていても力が抜けないようで、険しい表情をしている。父も同じように力強い顔だちをしていた。ロルフもだ。けれどもたまに眠っているところを目にすると、どちらも表情が和らいで、無邪気にさえ見えたものだった。ところが、夫には無邪気さはみじんもない。そのことが——休んでいるときでさえ、警戒を怠ることができないという事実が、ブレイクの話以上に、アマリの子供時代が悲しみと苦しみに満ちたものであったことを物語っていた。

わたしが変えてみせる。どうしてそういう気持ちになったのかはわからないながら、エマは決意した。アマリに心安らぐ住まいと、誇りに思える家庭を与えてあげたい。そう、彼が生きのびてさえくれたら……。

5

「目を覚ましたのか？」

エマが夕食の席に顔を出すと、ロルフが期待に満ちた表情できいてきた。だが、首が横に振られたのを見て、ため息をついた。エマは一日じゅうアマリのかたわらを離れなかった。目がかすんでくるほどじっと見守っていたが、夫は寝返りひとつ打たなかった。死んだように静かに眠っている姿を見ていると、彼女は心配でたまらなくなってきた。「いいえ、身じろぎひとつしないわ」しぶしぶ認めた。「今はオールデンが見てくれてるの。何か変化があったら、すぐに呼んでくれるはずよ」

ロルフが眉をひそめ、向かいに座っているウィカム司教と目を見あわせる。

その視線に気づいて、エマは物問いたげに眉をあげた。「何？」

ふたりが同時にあわれむような表情を向ける。

「何を考えてるの？」彼女は用心深くきいた。「わたしが呪われているとでも言いたげね」

「きみのいとこと司教は、ふたり目の夫も亡くなったらきみがどうなるかと心配なさってるんだと思う」ブレイクが静かな声で説明した。

エマははっとしてブレイクのほうを見た。「夫は死なないわ」思った以上にきつい口調になる。「それに、わたしがどうなるというの？」

「新しい夫が結婚早々に亡くなったら、またバートランドが押しかけてくると思わないか？」

そう言われて、エマは身をかたくした。「まさか。わたしは……」

「また未亡人になるんだ。昨日までと同じように。そしてバートランドがねらっている領地の所有者になる」

エマは血の気が引くのを感じ、大広間を忙しそうに動きまわる召使いたちを心配そうに目で追った。深い愛情を覚えるようになったこの城の人々がレディ・アスコットにこき使われることになると思うと、胃が締めつけられるようだった。自分だって、レディ・アスコットにあれこれ指図されるかもしれない。それに、バートランドが今以上の力を持ったら、王にとって脅威となりかねない。だいいち、わたしは子供を持つという夢をまだかなえられずにいる。まさに今日の午後、月のものが訪れた。

夫を死なせるわけにはいかない。絶対に死なせてはならない。バートランドとだけは結婚できないのだから。

ロルフが励ますようにエマの手に手を重ねてきたが、彼女はそれを振り払うと、いきなり立ちあがった。「夫の様子を見てこなくては」そう言うなり、テーブルを離れていった。

それから三日間、アマリは眠り続けた。そのあいだ、エマはかたくなにベッドのそばを離れず、ひたすら夫が目覚めるのを待っていた。ロルフやブレイク、そして召使いたちが心配して休むようすすめても、決してその場を動かなかった。ウィカム司教までが説得を試みたが、無駄だとあきらめた。

悶々としながらアマリが目を覚ます瞬間を待っていたにもかかわらず、彼がついにまぶたを開けたとき、エマはすぐには気づかなかった。アマリはたった今昼寝から覚めたというように、ぱちりと目を開けた。彼女はそれを見たものの、ぼやけた視界にとらえたものを頭が理解するのにしばらく時間がかかったのだ。ようやく状況がのみこめると、エマは椅子から飛びあがり、ベッドの脇に膝をついて、夫の名前をささやいた。

頭を動かすだけで鋭い痛みが走り、アマリが顔をしかめた。細めた目で妻を見つめる。

「頭が痛むのね」言うまでもないことだ。エマは立ちあがって戸口に向かった。ドアを開け、モードとオールデンを呼び、それから廊下をうろうろしていた司教に声をかける。「司教さま！」

「エマ、わたしにも何かお手伝いできることがあるかな？」ウィカム司教は彼女の前で足をとめ、首を少しのばして部屋のなかをのぞき見ようとした。

「申し訳ありませんが、モードを呼んできていただけないでしょうか。今朝わたしがいれた頭痛にきくお茶を持ってくるよう言ってください。彼、目を覚ましたんです」

「本当に？」その知らせに、司教は安堵を隠そうともしなかった。

「ええ」

「すぐに侍女を呼んでこよう」ウィカム司教は約束し、くるりと向きを変えたが、また振り返った。「今朝、お茶を用意させたのかい？」

「ええ。意識が戻ったとき、頭痛がひどいだろうと思いまして」

「だが……なぜ今日目が覚めるとわかったんだい？」

「わかってはいません。毎日新しくお茶をいれさせていたんです」エマは言い、驚いた顔の司教を残してドアを閉めると、ベッドに戻った。

アマリはまた目を閉じていた。眠っているのかどうかわからなかったが、モードがお茶を持ってくるまでは起こすまいと決めた。ひどい味がするから、彼は飲むのをいやがるだろうが、痛みが和らぐのは間違いない。

エマは唇を嚙み、注意深く夫を観察しながら、また椅子に腰をおろした。まっ青だった肌にわずかに赤みがさしてきた気がする。だが、見た目の変化はそれくらいだった。

軽いノックの音がしてドアが開き、モードが急ぎ足で入ってきた。オールデンがあとに続く。ふたりともアマリの容体が気になってしかたないようだ。エマはぬるいお茶のカップを受けとった。

「本当なんですか？」従者のオールデンが勢いこんできいた。「閣下は目を覚まされたんですか？」

「ええ」

「ああ、よかった。神さまのおかげとしか言いようがありません」モードも心底安心したようにつぶやく。

エマは夫の上にかがみこむようにして、そっと顔に触れた。そして彼が目を開けると、やさしくほほえんだ。「モードがお茶を持ってきてくれたわ。頭痛によくきくのよ」そっと声をかける。「起きあがってお茶が飲めるかしら？」

「ああ」自分の声を聞いて、アマリは顔をしかめた。いつもどおり威勢のいい声を出したつもりだったが、かすれたささやきにしかならなかったからだろう。起きあがろうとしてみたものの、どうやらそうするだけの体力がないようだ。

アマリが自力で起きあがるのは無理だと見ると、エマは夫のしかめっ面は無視してカップをテーブルに置き、ベッドに近づいて体を支えた。オールデンがベッドの反対側にまわって手を貸す。アマリは不満そうにうなり、何やら毒づいていたが、ふたりとも聞こえないふりをした。力を合わせてなんとか彼の上体を起こし、口もとにカップを持っていく。

アマリはお茶をひと口飲むなり、おえっとベッドに吐きだした。

「生きてたのか」

入口のほうから陽気な声が聞こえ、エマが振り返ると、ブレイクとロルフが部屋に入ってくるところだった。ウィカム司教も一緒だ。

「今のところはな」アマリがか細い声であえぐように言った。さっきとあまり変わらない、力ない声しか出なかった。「妻に毒殺される」

エマは夫のほうに向き直った。「毒じゃないわ。これは……」そう言いながらまた夫の口にカップを押しつけようとすると、巨大な手にいきなり手をつかまれた。顔をあげ、はっと息をのむ。見知らぬ男性が死神のごとく目の前にそびえ立っていたのだ。長身の夫よりさらにてのひらひとつ分背が高く、幅はゆうに二倍ある。そして罪深いほど醜い顔をしていた。生まれる際に、神がその手を顔に押しつけ、平らにつぶしたかのようだ。

「ただのお茶よ」心ならずもその巨体におじけづき、エマは小声で言った。「シロヤナギの樹皮からつくるの。頭痛を和らげる効果があるのよ」

晴れた青空を思わせるような鮮やかなブルーの瞳に見据えられ、彼女はまた息をのんだ。これほど醜い顔に美しい宝石さながらの瞳が埋めこまれているのを見ると、なぜか動揺してしまう。どうしていいかわからなかったが、男は不意にうなずいてエマの体越しに身をのりだし、カップをアマリの口もとへ向けて傾けた。

「鼻をつまむと、少し飲みやすいかもしれないわ」アマリがまたお茶を拒もうとするのを見て、エマは言った。「あとで口直しにエールを飲ませてあげるから」そうつけ加え、エールのジョッキを持ちあげる。夫が目を覚まして喉の渇きを訴えたときに備えて、朝からベッドの脇に置いてあったのだ。アマリはぶつぶつ文句を言いながらも、おとなしくお茶を飲んだ。まずそうに顔をしかめ、すぐにエマの持つエールに手をのばす。彼にはジョッキを持つだけの力がないことはわかっていたので、彼女はジョッキを口もとに持っていって少し傾け、エールを飲ませてやった。

アマリがもういいと手ぶりで示すと、エマはジョッキをテーブルに戻し、心配そうに彼を見やった。隣に立つ、報復の天使のような男には目を向けないようにして。

ぶつくさ言ったり身震いしたりでエマのお茶がひどい味であることを存分に表現したあと、アマリはため息をついて、男性を見あげた。「おまえが来てくれてうれしいよ、リトル・ジョージ」しばらく使わなかったせいで声はまだかすれていたが、少なくともさっきよりはだいぶ力強くなった。友人がほほえんだのを見て、満足げに続ける。「仕事はうまくいったと考えていいんだな？」

エマが見知らぬ大男のほうを見ると、彼は短くうなずいていた。

「よかった」アマリは今度はブレイクとロルフのほうを見た。ふたりはベッドのまわりをまわって、さっきまでモードがいた場所に立っていた。「何があった？」

「追いはぎに襲われたんだよ」ブレイクが説明する。

記憶が戻り、アマリがうなずいた。「六人いた」苦々しげな顔でつぶやく。

「ああ」

「不意を突かれた。馬が驚いて、振り落とされたんだ」アマリが腹だたしげに言った。

それを聞いて、ブレイクはけげんな顔になった。アマリが不意を突かれるとは珍しい。まして や馬から振り落とされるとは。

「四人は殺した……いや、三人だ。四人目を斬ったのは確かだが、致命傷は与えられなかったと思う」

ブレイクはうなずいた。「そいつは逃げたよ」

「あとのふたりは?」

「死んだ」

「矢だ」アマリはつぶやいた。ひとりの男の背中に矢が突き刺さっているのを見て、一瞬驚いた記憶がある。それに気をとられたのが命とりになった……。今になってそう気づき、エマが頭に巻いた包帯に静かに手をあてた。

矢を見てはっとした瞬間に、頭蓋骨が爆発したような痛みを覚えたのだ。思いだしてアマリは顔をしかめた。そうだ、最後の男は棍棒を持っていた。だが、そいつも矢に倒れたのだろう。たぶんおれが棍棒で殴られたほんの数秒後に。でなければ今ごろおれは間違いなく死んでいただろうから。

「ふたりは矢に背中を射抜かれていた」ロルフが言った。アマリが思ったとおりだ。

「誰の矢だ？」アマリは眉をひそめてきいた。

「ダリオン卿だそうです」オールデンが興奮気味に答えた。

アマリは目をぱちくりさせた。「誰だって？」

「ダリオン卿です。ロルフ卿が言うには森の精だとか」

ブレイクは顔を上気させた若者に小さくほほえんだ。「どうやらおまえは、追いはぎに襲われただけでなく、謎めいた森の主とも出会ったらしいぞ。まあ、運がよかったんだろうな。でなければ今ごろは生きてなかったろうから」ブレイクの顔から笑みが消えた。「そのあと三日間、意識がなかった」

「なんだって？」アマリは愕然とした。

「そうなのです」エマの後ろに立っていた司教が前に出て会話に加わった。「丸々三日間です。わたしどもはそれは心配していたのですぞ」

アマリはようやく妻に視線を戻した。最初に目を開けたとき、彼女はこちらをのぞきこむようにしてやさしくほほえんでいた。まぶしすぎて、頭が痛くなるような笑みだった。以来、妻の顔を見るのを避けていた。どうしてエマがそんなふうにほほえむのか、その理由が皆目わからなかったから。これまでのところ、ふたりの結婚生活にほほえみたくなるような要素は何もないはずだ。妻は三日間、おれの看病をしてくれていたのだろうか？　エマの表情を見たかったが、彼女はずっとうつむいていて、気持ちは読みとれなかった。

「お休みになったほうがいいわ」エマが膝の上でせわしなく手をもみしだきながら、うつむいたままで言う。

「三日間も眠っていたんだ」妻の表情が見えないことにいらだち、アマリはぶっきらぼうに言った。

「そうですが、エマの言うとおりだ」司教が口を挟んだ。「早く治すにはゆっくり休むことがいちばん。きみもだよ、エマ」きっぱりと言って、エマの肩を軽くつかむ。「きみも三日とふた晩寝ていない」

「司教さまのおっしゃるとおりです」オールデンもベッドの向かいから彼女の顔をのぞきこむようにして言った。「すぐにも休まないと、奥さまのほうが病気になってしまいます」

ようやくエマは顔をあげたが、その表情はアマリが期待したようなものではなかった。夫の快復を喜んでいるとか、心配しているとかいうよりも、大いに気分を害しているようなのだ。「どうしてみんな、いつもわたしにベッドに入れと命令するの?」

彼女の不満顔を見てロルフはくすりと笑った。「どうしてかと言うとだな、きみが自分からベッドに入るとは思えないからだよ」

「どうしてあの人のこと、リトル・ジョージと呼ぶの?」翌朝、大広間でブレイクと同じテーブルにつきながら、エマは尋ねた。

夫の友人は朝食のパンとチーズから顔をあげ、隣に座った彼女の視線の先を追った。そして、別のテーブルについている巨漢を召使いたちが遠巻きにしているのを見て、小さく笑った。「あまりにでかいからかな」

エマは眉をひそめた。「意味がわからないわ」

「人生は意味がわからないことだらけさ」

彼女は少し顔をしかめた。

ブレイクは肩をすくめた。「ならきみは、ひとり目のご主人がどうして夫の義務を果たそうとしなかったか、説明できるかい？」彼は理不尽なことの一例としてそう質問したのだ。この女性を、ベッドに誘うだけの魅力がないと見なす男がいるはずはない。ところが彼女が恥ずかしさに顔をまっ赤にし、そのあと青ざめたのを見て、失言だったと悟った。

「たぶん、わたしのことを不器量だと思ったんでしょうね」エマが悲しげに答えたので、ブレイクは仰天した。言葉そのものに驚いたわけではない。お世辞を引きだすために謙遜するのは、女性がよく使う手だ。ところが、彼女は本気でそう思っているらしい。

「レディ・エマ、きみは誰からも美しいと言われたことはないのかい？」今度はそう尋ねた。

エマがまたため息をついた。「父や……あとロルフからは言われたことがあるけれど」もごもごと言う。「でもふたりともわたしを愛してくれているから、喜ばせるためにそう言ってくれたんだと思うわ」事実だとは信じていないらしい。

「ほかには誰も？」

彼女はうなずいた。目の前の皿に視線を据え、そこにのったチーズを手でもてあそんでいる。

「そうか」ブレイクは姿勢を正し、晴れやかな笑みを浮かべてみせた。彼女はうつむいたままだったが。「なら、言わせてもらおう、レディ・エマ、きみは実に美しい女性だ。髪は金を紡いだようだし、唇は薔薇《ばら》の花のように鮮やかだ。うるんだ大きな瞳は鹿を思わせる。本当にきみは……」エマがいきなりこちらを向き、なだめるように腕をたたいてきたので、彼は思わず言葉を切った。

「やさしいのね。でもわざわざ嘘を言ってくれる必要はないのよ」

「嘘じゃない」ブレイクはとっさに言い返した。

「なら、どうしてフルクはわたしとベッドをともにしてくれなかったのかしら？」エマは単刀直入にきいた。ブレイクが答えられずにいると、立ちあがってテーブルを離れた。

大広間を横切る途中でロルフと鉢合わせした。彼はほほえみ、挨拶代わりに額に軽くキスをしてきた。

「おはよう、親愛なるいとこ殿。ぐっすり眠れたかい？」

「ええ」彼女はため息をついた。「あなたは？」

「赤ん坊みたいに寝たよ」

「よかった」エマはロルフの脇をすり抜け、厨房へ続くドアへ向かった。

「どこへ行く？」

「夫にお茶を持っていくの。まだ頭痛がしていると思うから。お茶を飲めば痛みが和らぐし、よく眠れるはずよ」

「もう眠ってるよ」ロルフは言い、彼女のあとを追った。「たった今、様子を見てきたところだ。司教とぼくは今日発《た》つ。それを告げるために寄ったんだ」

「今日？」エマははたと足をとめ、落胆の表情で振り返った。「でも来たばかりじゃない」

「もう四日もいる」彼はやさしく思いださせた。

「ええ。でもまだ、自分の城にも戻っていないじゃない」

「ああ」ロルフは苦笑いした。「王宮に戻る途中で寄れたらいいと思っていたんだが。夫がけがで動けないとなると、きみはぼくらと一緒に来るというわけにはいかないね」

エマは目をぱちくりさせた。「アマリとわたしがどうして王宮へ行かなくてはならないの？」

「彼はエバーハート公爵として、王に忠誠を誓わなくてはならないんだ」

「ああ、もちろんそうね」彼女は不満そうにうつむいて床を見つめていたが、やがてぱっと顔をあげた。「彼が旅に耐えられるくらい快復するまで出発を遅らせるわけにはいかないかしら？　そうしたら――」

「いや」ロルフはかぶりを振った。「ぼくらの到着が遅れたら、陛下はやきもきされるだろう。バートランドが結婚式の前に着き、計画が失敗に終わったと思われるかもしれない」

「伝令を送ったらどう？」

「そうはいかないよ。関係者以外の人間にこの件をもらすわけにはいかないんだ。結婚が陛下の差し金であるとバートランドに気づかれてはまずい。いろいろ面倒なことになる」いかにも寂しげなエマの顔を見て、彼はほほえみ、軽くその肩を抱いた。「陛下によろしく伝えておくよ。きみが大変感謝し、アマリ卿が快復ししだい……そうだな、二週間くらいしたら謁見に訪れると」

エマは唇を嚙み、心細げに手を見おろした。王宮には一度しか行ったことがない。王と謁見したときだ。父は宮廷生活を堕落している乱れた世界だと見なして嫌っていて、幼い娘を連れていこうとはしなかった。大人になってはじめて訪れ、父の言うとおりだったと思った。謁見の一日前に街に入り、そのあとも二、三日は滞在するつもりでいたが、ひと晩で気が変わった。実際、あれだけの人数の気どり屋が一堂に会しているところは見たことがなかったし、そのひとりひとりが悪意のかたまりときているから始末が悪かった。一日目の晩餐会《ばんさんかい》では、エマがいかに田舎くさくて野暮ったいか、誰もが手で口もとを隠しつつまわりに聞こえるような声でささやきあった。彼女に恥をかかせることを楽しんでいるとしか思えなかった。

だが、言われたことは事実だった。流行遅れの質素なドレスを着たエマは、に孔雀《くじゃく》のように着飾った彼らと並ぶと、さえない雀《すずめ》にしか見えなかった。

もっとも、しばらく滞在するという予定を変えたのは、そうした侮辱や嘲《あざけ》りのせいではなかった。それに対してロルフが黙っていなかったからだ。あるレディがエマに向けたひと言に怒った彼は、その相手を徹底的にやりこめようとした。実際にはエマがとめ、笑顔で受け流してロルフの怒りを静めたのだが。

皮肉なことに、エマはおそらく、その晩同じ席についていた全員を合わせたよりも裕福だった。彼らの十倍は豪華な衣装を何枚でも買えるだけの資産を持っている。とはいえ、エマは土地も家畜も持参金として夫のもとへ持っていったわけではない。すべてロルフのために残しておいた。持っていったのは、母から受け継ぎ、父からも譲り受けた財産だ。今にして思えば、フルクが自分と結婚した理由はそれだけだったのかもしれない。エバーハート城は、エマが嫁いだ当初、切実に修理を必要としていた。今にも崩れ落ちるのではないかと思えるほどだった。持参金の一部はさっそく修復と改装に使われ、屋敷はある程度、以前の輝きをとり戻した。それでもまだあり余るほどの金が残っている。バートランドが領地だけでなく、エマのことも求めるのは当然だ。これだけの資産家を放っておく手はない。

ロルフが宮廷でエマを侮辱した相手に怒りをあらわにしたことを思いだし、エマはため息をついて彼を見やった。そんなことがあって、謁見後ロンドンにとどまる意味はないと決めたのだった。ロルフに恥をかかせたくないし、つまらないことで騒ぎを起こしてほしくなかったからだ。ところが、今度は夫とふたりで王宮に行かなくてはならなくなった。アマリのことも考えなくてはならないのだ。自分のせいで夫に恥ずかしい思いをさせたくはない。いや、それだけではなく、彼自身が恥ずかしい思いをしたり、見くびられたりするようなことがあってはいけない。ふと、アマリは二枚しかチュニックを持っていないとオールデンが言っていたことを思いだした。結婚式に着ていたものと、追いはぎに襲われた日に着ていたものだ。すりきれた古いチュニックは、いっそうぼろぼろになっていた。

アマリは今や公爵だ。エバーハート公爵ともなれば、みすぼらしいなりではいけない。それに、毎晩裸で寝ていては凍え死んでしまう心配もある。

「一カ月にして」エマはロルフに頼んだ。「それと、ロンドンに着いたらお願いしたいことがあるの」

彼が問いかけるような顔つきになった。

「街で最高の仕立屋を探して、ここに来させて。最高の生地を持ってくるように言ってね。無駄足にはさせないから」

「フルクのせいだ。気の毒にレディ・エマは彼に無視されていたせいで、すっかり自信をなくしている。自分のことを不器量だと思いこんでいるんだ。知ってたか？　ロルフ卿ともその話をしてみたよ。彼はなかなかいいやつだ。だんだん好きになってきた。それはともかく、彼女は世間と隔絶した暮らしをしてきたようだ。ケンウィックを訪ねてくる人は少なかったし、ロルフのおじ、つまりレディ・エマの父親は、妻亡きあとは伴侶を求めようとはせず、娘とロルフを育てることに人生を注《つ》ぎこんだ」

ベッドの脇を行ったり来たりするブレイクを、アマリはいぶかしげに見守った。彼がこんなにかっかするのは珍しい。つい、口を閉じて座れと言ってやろうかと思った。あちこちの女性にきみは天使のように美しいなどとささやいているこの男が、エマのことでここまで感情的になるのはどうも気にくわない。たとえ彼女の気持ちを気遣っての怒りとはいえ。

アマリはむすっとした顔で枕に寄りかかり、シーツをいらだたしげに引っ張ってしわをのばした。妻には今日一日ベッドで休むように言われた。そのときはさんざんごねて、文句を並べたが、結局のところ疲労が激しかったので言うとおりにするしかなかった。ゆうべもまた、ろくに眠れなかったのだ。隣に眠る女性に触れまいとして、しじゅう寝返りを打っていたからだ。彼女はみなに休むよう促されたとき、客用寝室を使うと言いだしたが、アマリはそれを禁じ、同じベッドで眠るよう命じた。エマはおとなしくしたがい、みなが部屋を出るのを待ってすぐに衝立の後ろに引っこむと、あの不気味な黒の寝間着に着替えてベッドに入ってきた。

妻は頭を枕にのせるとすぐ眠りについた。よほど疲れていたのだろう。一方、アマリのほうはそうはいかなかった。どっと疲労感に襲われたものの、深い眠りに入ることがどうしてもできなかった。みだらな妄想が頭を駆けめぐっていたせいだ。それさえなければ、多少の休息は得られただろう。だが、代わりにアマリは眠っている妻を見つめ、彼女と愛を交わしたらどんなだろうと考えてばかりいた。エマと、ちゃんとした形で愛を交わしたら……二、三十人の人間が、競馬の応援でもしているかのようにドアの外ではやしたてているような状況ではなく。

夜明け前、やっとのことで浅い眠りについたかと思ったら、そのすぐあとに寝室のドアが静かに閉まる音がして目が覚めた。エマが部屋を出たのだ。しばらくして戻ってきた彼女は、ふらふらと立ちあがって服に手をのばそうとしているアマリを見つけ、当然ながら、すぐベッドに戻るよう命じた。夫に命令するなと怒鳴りつけそうになったが、実際のところ今にもくずおれそうだった。なんとかベッドに倒れこむのがせいいっぱいだ。エマが手を貸してきちんとベッドに横にならせてくれた。もっとも夫の裸を見ると頬を赤らめて目をそらし、お茶を持ってくると告げてそそくさと出ていったが。

疲れてなどいないし、横になる必要はないと言い張ったわりには、エマが部屋を出てまもなく、アマリはうとうととまどろんでいた。しばらくしてロルフがドアをたたく音で目が覚めた。エマのいとこは司教と一緒に出発することになったと告げに来たらしい。アマリはさして興味も感じずに聞いていたが、一応、〝いい旅を〟とつぶやいた。次に話題はエマに移り、まもなくロルフが挨拶に来た本当の理由が判明した。エマを大切にしろ、どんな形にせよ傷つけるようなことがあったらただではおかないと、説教がはじまったのだ。

夫婦のことに口出しする権利があると思っているらしいロルフの態度に、アマリは大いに憤慨したが、逆の立場だったら自分もそうしただろうと考え、かろうじて癇癪を抑えた。だから剣をつかみ、こちらに向かって偉そうに指を振っているロルフをその場でたたき斬る代わりに、目を閉じ、説教の途中で居眠りをはじめたふりをした。何度かいびきをかいてみせたところで、ロルフはようやくアマリが眠ったらしいと気づき、ぶつぶつ言いながらもそのまま部屋を出ていった。だがしばらくすると、今度はブレイクが部屋に駆けこんできた。

アマリもはじめは、友人が顔を出してくれてよかったと思った。リトル・ジョージに、森にひそむ追いはぎどもをつかまえるよう命じてくれと頼むつもりだった。もちろん細心の注意を払って、矢を携えている人間を傷つけないように。命を救ってもらった相手に、恩を仇《あだ》で返すわけにはいかない。だが、アマリが朝の挨拶をする間もなく、ブレイクは朝食の席でエマと交わした会話を再現し、〝気の毒に、彼女は自分を過小評価している〟、〝夫がなんとかしてやらなくてはいけない〟などとわめきたてはじめたのだ。ブレイクの言うことはもっともだが、聞いているうちに、アマリはだんだんうんざりしてきた。

誰も彼もが、このおれに妻の扱いを指南しなくてはいけないと考えているのはどういうわけだ？　みんな、おれのことをそんなに鈍感なまぬけだと思っているのか？

「だから、おまえが彼女に自信をとり戻させてやらなきゃいけない、アマリ。お世辞のひとつでも言ってやるんだぞ。それから――」

「おれたち夫婦のことは放っておいてくれ。ああしろこうしろと言うのはやめろ」ついにアマリは怒鳴った。

ブレイクが身をかたくする。「ぼくはただ――」

「余計なことに口を挟んでるんだよ。自分こそ結婚して、妻を大事にしろ」

ブレイクの顔からふっと怒りが消え、愉快そうな表情がとって代わった。「すまなかった、アマリ。やきもちをやかせるつもりじゃなかったんだが。おまえがすでに彼女にぞっこんだとは気づかなくてな」

アマリはむっとして目を細めた。「やきもちなんかやいてない」

「やいてるさ」

「やいてない」

「やいてる」

「おれは……ああっ！」大声を出したせいで頭に激痛が走り、アマリはうめいた。

「ぼくにはわかる」ブレイクは笑い、向きを変えてとっとと部屋を出ていった。

アマリは毒づきながらふたたびベッドにあおむけになり、目を閉じた。今度こそ少し眠れるだろう。隣に愛らしい女性が眠っていては、とうてい熟睡はできない。フルクがきちんと結婚を完成させていたら初夜はどんなだっただろうとふと想像し、いや、だとしたらこの結婚自体がなかったのだと気づいて愕然とした。エマとフルクが真の夫婦となっていたら、彼女にはおそらく二、三人の子供がいて、再婚するもしないも自由だった。バートランドもエマの財産をねらう余地がなかったはずだ。

そう思うといい気持ちはしなかった。だが、フルクが妻とは寝ない変人だったからこそ、今自分がここで、この城で、このベッドに横になっているのだ。眠りの妨げとなる魅力的な妻とともに。

アマリはため息をつき、顔を横向きにしてベッド脇の窓の外をのぞこうとした。そして、その窓がガラスでできていることに気づいた。信じられない。この城は窓にガラスを使っている！　思わず笑みがもれた。ガラスは非常に高価で、一般的には使われない。これまでガラス窓のある城はひとつしか見たことがなかった。王の城だ。

ガラス窓。アマリは満ち足りた思いで心のなかで繰り返し、やがてまたかぶりを振った。フルクがここに住まなかったとは本当に驚きだ。美しい妻。ガラス窓。ほかに何を望むというのだろう？

ふと、妻となるのは不器量な年増の女性だろうと思いこみ、ここまでの道中、わざと時間をかけて進んだことを思いだした。とはいえ、それもしかたのないことだろう。状況からして、彼女に何か問題があると考えるのが普通ではないか？　なんといっても二年間もの結婚生活のあいだ、フルクは一度も妻とベッドをともにしなかったのだ。そればかりか、エマのことを誰にも紹介しなかった。ロンドンにも、おそらくはイングランドのどこにも連れていこうとはしなかった。

たぶんそのせいでエマは自分を醜いと決めつけてしまった。ブレイクから聞いたロルフの話だと、子供時代には城を訪ねてくる人間もめったにいなかったらしい。エマはほとんどの時間を父親か、いとこと過ごしていた。彼女のことを美しいと言い、愛情を示したのはふたりだけ。それも自分を愛してくれているとわかっているふたりだけだった。だから夫にないがしろにされたとき、それは自分に女としての魅力がないからだと思いこんでしまったのだ。

そういうことか。アマリはため息まじりに考えた。エマには自信というものが欠けている。賞賛し、自尊心を植えつけてやらなくてはならない。彼女が必要としているものを見きわめ、満たしてやるのは、夫である自分の義務だ。だが、どうしたらいいのか。彼は考えをめぐらせた。まずはエマに、自分が美しいと気づかせてやらなくてはならない。

いらだたしげに指でベッドをとんとんとたたきながら、アマリはむっつりと寝室を眺めまわした。妻の問題に自分よりも先にブレイクが気づいたというのは、腹だたしい限りだ。いや、さらに腹だたしいのは、妻が今、自分のそばにいないという事実だ。彼女は城のどこかにいて、何にせよ女性がすべきことをしている。そしてブレイクも――アマリ自身、友人が女性をとりこにする場面を何度も見たことがある――今、城内のどこかにいる。

アマリは毒づき、上掛けをはねのけて体を起こした。あいつがエマの傷ついた心を慰めようとしているなら、とんでもないことだ。それはおれの仕事。彼女の夫はこのおれなのだ。

「あらまあ、エマさま、閣下が起きあがろうとなさってます」

女主人に告げ口しようと走り去る侍女のモードをにらみつけ、口のなかで毒づきながら、アマリは頭を振り振り、自分の足で立つことに専念した。

ここはおれの城だ。起きあがりたければ起きて何が悪い。この城の主人はおれなのだ。妻にもきっぱりそう言ってやろう。アマリはかたく心に決め、足にぐっと体重をかけた。

「あなた！」

部屋の前に着いて夫の姿を見たエマの悲鳴に近い声を聞いたとたん、アマリの虚勢は一瞬にして崩れ、やましさがとって代わった。

6

「いったい何をしているの？」エマは部屋に駆けこんでくるなり、夫を叱りつけた。「体が快復するまで休んでいなくてはだめでしょう。残ったわずかな体力を無駄に消耗してどうするの」

アマリは彼女をにらみつけたが、言い返すのはあきらめ、命令口調は無視することにした。明らかにふらふらしているのに、横になる必要はないと反論してみたところであまり説得力はない。怒りにかきたてられたわずかばかりの精力も、もはや使い果たしてしまったらしい。軽いめまいがするだけでなく、不意にどっと疲れが出た。

エマは夫のそばに駆け寄り、すばやく腕をつかんで体を支え、もう一度ベッドに座らせた。アマリは脚に力が入らず、うなりながらずるずるとベッドに座りこんだ。そして、観念したようにため息をついた。エマがせわしなくベッドのまわりをまわり、彼をあおむけに寝かせて上掛けをかける。それでも彼女が部屋を出ようとドアへ向かったときには、アマリにももう一度起きあがるだけの気力が戻っていた。

「どこへ行く?」

エマがはっと振り返った。彼の鋭い口調に驚いた顔をしている。「厨房よ。夕食の支度ができているかどうか見に行くの」

「だめだ。きみの部屋はここだ」

そう宣告されて、彼女は両眉をあげた。「ええ、でもあなたは休まなくてはいけないし、わたしにはやることが――」

「夫であるおれが、最優先じゃないのか?」

エマが今度は眉根を寄せた。「もちろんよ。でもあなたは眠ったほうがいいでしょう」

アマリもその点については反論しなかった。「きみも休んだほうがいい」

「わたし? でも、わたしはどこもけがしていないわ」

「だとしてもふた晩寝ていないのだから、その分を埋めあわせないと」

「でも……疲れていないの」

「いや、疲れてる」

「でも――」

「でもじゃない。おれが疲れていると言ったら、きみは疲れているんだ」

「でも――」

「主人はおれだろう?」アマリはもどかしげにため息をついた。

「ええ。でも――」

「なら、きみの居場所はおれのそばだ。ベッドだ」

エマはしばしぽかんとアマリの顔を見つめていたが、小さく肩をすくめると、着替えのために衝立の後ろに入った。ここは彼の言うとおりにしておいたほうがよさそうだと判断したのだ。なにしろ、頭に大けがを負ったのだから、少しばかり脳に支障をきたしているのかもしれない。

アマリはいたって満足し、枕に寄りかかって体の力を抜いた。たしかに今の自分にはベッドを離れるだけの体力はないが、こうしておけば、夫以外の人間が妻にお世辞を言ったり、傷ついた自尊心を癒したりすることもない。しかもエマときたら腹だたしいことに、けがをして以来、なんだかんだと指図したがる。ここはひとつ夫の権威を示し、妻には妻の立場をわきまえさせなくては。女につけあがらせてはいけない。

これこそ夫婦のあるべき姿だと、アマリは喜んでいた。衝立の後ろからエマが黒い寝間着を着て出てくるまでは。彼女はするりとベッドに入ってくると、枕をふくらませ、上掛けを引きあげて横になり、アマリのほうを向いた。そのとき、彼は自分のしたことを悟ったのだった。

なんてことだ。妻をまたベッドに、自分の隣に横にならせたとは。これでは眠れるはずがないではないか。アマリは眉をひそめ、じっと動かないエマの体をちらりと見た。それから無理やり目をそらし、さんさんと日の光がさしこむ窓のほうを向いた。

「あなた？」

おどおどと声をかけられ、彼はぱっと妻のほうに向き直った。「なんだ？」

「あなたは眠らないと」エマがやさしく言う。

「わかってる」アマリはむすっと答え、また窓のほうを向いた。今この瞬間、配下の兵士たちは何をしているのだろう？　たらふく飲み食いし、ぐうたらしているに違いない。元気になったら、活を入れてやらなくては。それだけではない、追いはぎどももつかまえなくてはならない。

「あなた？」

「なんだ？」彼はうなるようにこたえたが、エマの不安げな顔を見て、表情を和らげようとした。どうも彼女は、独善的なところと臆病なところが混在しているようだ。

「眠れないの？」

アマリは否定しようとしたが、ため息をつき、肩をすくめた。

「だったら、話でもしましょうか？」そうきかれ、彼は驚いてエマのほうを向いた。

「話？　誰とだ？　部屋にはきみ以外に誰もいないが」

彼女は不審そうに目を細めた。「そうよ。話し相手はわたしだけ。わたしとは話をしたくない？」

アマリはその問いに不意を突かれ、エマの口調に含まれた棘《とげ》には気づかなかった。彼はこれまで女性と〝話〟をしたことがなかった。母を出産で亡くし、最初の数年は祖父に——つむじ曲がりの老人だった——育てられ、それから騎士見習いとして修行に出された。彼を引きとった領主には当然のことながら妻がいたが、命令するとき以外に話しかける姿を見たことはほとんどない。少なくとも関心のあることや重要な事柄について妻と話しあう必要性を感じているとは思えなかった。なのでアマリもその例にならい、通りすがりに軽く会釈する程度だった。

ほかに知っている女性と言えば、兵士相手の娼婦たちだ。自分の土地を買うための金を稼ごうと、何年ものあいだあちこちの戦場を渡り歩いてきたが、戦闘中はそうした女性たちの充分な奉仕を受ける時間はなく、ましてや〝話〟をして時間を無駄にするなどありえなかった。実際のところ、そんなことは頭に浮かびもしなかった。いったい何を話せばいいのだろう？

「あなた？」

エマの声にいらだちを聞きとり、アマリはまた彼女のほうを向いた。そしてその表情を見て、いささか驚いた。どうやら相当怒っているらしい。彼は咳払いし、なんと話しかけていいかさんざん迷った末、ふと、エマに自信をとり戻させてやらなくてはいけないことを思いだした。

「きみは美しい」

エマは目をぱちくりさせた。口調からして、ほめ言葉というよりは非難に聞こえる。わたしの夫は本当に変わっているわ——そう思ったとき、今度はふと、新婚初夜に見た脚のあいだの珍妙な器官のことが頭に浮かび、彼女はそっとアマリの膝を盗み見た。もちろん今ではそれがなんのためのものなのか知っている。結婚を完成させるというのがああいうことなら、すべての男性が女性にない器官を持っていることになる。そう気づくと、落ち着かない気持ちになった。フルクにもあったのかしら？　だとしたら、彼のもふくらむとあれくらいの大きさになったの？　まさか。

「妻よ」

「何？」エマはやましさから顔を赤らめ、さっと視線をあげた。

「おれは、きみは美しいと言ったんだ」アマリは彼女に思いださせた。「何か言うことはないのか？」

「わたしはそうは思わないわ」

彼は身をこわばらせた。「おれが美しいと言ったら、きみは美しいんだ」

「わかったわ、あなた」エマは律儀に答えた。

アマリはうなずいたが、顔はしかめたままだった。彼女はその言葉を信じたからというよりん、夫の言うことに逆らうまいとして同意しただけのような気がする。「おれは、きみは美しいと言った」彼は繰り返した。

「そんなことを言ってくれるなんて、やさしいのね」

「やさしいわけじゃない。本当のことだからだ」

「あなたがそう言うなら。ねえ、陛下の命を救ったときの話をしてくださらない？」彼が仏頂面を続けていると、エマは促した。「アイルランドで暗殺者から陛下を救ったと、ロルフから聞いたわ」

アマリはしぶしぶうなずいた。「ああ」

エマは詳しい話を待ったが、彼は不快そうに唇をゆがめているだけだ。

「暗殺者というのは何者だったの？」彼女はしかたなくきいた。

「アイルランド人だ」

エマはぐるりと目をまわした。「そうね、当然アイルランド人でしょう。でも――」

「騎士はレディ相手に戦争の話をするものじゃない」

彼女は不思議そうにアマリの顔を見つめた。ロルフは戦争の話をした。父もそうだった。ふたりとも、それが悪いとはまったく思っていなかった。夫は冗談を言っているのだろうか？　残念ながら、これまでのところ、彼が冗談を言う場面は見たことがない。「どうして？」しばらくしてエマはきいた。

「どうしてって、何がだ？」

「どうしてレディ相手に戦争の話をしてはいけないの？」

アマリは顔をしかめ、戦争の話題とレディに関して人から聞いた話を思いだそうとした。実際のところ、レディと戦争について語りあう利点を、それを言うなら難点も、誰からも聞いた覚えはなかった。自分自身がなんとなく適切な話題ではないと感じただけだ。女性というのは繊細な生き物だ。ちょっとしたことで泣いたり失神したりしてしまう。動悸《どうき》が激しくなることもあると聞いた覚えがある。

「動悸が激しくなったり、失神したりするかもしれない」彼は自分の言葉を強調するように大きくひとつうなずいた。

「動悸が激しくなったり、失神したりする？」

「そうだ。女性はか弱いものだと決まっている」アマリは訳知り顔で言った。「だから、きみも今は休まなくてはいけないのだ」

「か弱いもの？」

「そうだ。女性は男性に比べて弱い。肉体も、意志も、そして何より心が男のように強くはない。だから大切に守ってやらなくてはいけないのだ。最初は父親が、そのあとは夫となる男が」

エマは目をきっと細め、夫をにらみつけた。そんなばかばかしい話は聞いたことがない。少なくとも、父やロルフはそんなことはいっさい言わなかった。剣の訓練だけは別だったが、それ以外のことではエマを対等に扱った。もっとも、世間においてはアマリのような考えが一般的であることは承知していたので、癇癪は抑え、冷静に反論を試みた。「男性のほうがだいたいにおいて女性より肉体的に強いというのは認めるわ」

「精神的にもだ」アマリはすぐさまつけ足した。

「それは違うわ」

「違わない。女性は上手に導いてやらないと、悪の道に走りやすいのだ」

「冗談じゃないわ。そんなこと、本気で信じているわけじゃないんでしょう?」エマはあっけにとられて夫を見つめた。

アマリが肩をすくめた。「イヴはどうだった?」

「聖母マリアはどうなの?」エマはぴしゃりと言い返した。

彼は一瞬考えこんだ。「聖母マリアはたしかに特別な女性だった。だが――」

「ユダやヘロデ王を男性の例として考えたことはある?」

「あいつらは悪人だ、数には入らない」

「それなら、イヴや彼女の過ちも、数に入らないはずよ」

アマリは一瞬混乱した顔をしたが、やがてまた尊大な表情に戻った。「いいか、トマス・アクィナスによれば――」

「トマス・アクィナスなんて百年以上前のイタリアの神学者じゃない。女嫌いの禁欲主義者でしょう。いまだに彼の言うことを信じている人がいるとは驚きだわ」

アマリがむっとした。「きみは――」

「とうの昔に死んだ人なのに」エマはつっけんどんにつけ加えた。

「話題を変えたほうがよさそうだな」

「どうして?」

「きみは動悸が激しくなっているようだ」

エマは反論しようと口を開け、考え直した。動悸が激しくなっているのではない。心底怒っているのだ。とはいえ、夫と口論になるのは避けたい。ならば話題を変えるのがいちばんだと判断した。「リトル・ジョージってどういう人?」

「筆頭家臣だ」

「サー・ブレイクが筆頭家臣なんだと思っていたわ」

「サー・ブレイク?」アマリは吹きだした。「違う、違う。彼はブレイク卿、貴族だ。おれの友人であり相棒でもある」

「相棒?」

「ああ」アマリは誇らしげに顔を輝かせた。「おれたちは騎士だ。ふたりしてイングランドでも最高の騎士を二百人率いている。あちこちからお呼びがかかるし、ほぼ望むだけの報酬がもらえる。おれたちは……」ふと、彼は言葉を切り、顔を曇らせた。今となってはもう、戦う必要がないことに気づいたのだ。広大な領地と大勢の召使いを持つ公爵となった今は。あいにくそれは自分のたゆまぬ努力の結果ではなく、隣にいる小柄な女性と結婚したおかげだ。実質的にはここの主人は彼女なのだ。襲われた日の朝、それを目《ま》のあたりにした。召使いたちはエマが穏やかに指示を出しただけで、いっせいに動いた。誰もが彼女を敬愛し、彼女に喜んでもらおうとしているのがよくわかった。自分が命令しても動くかもしれないが、それは単に主人を恐れてのことに違いない。主人のことを何も知らないのだから敬意からではないだろう。

　アマリは、自分が微妙な立場にいることにあらためて気づいた。かつては戦闘能力と公正さ、巧みな戦術でまわりから尊敬され、慕われてきた。修行を終え、騎士の象徴である拍車を与えられるとすぐ、優秀な剣の使い手を必要とする領主に次々と雇われるようになり、ほどなく数人の戦士とともに戦争から戦争へと渡り歩くことになった。誰が何を言ったわけでもないのに、いつのまにか自分が指揮官となり、仕事を手配し、報酬を払い、残りはいつか自分の土地を持つときのためにできる限り貯蓄するようになった。ときがたつにつれ部隊の規模は大きくなり、何年かぶりにブレイクと再会したときには、彼の部隊の百五十人を超えていた。

　そのころアマリは、何人かの兵士を手放すべきかどうか大いに悩んでいた。ここまで規模が大きくなると、まずは大きな契約を結ばなくてはならなくなる。ところがよくある小さな仕事には人数が多すぎ、結果として彼らは酒を飲んだり女遊びをしたりして暇をつぶすことが多くなってきた。

その問題を解決してくれたのがブレイクだった。指揮官がふたりいれば、小さな契約には部隊を分けることができるし、必要ならば大きな戦いにも備えることができる。その取り決めは非常にうまくいった。

「彼はどうして叙爵されたの？」

もの思いから覚め、アマリははっとしたように妻を見やった。「なんだって？」

「ブレイク卿よ。どうして彼は貴族の称号を得たの？」

アマリはかすかに笑って、かぶりを振った。「いや、あいつは生まれながらに貴族なんだよ。ブレイク・シャーウェル卿だ」

エマがぽかんとした顔をしていると、アマリは言った。「父親はロロ・シャーウェル、ハンプシャー卿だ」

エマは息をのみ、恥ずかしさのあまりまっ赤になった。貴族《ロード》相手に〝サー〟と呼んだだけでも悪いが、最近になって叙爵されたのならばまだ許されただろう。伯爵の子息に〝サー〟と呼びかけたとなると、言い訳はきかない。だが、当然ながらこれはすべてアマリの責任だ。ちゃんと説明しておいてくれるべきだったのだ。

彼女の表情を見て、アマリはげらげら笑いだした。

エマは眉をひそめた。「笑っている場合じゃないでしょう。わたし、とんでもなく失礼なことをしてしまったわ」

「そんなことはないさ」彼は真顔に戻って言った。「きみはおれの妻だ。彼に失礼なことなど何ひとつしていない」

そう断言されて、エマはため息をついた。どうやら夫は、自分がこうだと言えば、そのとおりになると思いこんでいるらしい。反論するだけ無駄だ。そこで代わりに疑問に思ったことをきいてみることにした。「ハンプシャー伯爵のご子息がどうして傭兵《ようへい》に？」

アマリは肩をすくめた。「父親が死ぬのをじっと座って待っているのにうんざりしたんじゃないかな」

エマは仰天した。「本人がそう言ったの？」

「いや。でも、そうでなかったらどうしてわざわざ故郷を離れるんだ？」実際、不思議でならないのだ。わが家と呼べるところを持つことをずっと夢見てきた自分には、どうしてほかの男たちが故郷を離れるのか、理解できない。もちろん今は自分の城があるが、それを手に入れた経緯を考えると、いささか釈然としないものがある。懸命に働いて手に入れたものならば気持ちは違っただろう。一緒に生活するにたえないような醜女との結婚だったら、それもまた違ったかもしれない。けれども隣にいるような愛らしい女性と結婚して立派な城を得たとなると、なんとなく盗みでも働いたような気持ちになる。

アマリが憮然《ぶぜん》とした顔をしているのを見て、エマは友人の話題に動揺しているのだろうと判断した。けがから快復しつつあるこの時期に気持ちを動揺させるのはよくない。そこで、彼女は話題を変えることにした。

「リトル・ジョージはどこの出身？　今朝、話しているのを聞いたんだけれど、少し変わった訛《なま》りがあるわね」

「北の出身だ」

「どうして家臣になったの？」

アマリは肩をすくめた。「ブレイクと同じくらい古いつきあいなんだ。騎士見習い時代に一緒だった。スコットランドのすぐ南に小さな領地を持つ男爵の四男だ」

「この城に遅れて到着したのは、どんな任務があったからなの？」

「結婚式をあげていたのさ」

「結婚式？」エマは目を丸くした。「奥さまにお会いしたいわ」

「それは無理だな。少なくとも今すぐには。ここに来る途中、親戚の家にたち寄り、そこにしばらく滞在しているんだ。リトル・ジョージが言うには、一、二週間したらあとを追ってくるそうだ」

「そうなの」エマはがっかりしてつぶやいた。本当にその女性に会ってみたくてたまらなかった。あれだけの巨漢なのだから、妻となる女性もそれに合わせてアマゾネスばりの大女だろうか？　そんな失礼なことを考えている自分が恥ずかしくなって顔を赤らめ、彼女はまた話題を変えた。「陛下を殺そうとした暗殺者の話をもっと聞かせて。どうやって――」

「しゃべっているとひどく疲れる」アマリは不意にそう言って、枕に頭をのせた。「きみも眠れ」

目を閉じた夫を、エマはじろりとにらんだが、しかたなく自分もあおむけになった。疲れたなんてごまかしは通用しない。自分の武勇伝を話したくないのだろう。まったくいらいらさせられる。だいいち身勝手だ。さんざん人の興味をかきたてておいて。いいわ。そのうち探りだしてやるから。彼女は目を閉じた。ロルフをせっついて全部ききだしてやろう。その前にブレイク卿に、間違って〝サー〟と呼んだことを謝らなくては。それというのも夫が何も教えてくれないからだときちんと説明して。ついでに夫の健康状態をどう思うかも尋ねてみたい。話をしているあいだ考えたのだが、女性はか弱いもの、邪悪なものというアマリの妙な思いこみは、ひょっとすると頭のけがが原因なのかもしれない。疲れてもいない妻に休めとしつこく命令するのも。ほかに考えようがないではないか？　彼が自分の言ったことを本気で信じているとは、どうしたって思えないのだから。

アマリは目を開け、隣を見た。ベッドは空だった。悪態をついて起きあがる。妻はおれが眠っているあいだに抜けだしたらしい。残念だが、従順とは言えないようだ。

ぶつくさ言いながら立ちあがってみた。今度は部屋がぐるぐるまわって見えなかったのでほっとする。休んだおかげで体力がいくらか快復したらしい。苦労して服を着たところで、ブレイクが部屋に入ってきた。

「おまえが起きてると聞いたら、奥方はいい顔をしないだろうな」彼がおかしそうにそう言った。

アマリはうなり、頭からチュニックをかぶった。

「おまえのことを心配してるんだぞ。わかってるのか?」いたずらっぽく目をきらめかせて、ブレイクが続けた。「彼女、おまえがけがのせいで頭が少しばかり……なんというか……普通じゃなくなってるんじゃないかと気にして、ぼくに話をしてみるよう頼んできたんだ。どこか……おかしなことがあったら教えてくれと」

アマリは驚いて手をとめ、顔をあげた。「なんだって?」

「怒鳴る必要はない、アマリ。ぼくはすぐ目の前にいる」

アマリは目を細め、とがめるように言った。「冗談を言ってるんだな」

ブレイクが肩をすくめる。「信じたくなければ信じなければいい」

「そうか」アマリはうなずいた。「おれは信じない」小声で言って、チュニックをまっすぐに直す。「彼女はどこだ?」

「階下の厨房だろう。料理人と話をしている。でなかったら裁縫部屋かな。女性はたいていそのあたりにいるものだろう？」

「そんなの知るか」アマリは剣を探してきょろきょろした。「おれの従者はどこだ？」

「奥方と一緒だと思う。おまえがけがをして以来、オールデンは彼女のあとをくっついて離れない。ついでに言っておくと、そのことで大いに自信をつけたようだ。彼女といると、口ごもったり、しくじったりしないらしい」

アマリは従者の話を聞いても肩をすくめただけで、勢いよく立ちあがった。ところが今度は部屋がぐるぐるまわって見え、悪態をついた。

「落ち着け」ブレイクが彼の腕をとった。「もうしばらく寝てたほうがいい。顔が青ざめてきたぞ」

「急に立ちあがったせいだ」アマリはいらだちを抑え、向きを変えると、そろそろとドアのほうへ向かった。

「奥方がいい顔をしないぞ、アマリ。心配する」

「夫の身を案ずるのは妻の役目だろう」

「それはそうだが」ブレイクはおもしろがっていることを隠そうともせず、前に出てアマリのためにドアを開けてやった。そして彼のあとから、大広間へおりる階段へ向かった。

アマリはなんとか自力で階段をおりたが、最後の一段にたどり着くころには、顔は死人のようにまっ青になり、額にはうっすらと汗が浮かんでいた。

「あなた！」階段の下に立つ夫を認めたエマは、驚いた顔で、城の戸口で足をとめた。外で集めていたらしい柳の皮の入ったかごをオールデンに押しつけると、モードと彼を戸口に残したまま、アマリに駆け寄る。「まだ起きあがってはだめよ。もっと休んでいなくては」

「だから、彼女がいい顔をしないと言っただろう」近づいてくるエマを見て、ブレイクがささやいた。「やあ、レディ・エマ。今日のきみは太陽の口づけを頬に受け、今また新たに花開いたように見える」

せっかくのお世辞もエマはほとんど聞いていなかった。ブレイクをにらみつけているアマリしか意識にない。「座ってちょうだい、あなた。顔がまっ青よ」

アマリは友人から妻に視線を移し、とがめるように言った。「ベッドを出たな」

その表情を見て、エマはため息をついた。「ええ。眠れなかったのよ。やることもあるし、起きたほうがいいと考えて――」

「きみは考える立場にない」アマリがぴしゃりとさえぎった。「言われたとおりにすればいいんだ」

その言葉に、エマが身をこわばらせた。ブレイクはぐるりと目をまわし、どうやってこの場をおさめようかと考えをめぐらせた。ところが侍女のモードが飛びだしてきて、危機を救った。

「奥さま、少しのあいだ、これを持っていてくださいませんでしょうか？」そう言ってエマの手にかごを押しつけ、部屋の隅に走っていくと、普段は暖炉の前に置いてある重い椅子を抱えてすぐに戻ってきた。「さあ、閣下。しばらく座ってお休みくださいまし」

アマリは文句を言いたそうな顔をしていたが、体の欲求に負け、ため息とともにどさりと椅子に座りこんだ。

「部屋を出ちゃだめだと戒《いまし》めたんだが」ブレイクはエマの気をそらそうとして言った。

何を言いだす気かとアマリはブレイクをにらんだ。

「こいつは言うことを聞かなくてね」ブレイクがつけ加えた。「ずっと寝てばかりなんで床ずれができたようなんだ」

突拍子もない嘘に、アマリはあんぐりと口を開けた。だが、妻の視線がいきなり尻に向けられたので、少々顔を赤らめた。「そうじゃない」反論しかけたが、ブレイクが妻に身を寄せてささやくと、今度はまっ赤になった。

「男にとっては微妙な問題でね。そのせいでいささか気難しくなったりもする。頭痛も重なっていたりするとなおさらだ。彼の世話はぼくに任せてくれないか。ちゃんと大広間に連れていってテーブルにつかせるよ。きみはきみで、そのかごの中身で何かつくらなくちゃいけないんだろう?」

「え、ええ」エマは息をのんだ。あらためて夫のことが心配になる。「頭痛にきくお茶をね。すぐに用意するわ、あなた」彼女は急いで厨房へ向かった。オールデンとモードがあとを追う。

「床ずれって、なんのことだ？」

遠ざかっていくエマの腰がなまめかしく揺れるさまに見とれていたブレイクは、友人に視線を戻した。「おまえもあとでぼくに感謝するさ」

「感謝だと？」アマリは怒りのあまり喉をつまらせた。

ブレイクは彼の背中を力強くたたき、うなずいた。「ああ。おまえはこの手のことにまったくうといようだから、ひとつ教えてやろう。女性に向かって、〝考える立場にない〟などとは絶対に言ってはだめだ」

「だめだと言われても……」ブレイクがくるりと目をまわし、頭を振りはじめたのを見て、アマリは言葉を切った。

「女性が〝考える立場にない〟というのはそのとおりだ。ぼくもそれは知ってる。だが、賢い男は妻にはそうと悟らせない」

アマリは眉をひそめた。「どうして？」

「女性の気持ちを傷つけないためだ」

「気持ち？」

「そう。頭ごなしにそんなことを言われたら、女性は傷つく。女性というのは繊細な生き物なんだ」

「なるほど」アマリは頭をかいた。「たしかに、おれには妻のことがさっぱりわからない。

今朝、ベッドに入るよう命じたとき、彼女はおれに〝話〟をしないかと言ってきた」

ブレイクは肩をすくめた。「話をしたがる女性は多い。あれの前には――」

「だが、おれは頭が割れるように痛くてあれどころじゃなかった。彼女のことも休ませてやりたかったんだが、彼女はおれが眠れないと見ると、〝話〟をしないかと言ってきたんだ。いったい女性となんの話をしたらいいんだ？」

ブレイクはしばらく考えてから肩をすくめた。「ぼくなら、ちょっとしたほめ言葉を言ってやるかな。たいていはうまくいく」

「言ってみたさ。ところが彼女はたいして喜ばなかった」アマリは不満げに告白した。

「ふさわしいほめ言葉じゃなかったんじゃないか。なんて言った？」

「〝きみは美しい〟と」

ブレイクは無言だったが、アマリがじっと顔色をうかがっているのを見ると、大きなため息をついた。「〝きみは美しい〟のひと言だけじゃだめだ」

「だめ？　どうして？」

「ほめるときは、もっと美辞麗句を並べないと」

「美辞麗句……」アマリはまた頭をかいた。

「そう、たとえばこんな具合だ。〝きみの髪は金を紡いだよう、唇は薔薇の花さながらだ。大きな瞳は鹿を思わせる〟とかね。そういうことを自分の言葉で言うんだ」

アマリはげんなりしたように鼻にしわを寄せ、ぶつくさ言ったが、ふと友人から目をそらした。エマが急ぎ足で戻ってくる。

「さあ、これを飲めば頭痛が楽になるはずよ」

アマリは押しつけられたカップを見つめ、うなった。冗談じゃない。また、あの馬の尿みたいな味のする茶を飲めというのか。頭が割れそうに痛いときでも飲むのは至難の業だったが、ありがたいことに頭痛も消えた今、またこんなものを押しつけられてはたまらない。それもこれもブレイクのせいだ。アマリは友人にしかめっ面を向けた。

「ぼくが彼にちゃんと飲ませるよ」ブレイクはにこやかにエマに請けあい、カップを受けとった。「ほかにも急ぎの用事があるのでは？」

「ありがとう。じゃあわたしは、夫のその……例の痛みにきく軟膏《なんこう》を持ってくるわ」彼女はもごもごと言って、走り去った。

ブレイクは戸惑った顔でエマの後ろ姿を見送った。「いったいなんのことを言ってるんだろう――」

「実際にはないおれの床ずれの話だろう」アマリは苦々しい顔で思いださせた。

「ああ、あれか」ブレイクは小さく笑い、暖炉にカップのお茶を投げ捨てた。「見て何もなかったらどう思うだろうな」

「見て何もなかったらとはどういう意味だ？」

「軟膏を持ってきたら、患部に塗るつもりだろうから」

「ここでか？」アマリはぎょっとした。戻ってきたエマに、大勢の人が行き来するこの大広間のどまんなかで服を脱ぐよう命令される場面が目に浮かぶ。彼女ならやりかねない。夫が具合が悪いと見ると、あれやこれやと命令したがる困った癖があるのだ。強引にベッドで休ませることで抑えられるかと思ったが、こちらが寝入ったとたん抜けだしたところを見ると、失敗だったようだ。彼女のその癖だけは、早急になんとかしなくては。

「彼女が軟膏を持って戻ってきたら、塗るのは夕食のあとにしてもらう。そしたら、おまえが塗るのを手伝うと言うんだ」

「ぼくが？」

「そう、おまえだ」アマリはぶっきらぼうに言った。「嘘をついたと知られたくないだろう？　女性の繊細な心を傷つけてはよろしくないからな」

「きみの髪は金を紡いだよう。唇は……ええと、薔薇の花さながらで……大きな瞳は鹿を思わせる……」夕食のテーブルにつくなりアマリはブレイクの言葉をそのまま引用し、満足げにうなずいて、エマの反応を見守った。

エマはカップを口に運ぶ途中で手をとめ、かすかに頭を振っただけで、食事を続けた。

アマリは怪訝な顔をした。「聞こえなかったのか？　きみの髪は――」

「金を紡いだようなのよね。知ってるわ。この前ブレイク卿に言われたもの」

アマリはエールのジョッキをたたきつけるようにテーブルに置くと、友人をにらみつけた。

「自分の言葉で言えと言っただろう」会話を聞いていたブレイクが口を挟んだ。「あれは、ひとつの例だ」

アマリはぶつぶつ言いながら皿に視線を戻し、ナイフで料理を突き刺しはじめた。

「どこか悪いの、あなた?」エマがきいた。気遣わしげな口調だが、どことなく笑いがまじっている。「まだ頭が痛むの?　もっとお茶を――」

「いらない!」思わず怒鳴ったものの、アマリは癇癪を抑えてため息をついた。「ありがとう。だが、もう茶はいらない」あの味を思いだすだけで体が震える。彼は食欲をなくして、椅子の背に寄りかかった。大広間におりただけだが、少し疲れた。あれこれ気をもんだり、言い争ったりしたせいだろう。軟膏を塗るのは寝る前にすると決めるだけでひと悶着あった。夫の健康のこととなると、エマはどこまでも頑固になれるらしい。喜んでいいのか腹をたてていいのか実際のところわからなかった。いや、ブレイクが余計なことを言わなければ――彼女がこうもアマリの心配をするのは、今また夫に死なれたらバートランドと結婚しなくてはならなくなるからだと言うのだ――素直に喜べたかもしれない。バートランドよりましだと言われてもあまりうれしくはない。

「少し疲れてきた。そろそろ部屋に引きあげて眠ろうかと思う」アマリはそう言って、友人に目で合図した。

ブレイクはうなずきながらも食事を続けた。すぐに立ちあがったのはエマのほうだった。

「それがいいわ。寝る前に軟膏を塗ってあげる」

アマリはブレイクをにらんだが、彼が知らん顔で食べ続けているので、彼女にテーブルに戻るよう手ぶりで示した。「大丈夫だ。自分で塗れる」

「自分で自分の背中に軟膏を塗るのは無理よ」エマは当然の反論をした。

「ブレイクが手伝ってくれる」アマリはそう言って、友人を肘でつついた。

「ああ、そうだった」ブレイクは自分の短刀の刃をふいて鞘《さや》にしまうと、立ちあがって彼女にほほえみかけた。「ぼくがちゃんと面倒を見る。きみは体力をつけるためにしっかり食べたほうがいい」

「でも、まだお食事がすんでいないでしょう」

「いいんだ。もう腹がいっぱいでね。このところ食べすぎなんだ。きみのほうは夫の看病でほとんど何も口にしていないというのに」

そう聞いて、アマリは眉をひそめた。「ほとんど食べてなかったのか?」

エマはそんなことはないと言おうとして口を閉じ、代わりに夫のほうを見た。「いいえ、ちゃんと食べてたわ」見え透いた嘘に、アマリがいっそう顔をしかめる。エマはしかたなくつけ加えた。「たくさんは食べられなかったけど。心配で食欲がわかなくて」

「なら、ちゃんと食べろ」アマリはひと言そう言うと、くるりと向きを変え、階段へ向かってずんずん歩いていった。

ブレイクはエマにすまなそうな顔をし、テーブルから羊の脚をつかむと、挨拶代わりにひょいと振った。「これだけもらっていく。二階で友としての務めを果たしてくるよ」

7

「奥さま、オオアザミですわ」

エマは侍女のモードが指さした場所に目をやった。「まあ！　オオアザミは食欲増進にきくのよ。夫は昨日、夕食をあまり食べなかったから、ぜひ飲んでもらわないと」

モードがうなずき、その薬草に足を向ける。

「バードックがあればとってちょうだい。血液をきれいにしてくれるから。それから、もし見かけたらブッチャーズブルームとムラサキツメクサもね」

「はい、奥さま……」

侍女の口調にエマは表情を曇らせた。夫の健康を快復させるためとはいえ、やりすぎではないか――モードにそう思われているのは百も承知だ。

アマリが目を覚ましてからずっと、エマは彼に体力をつけさせようと薬草を大量につみ、それを煎《せん》じて飲ませていた。もちろん、エマ自身は、それが悪いことだとは思っていない。

だがモードは、薬の量ではなく、その飲ませ方が気になっているようだった。最初アマリは、薬を飲むことをひどくいやがった。それなら、食事と一緒に出されるエールにこっそり入れたほうがいいと考えたのだ。問題は、ジョッキの半分くらいまで薬を入れなければならず、エールの味がいささか変わってしまうことだった。夫が文句を言ったとき、エマはそれをけがの後遺症だと説明した。嘘をつくのは罪かもしれない。だけど、神さまはきっとわかってくださるはずだ。子供を授かるには、夫に健康でいてもらわなくてはならない。それがバートランドとの結婚を回避する唯一の方法なのだから。

少しやりすぎなのは自分でもわかっていた。しかし、跡継ぎが生まれてくるまでは安全策をとったほうがいい。エマは平らなおなかに目を落としてため息をついた。結婚式の夜は望んだ結果をもたらさなかった。つまり、初夜の契《ちぎ》りが完全ではなかったということだ。それなのに、アマリは契りを完了させるそぶりをまったく見せていない。

はじめはエマもそれほど心配していなかった。夫のけががまだ快復していなかったからだ。だが、動きまわれるようになってからすでに数日がたっている。この三日間にいたっては、中庭で兵士たちの訓練を監督しているほどだ。あの快復ぶりからすると、夫としての義務を果たせるのは間違いない。エマは月のものがやってきて終わったことを、顔をまっ赤にしながらアマリに伝えたが、彼はそれを気にするふうでもなかった。夫は自分とベッドをともにする気持ちになれないのではないか……彼女はそう思いはじめていた。

吐息をもらし、足もとのダミアナにもう一度身をかがめる。薬草の本には、ダミアナには強力な催淫作用があると書いてあった。それが本当なら、アマリにはこの薬草に対して相当な耐性があるに違いない。エマは月のものが終わるとすぐ、薬にダミアナも入れることにした。にもかかわらず、彼の欲望が高まっている様子はまったく見られない。ダミアナは性的不全にも有効だと書いてあった。夫がその問題を抱えているかどうかはわからないが、初夜の契りを経ても子宝を授かっていないことを考えると、どうにも心配だ。まさか子を宿すには一度では足りないというのだろうか。だけど、あのような痛みに女性がそう何度も耐えられるとは思えない。ましてや、たくさんの子供をもうけるなどとうてい無理だ。女性が夫婦の営みを楽しまないと言われているのもうなずける。

薬草をつみながらエマは考えをめぐらせた。大勢の子供を持つ女性たちは、薬草のことを熟知していて、どれを飲めばあのつらさを和らげられるのか知っているに違いない。ダミアナをかごに入れようとしたとき、ふと、つんだばかりのシロヤナギに目がいった。ここ数日、アマリにそれを飲ませる必要はなくなっていた。つんだのは自分が飲むためだ。夫がベッドをともにする気を見せないのであれば、自分から夫に迫るしかない。シロヤナギはそのために必要だった。彼とひとつになるときに備えて、ホップにシロヤナギの樹皮をまぜて、つらさを和らげる薬をつくるのだ。それに、酒屋の女主人からはエールの原液をもらってある。このふたつを飲めば、痛みはあれほどひどくならないだろう。初夜の契りでは、体をずたずたに引き裂かれてしまうかと思ったものだった。

もっとも、すべては、夫がその気になればの話だ。エマはため息をつき、さらに薬草をつんだ。どうすればこの問題を解決できるのかよくわからなかった。ほかの女性たちは、ベッドをともにしてほしいとどうやって夫に頼んでいるのだろう?

いや、彼女たちには頼む必要などないのかもしれない。そう思うと、エマはますます気が重くなった。

「奥さま、オオアザミとバードックとムラサキツメクサがありました。ブッチャーズブルームは見つかりませんでしたけど」

「それでいいわ」エマはそう言って体を起こした。腰に手をあてて背中をそらし、空を見あげる。

「暗くなってきましたね」モードがエマの視線をたどって言った。

「ええ。そろそろ戻ったほうがよさそうだわ。到着するころにはみんな夕食の席についているでしょうね」

そう言うと、エマはふたりを待っている馬と護衛のもとへ歩きだした。モードがうなずき、かごを手にとってエマのあとに続いた。

エマが城へ戻ってくるころには、アマリはすっかり不機嫌になっていた。そもそも、妻が薬草をつみに森へ行くこと自体が気に入らなかった。自分で飲むためだと彼女が言わなければば、外出を許可しなかっただろう。四人の護衛を同行させたが、エマが城を出たとたんに六人にするべきだったと後悔した。午後、中庭で家臣たちの訓練を監督しているあいだも、心配のあまりずっと気が散っていた。

アマリが意識を失っていたあいだ、ブレイクとリトル・ジョージは一日も欠かさずに家臣たちを――フルクの兵士も含めて――訓練してくれていた。それに、毎日のように部隊を森に派遣して追いはぎにも目を光らせている。あいにく追いはぎはそれを予想していたらしく、あの襲撃のあとは姿を見せていないため、まだつかまえられずにいるが。

そんな状況で妻を森へ行かせるのは、不安でならなかった。アマリは午後のほとんどの時間をやきもきしながら過ごし、エマが戻ってきたことを知らせる合図が鳴り響いたときには、むしゃくしゃした気分で家臣に怒鳴り散らしていた。

「時間だ」ぶっきらぼうに言うと、家臣を相手に振りまわしていた剣を鞘におさめる。八つあたりしているのは、自分でもわかっていた。アマリが後ろめたさを覚えたとき、妻を乗せた馬が城の敷地に入り、厩舎へ進んでいくのが見えた。彼はすぐさまそちらへと向かった。

「ただいま」

ほほえみながらエマが言うと、アマリはいらだちを抑えて無理に笑みをつくった。だが、彼女はそれを痛みをこらえて顔をしかめているのだと見てとり、不安げな表情を浮かべた。

「どこか痛いの?」エマがあわてて馬から飛びおりて尋ねた。

「いや」

「めまいがするとか？　それとも、体がだるいのかしら？」エマは手をのばして彼の額に触れたが、熱もなければ汗も出ていないのでほっと胸を撫でおろした。

「いや、何も問題はない」

「疲れたんじゃないわよね？　今日は無理もしてないし、それに――」

「けがをしたのは一週間も前の話だ」アマリは吐き捨てるように言った。「それに無理もしていない。ただ、家臣たちの訓練を見ていただけだ。騒ぎたてるようなことじゃない」

「それならよかったわ」ほっとした気持ちを隠そうと、エマはうつむいた。夫は痛みも感じていなければ、疲れてもいない。今夜なら契りの続きを持ちかけられそうだ。もちろん、それは夫がなんのそぶりも見せなかったらの話だ。とはいえ、そうなる可能性は高い。ダミアナのききめがすぐに現れるとは限らないのだ。夕食のとき、エールにはいつもの二倍の薬を入れよう。別に害になることはない。そのときふと、アマリがまだ話し続けていることに気づいた。

　われに返ると、エマは夫の話に耳を傾けた。だが、よくよく聞いてみると、それは話ではなく命令だった。つまり、森にはまだ追いはぎがひそんでいて危険なので、少なくとも六人の護衛を連れていかない限り、城を離れてはならないというのだ。

　夫の話が終わるとエマは神妙な顔でうなずき、踵を返して城へと向かった。大切な薬草はかごのなかにちゃんと入っている。それに、思っていたほど時間も遅くない。夕食までにダミアナを煎じる時間は充分あるわ。

「大丈夫か？」長椅子から転げ落ちそうになっているエマの腕をつかむと、アマリは尋ねた。彼女は体がぐらつき、ちゃんと椅子に座っていられないようだ。

「えっ、ええ」エマがしゃっくりをしながら答える。そして口もとに手をあててくすくす笑いはじめたかと思うと、彼から腕を引き抜き、手を振ってあおいだ。「まったく、なんて暑いのかしら」

「いや、暑くはない」アマリはエマの奇妙な様子に戸惑いながら、彼女の額に手をあてた。熱はない。「エマ――」

「ああ、暑くてたまらないわ！」長椅子の上で体をふらつかせながら、エマは服が肌に触れるのが耐えられないとばかりに、ドレスの胸もとを引っ張っている。

アマリは助けを求めるようにブレイクを見た。こういうとき、夫はどうすればいいのか教えてほしかった。

「まるで酒に酔っているようだ」ブレイクはどうしようもないと言わんばかりだった。

「あら、レディは酔っ払ったりしなくてよ」エマは反論すると、アマリの体越しに身をのりだし、ブレイクの顔の前で人さし指を振った。

「奥さま、入浴の準備ができました」そのとき、モードがエマのそばにやってきて言った。

「入浴?」体をぐらつかせながら、エマが侍女のほうを振り返る。「それはいい考えだわ。なにしろこの暑さだもの。体をさっぱりさせないと!」

モードの手を借りて立ちあがり、階段へ向かっていく妻の姿を、アマリは目を細めて見つめた。

「彼女は酔っ払っているのかな?」ブレイクが小声できいた。

アマリは眉をひそめただけで、黙ったまま階段を見ていた。しばらくすると、モードが階段をおりてきて、急ぎ足で厨房へ入っていった。そのあとかごを手に出てきた侍女を、アマリは立ちあがって呼びとめた。

モードは少しためらったあと、しかたなさそうに彼のもとへやってきた。「なんでしょうか?」

「なかに何が入ってるんだ?」アマリは、彼女が持っている布のかかったかごを指さした。

モードが麻の布をめくりあげる。「お風呂の香りづけに使うものでございます」

乾燥した花がごちゃごちゃ入っているかごをのぞきこむと、アマリはわずかに顔をしかめた。なかにある桶《おけ》に、何やら緑がかった黄色の液体が入っている。「それはなんだ?」彼は桶を指さした。

「カモミールとレモンをまぜたもので……奥さまの髪をお手入れするのです」

「なるほど」桶を手にとってにおいをかいでみる。それから、アマリはそわそわしはじめた侍女に目を向けた。「妻は酒を飲んでいるのか？」

「お酒？」モードが目を見開き、小さく叫ぶように答える。「い、いいえ、閣下」

「酔っているように見えたが」

「ええ、まあ……」侍女が口ごもる。

「酒を飲んだのか？」アマリは声を荒らげた。

「いいえ、閣下」

「では、なぜあんなふうになっているんだ？」

「それは……おそらくホップのせいかと」モードが言った。

「ホップ？」

「はい……それからシロヤナギの樹皮のせいもあるかもしれません」

アマリは混乱した。「ホップとヤナギの皮がなんだというんだ？」

「奥さまは夕食の前にそれをお飲みになったのです」とうとうモードが白状した。「そのあとエールを召しあがったのがよくなかったのかもしれません」

「シロヤナギの樹皮といえば、けがをしたアマリにレディ・エマが飲ませていたものではなかったか？」ブレイクが立ちあがって侍女に尋ねた。

「さようでございます」モードがブレイクに向かってうなずく。

「ホップはなんのためだ？」

「ホップもやはり痛みにきくのです……それから腹痛も和らげるとか。心を落ち着かせるために飲む人もいます」

「妻はどこか悪いのか？」そう考えただけで、アマリはいてもたってもいられなくなった。

モードはあわてて首を振ると、ため息まじりに答えた。「それはわかりません。奥さまは何もおっしゃっていませんから。もしかしたら便秘なのかもしれません」もじもじと身じろぎをして続ける。「よろしければ、奥さまにこれをお持ちしたいのですが。お風呂が冷めてしまってからでは、きっとがっかりされますので」

アマリはいかめしい表情でつっけんどんにうなずくと、モードが大広間を急いで出ていくのを見届けてから自分の席に戻った。

「おそらく便秘なんだろう」ブレイクが長椅子に座り直しながら、アマリを安心させるように言った。「具合が悪ければ侍女に言うはずだ」

「ああ」そうは言ったものの、アマリは心配でたまらなかった。

「奥さま？」

侍女のためらいがちな声にエマは目を開けた。入浴を手伝ったあとに、モードは暖炉の前で髪をとかしてくれていた。火のぬくもりとブラッシングが気持ちよく、エマは眠りに落ちてしまいそうだった。

頭に手をやると、驚いたことに髪はほとんど乾いていた。ひょっとすると、本当に眠っていたのかもしれない。おそらくエールのせいだろう。薬の量を二倍にしたうえに、エールをジョッキ三杯分飲んだのだ。おかげで、これまでになく自由な気分を味わうことができた。何にもとらわれず、何を気にすることもなく、ただ体の力が抜けていく。まさに今夜にうってつけの薬だ。そう考えたエマは、初夜のことを思いだして吐息をついた。こうして準備を整えていたら、ことはもっと楽に運んでいたはずだ。もっとも、わたしには右も左もわからなかったのだが。

「奥さま？」モードがもう一度声をかけた。

「何かしら？」

「お体の具合は悪くないですよね？」

エマは驚き、モードのほうを振り向いてくすりと笑った。

「ええ、悪くないわ。どうしてそんなことをきくの？」

モードはしばらく黙りこんだあと、エマの髪をとかしながら言った。「ホップとシロヤナギをお飲みになっているのを見たものですから。ひょっとすると、お加減が悪いのかと」

「いいえ」エマは大きく息をついて打ち明けた。「実は、エールの原液も飲んだの。夫との契りが楽になればと思って」

「閣下との……」ブラシの動きがとまる。

「そう……」エマは顔をまっ赤にしながら言った。「月のものが来てしまったの。子供は授かっていなかったのよ。契りをやり直さなくてはいけないわ」

一瞬、モードは心配そうに眉根を寄せたが、椅子に座り直してふたたびエマの髪をとかしはじめた。「最初は少し痛むというのは本当ですわ」

エマが鼻で笑うと、モードは手をとめた。

「奥さま」侍女がため息をつく。「結婚式の夜、閣下はかなり急いでおられました。あんなにせかされていては、奥さまのために準備をしてさしあげる時間がなかったのかもしれません」

「でも、夫は行為の前にちゃんと注意してくれたわ。それに、謝ってもくれたし」エマが振り返ると、侍女のうろたえた顔が目に入った。

「それは準備ではございません」

「違うの？」

「違いますとも」モードが力強く言った。「フルク卿とご結婚なさる前に、夫婦の営みについて誰からも教わらなかったのですか？」

「ええ……」エマは何も知らなかった自分を思いだして苦笑した。「夫がベッドに入ってくると父から聞いただけよ」

「それだけですか？」

　エマはうなずいた。

「まあ！」モードは混乱しているようだ。「もしご相談していただければ、どうなるのか教えてさしあげられましたのに」

「大丈夫よ」エマは苦笑いして侍女に請けあった。「今夜の準備は万端だから。だって、ホップとシロヤナギを飲んだのよ。うまくいくはずだわ。きっと耐えられる……ひょっとすると痛みに気づかないかもしれないわね。すっかり酔っ払っているんだもの」

「奥さま！」あわてて忠告しようとしたモードは、はっと口を閉じた。部屋のドアが開き、アマリが入ってきたのだ。

　彼は暖炉のそばに目をやると、侍女がまだ部屋にいるのを見て眉をひそめた。

「さがってくれ」アマリは侍女に言った。妻とふたりきりで話がしたかった。

　モードは一瞬躊躇《ちゅうちょ》したものの、立ちあがると、しぶしぶといった様子で部屋を立ち去った。

　侍女が出ていくと、アマリは妻の様子を探ろうと振り返った。暖炉の前にいるエマはとても美しかった。背中にかかっている髪がつややかに輝き、体をくるんでいる黒い布が肌に張りついている。その下に何も身につけていないのは明らかだ。

　視線がエマの体をさまようちに、彼は息苦しさを覚えた。自分の体の下に横たわった彼女の姿が、頭のなかにまざまざとよみがえる。だが同時に、中途半端な初夜以来ずっとくすぶり続けている欲望も呼び覚まされた。アマリは、妻に対していつも欲情するのは、拒絶されたせいだと考えていた。結婚してからというもの、少なくとも意識があるときはほとんどずっと、エマを抱くことばかり考えている。だが、妻の具合が悪いのなら、すぐに欲望を満たすことはできないだろう。

「きみは具合が悪いようだ」アマリは言った。

エマは驚いた様子で首を振った。

「いや、どこか悪いのは確かだ。おれが知りたいのは、どこが悪いかだ」

「どこも悪くなんか――」

「どこが悪いのか話してくれ。それが妻としての義務だ」

エマは眉をひそめた。なぜ具合が悪いと思われているのか、さっぱりわからなかった。もっとも、シロヤナギとホップを飲んだことをアマリが知っていれば話は別だが。たとえそうだとしても、その理由は絶対に話したくなかった。事細かに説明をするなんて、とんでもなくばつが悪い。ここはなんとかして夫の気をそらさなければ。彼女はどうにかよろめかずに立ちあがると、体を覆っていた布を床に落とした。

「わたしの具合が悪く見えて？」

アマリはその場に釘づけになった。目の前の光景が、頭のなかでうまく処理できない。結婚式の夜からずっと、彼は夫としての特権を振りかざして彼女に夫婦の営みを無理強いしようとする自分自身を抑えつけてきた。やむをえなかったとはいえ、あの夜、彼女に痛い思いをさせてしまったという罪悪感があったからだ。ところが、目の前にいる妻は、自分の身を捧《ささ》げようと言わんばかりではないか。ああ、お願いだからそれが彼女の本心であってくれ。これがただの勘違いで、エマが突然ベッドにもぐりこんで眠ってしまったら、おれはどうかなってしまうだろう。妻がいつベッドに入るのかとびくびくしながら、アマリは頭のなかで時間をはかった。彼女に与える時間は二十秒……いや、十秒だ。それが過ぎれば……。

エマは体をくるんでいた布を床に落とした。こんなことをするなんて、どうかしている。とはいえ、これで夫の気を引くことができた。アマリときたら、話していたことだけではなく、頭のなかにあったことをすべて忘れてしまったみたいに、ぼうっと立ったままじっとこちらを見つめている。だが、いきなり大股で近づいてきたかと思うと、エマを抱えあげ、ベッドへと運んでいった。そして彼女をおろすと、大急ぎで服を脱ぎはじめた。

エマは信じられない思いで彼を見つめた。アマリの反応は予想とはまったく違っていた。自分の思いをそれとなく伝えられればと思ってはいたものの、一緒にベッドに入ることを承諾してもらうためにははっきりと頼まなくてはいけないだろうと覚悟していたからだ。だが、いらだたしげに服をはぎとっていく夫を見ていると、彼女の頭にまた別の疑問が浮かんだ。ベッドでの営みは、男性にとってそれほど楽しいことではないのだろうか。現に、アマリはひどくあせっているように見えた。チュニックを脱ぎ捨てるとすぐ、片足で跳びはねながらブーツを脱いで肩越しに放り投げる。それから目にもとまらぬ速さで長靴下を引きずりおろした。

そそりたつものがあらわになると、エマは目を見開いた。それは結婚式の夜に見たときよりも大きくなっている。薬を飲んでおいてよかった。彼女は心からそう思った。

夫が突然動かなくなったことに気づき、エマは彼の顔を見あげた。欲望の色は消えていないものの、その顔には痛みに似た表情が浮かんでいる。彼女は眉根を寄せ、唇をなめた。

「あなた?」

妻が小さな舌で唇をなめたのを見て、アマリはうめきながら目をつむった。おれが必死で興奮を抑えていることに、エマは気づいていないのだろうか? いきなり彼女に飛びかからないようにするためには自制心をかき集める必要があるということがわからないのか? 一心不乱に服を脱ぐあいだも、一秒でも早くエマに覆いかぶさることばかり考えていた。もちろん、そんな欲望はなんとか抑えた。すんでのところで、エマが夫婦の営みについて何も知らないことを思いだしたのだ。今度自分を抑えられなくなったときには、できるだけ時間をかけて彼女を悦《よろこ》ばせようとアマリは決めていた。いや、できるだけ痛みを感じさせないようにすればそれでいい。女はベッドでの行為を楽しむべきではないのだから。

「あなた?」

アマリは吐息をもらして目を開けた。そして、無理にほほえみながら妻の隣に腰をおろした。

エマは少しこわばった笑みを返すと、ベッドにあおむけになった。結婚式の夜、夫にこうするよう言われたからだ。おそらくアマリはすぐに覆いかぶさってくるだろう。ところが、彼はエマの体に視線を走らせただけだ。その視線が太腿の付け根に達すると、彼女は結婚式の日に夫から言われたことをもうひとつ思いだし、脚を開いた。

それを見たアマリはとっさにエマの顔に目を戻した。たちまち頭に浮かんだ考えをどうにか振り払おうとする。自制心をとり戻すまでは、エマの顔に目を向けているのがいちばん安全だろう。だが、そう思えたのは、彼女がまた舌を突きだしてくるまでだった。

アマリはうめきながら枕に顔をうずめた。

「どうしたの?」

「おれにはやれる」歯を嚙みしめながら彼はつぶやいた。

「何を?」

「きみが気にかけることじゃない。黙って横になってるんだ」

「わかったわ……」エマはそうこたえたものの、頭のなかでは不安が渦巻いていた。やはり夫はわたしのことを嫌っているのだ。おそらく、姿を見ることさえ耐えられないのだろう。ましてや、ひとつになるなんて考えるだけで我慢ならないに違いない。現に今も、行為をなんとかやりぬこうと自分を奮いたたせている。ああ、わたしが美しければよかったのに。せめて今夜だけでかまわない。自分が醜いがために夫に子づくりを拒否されるなんて、屈辱的だわ。

アマリはさっきよりも深く枕に顔をうずめた。どうにか欲望を抑えようと、思いつくなかでいちばん不愉快なことを想像する。

エールをつくっているあばた面の老婆。

水浴び。

妻がつくる薬……いや、これはよくない。エマのことを思いだしてしまう。彼女は隣で何も身にまとわずに横たわっているのだ。

頭をけがしたあとに襲われた激しい頭痛……いや、これもだめだ。熱がないか確かめようと、おれの額に手をあてていたエマの姿が浮かんでくる。

妻との会話……ああ、どうすれば彼女を頭から追いだせるんだ?

不安にさいなまれながら、エマはなすすべもなく夫の背中を見つめていた。だが、彼の顔が枕にどんどん沈んでいくのを見ていると、急に腹がたってきた。アマリは窒息して死にたいのだろうか? わたしとひとつになるのは、死ぬことよりも悲惨な運命なの? よく考えてみると、これはとんでもない侮辱だ！

「あなた！」彼女はぴしゃりと言った。「そんなに顔を枕に押しつけたら、死んでしまうわよ。お願いだから目を閉じて、わたしがもっときれいな女性だと想像してみて。それから、あのことを……あの夜と同じことをもう一度やってみて……わたしたちには跡継ぎが必要なのに、この前あなたは失敗してしまったみたいだから」

それを聞いてアマリは凍りつき、枕から顔をあげてエマの顔を呆然と見つめた。「なんだって？」

彼女はいらだたしげにため息をついた。「だから契りのことよ」

「違う。おれが〝失敗した〟というのはどういう意味だときいてるんだ」

どうやら彼の自尊心を傷つけてしまったようだ。エマは吐息をつくと、夫をなんとかなだめようとした。「もちろん、あなたが悪いわけではないわ。子供を授かれなかったのは、あわててたのが原因だもの。そのせいであなたの生殖能力が弱くなってしまって――」

「子供を授からなかったのは、おれが配慮したからだ」アマリは割って入り、目をしばたたいている彼女に言った。「種はまいてない」

困惑した表情から見る限り、エマはその言葉を理解できていないようだ。彼はいらだたしげにため息をついた。「女の腹のなかに赤ん坊を宿すためには、男が種をまかなくてはいけない。だが、あの夜は時間がなかった。中断されてしまったうえに、きみには痛い思いもさせた。だからそれ以上のことはしないほうがいいと思ったんだ」

「種……」彼女が自分の腹を見おろしてつぶやく。

「そうだ」

エマはいぶかしげな目でもう一度アマリを見た。「その種はどこにまくことになっているのかしら？」声には疑念がにじんでいる。

アマリはあんぐりと口を開け、そして閉じた。今にも癇癪を起こしそうだ。彼はベッドからすばやく抜けだすと、ずかずかと部屋を横切ってドアを大きく開けた。そして、素っ裸のまま大声で従者を呼んだ。

オールデンが大広間から飛んでくると、エマはあわてて上掛けで体を覆った。

「エールを持ってこい！」従者がやってくると、アマリはそう命じた。オールデンがうなずき、大急ぎでその場をあとにしようとすると、ふたたび呼びとめた。従者がくるりと振り返る。「いや、ワインにしてくれ！　たっぷりだ！」

オールデンが走っていくと、アマリはドアを閉め、妻の様子をうかがおうと振り返った。まっ黒なシーツを背にした彼女は、まるで石膏でつくられた彫像のようだ。アマリは向き直ると、もう一度ドアを開けた。妻のもとへ戻って質問攻めにあうよりは、ここでオールデンが戻ってくるのを待っていたほうが安全だ。彼女の前に行けば、間違いなく性について一から説明させられることになる。それはなんとしても避けなくては。

エマは絶望感に打ちひしがれながら夫の背中を見ていた。彼があわてて服を脱いでいたついさっきまでは、すべてが順調に進んでいるように見えた。だがアマリが急いでいたのは、欲望を抑えられないからではなく、夫婦の営みをさっさと終わらせたいからだったようだ。しかも、その気持ちを奮いたたせるにはアルコールの力まで必要らしい。

戻ってきたオールデンにアマリが文句を言う声で、エマははっとわれに返った。従者は電光石火のスピードで任務を完了したようだ。行きも帰りも全速力で走ったに違いない。

「グラスはどうした？」

「いや、その……」アマリの恐ろしい形相に、オールデンが口ごもった。

「もういい」アマリはいらだたしげに言い放つと、従者の顔の前でぴしゃりとドアを閉めた。それからエマにちらりと目をやって何やらつぶやき、口にボトルを持っていって一気に半分近くを飲み干した。

「あなた！　飲みすぎはいけないわ」エマは大声をあげてベッドを飛びだすと、夫のもとへ駆け寄ってボトルをとりあげようとした。「お酒を飲みすぎると、生殖能力が弱まってしまうらしいから」

「おれの生殖能力に問題はない！」アマリはそう言い放つと、ボトルから口を離し、彼女の手の届かない高さに持ちあげて……凍りついた。

エマは一糸まとわぬ姿でベッドから飛びだしていた。彼の頭の上にあるボトルをつかもうと跳びはねている姿は、まるで猫のようだ。アマリは揺れている胸のふくらみからしばらく目を離せなかった。だが、なんとか視線をそらし、自分に言い聞かせた。目の前にいるのは、子供を授からなかった原因はおれの体にあると思いこんでいる女なのだ、と。そのとき、エマがバランスを崩して彼のほうに倒れこんできた。ワインのせいでそう感じるのかもしれないが、アマリの胸もとをかすめた彼女の胸は、まるで残り火のように熱を帯びていた。

彼は息を吸いこんだ。ボトルを持っていることなどすっかり忘れ、無意識のうちに腕をおろしていた。簡単に手の届くところにあるというのに、エマもボトルへの関心を失ってしまったようだ。彼女はボトルではなく、自分の胸を見て、驚いた表情を浮かべていた。まるで太陽に向かってのびるつぼみのように、胸の頂《いただき》が突きでている。

エマは息をのんで胸を手で覆い、困惑した顔を夫に向けた。胸の先端が薔薇色に染まり、かたくとがっている。こんなふうになるのは、寒いときか、体が濡《ぬ》れているときくらいだ。だが、アマリの胸をかすめたときに体のなかを駆け抜けたのは、寒気ではなく熱だった。あたたかくてぞくぞくする感覚だった。

エマが困惑していると、アマリが突然手をのばし、胸の先端に軽く触れた。そのとたん、頂はさらにとがり、さっきのぞくぞくする感覚が戻ってきた。体のなかで稲妻がとどろいているようだ。彼女はこらえきれずに、興奮と恐れの入りまじったうめき声をもらした。

まるで悦んでいるようなうめき声に、アマリは驚いた。女は夜の営みを楽しむべきではないと思いつつも、彼女のうめき声が体じゅうに広がっていく。そのとたん、彼はもう少し、いや、何度もその声を聞きたいと思った。ワインのボトルを床に落とし、エマの体を抱えあげる。そして、さっき触れたばかりの頂に顔を近づけ、口に含んだ。

「あっ」エマは一瞬大きく目を見開いたが、すぐに閉じた。夫はまるで赤ん坊のように胸にむしゃぶりついている。胸の先端を吸い、歯をたてて引っ張ると、もう片方へと移動して同じことを繰り返した。男性が妻に対してこんなことをするなんて聞いたことがない。だがエマは、それが……気に入った。まるで体のなかで炎が燃えたぎり、体じゅうが焼きつくされるかのようだ。

次から次へと押し寄せる官能の波に、エマは頭をのけぞらせ、夫の肩にしがみついて叫び声をあげた。アマリはいつのまにか彼女をベッドに運んで膝立ちにさせていた。頭のなかには、自分でもよくわからない欲求と欲望が渦巻いている。だが、彼が手で体をまさぐりはじめると、エマはそれがなんなのか考えるのをやめた。彼の手が呼び覚ます感覚で頭がいっぱいになった。

アマリのあたたかいてのひらに胸のふくらみを包みこまれると、彼女は体を震わせた。彼は両手で胸を愛撫《あいぶ》しながら、片方ずつその先端をむさぼっている。やがてアマリは片方の手を離し、彼女の下腹部へとのばした。エマがうめき声をもらすと、その手はヒップへとまわりこみ、彼女を引き寄せた。体と体が触れあった瞬間、さっきとはまったく違う炎が体のなかで燃えあがり、エマは思わず叫び声をあげた。無意識のうちにアマリの頭へと手をのばし、彼の髪に指を絡ませる。すると突然、アマリは胸からもう片方の手を離してヒップへと滑らせ、太腿の外側を羽根でなぞるようにくすぐった。彼女がふたたび体を震わせると、その手は太腿の内側へ向かいはじめた。エマは思わずはっと息をのんだ。彼女が何か拒絶の言葉を口にしようとしたとき、アマリが唇のなかに舌を滑りこませてきた。驚きのあまり、エマは何が起こっているのかすぐにはわからなかった。こんなキスははじめてだ。さっきの炎がふたたびすさまじい勢いで燃えあがり、体じゅうに欲望が渦巻く。アマリが舌を絡ませてくると、エマは彼の髪をぎゅっとつかみ、彼の口のなかでうめき声をあげた。体をもっと密着させようと、彼の体をさらに引き寄せる。アマリとひとつになるのだと、頭のどこかがきっぱり決めてしまったようだった。

上に向かってきたアマリの手がとまり、エマの太腿のあいだを覆ったとき、エマは安堵にも似た感覚に包まれた――彼の指が茂みのなかに滑りこみ、秘所に触れる瞬間までは。彼女はうめき、アマリから口を離した。困惑と絶望と悦びのせめぎあう叫びが唇からもれる。アマリは愛撫を続けながら唇を彼女の首へと這わせ、敏感になっている肌を吸い、そっと歯をたてた。

体が熱くなっていくのを感じながら、エマはすすり泣いた。体が小刻みに震え、今にも爆発してしまいそうだ。求めているものに手が届かなければ、死んでしまうかもしれない。いらだちのあまりエマがアマリの背中に爪をくいこませると、彼は仕返しに彼女の耳を軽く嚙んだ。

体が粉々になってしまう……エマがそう感じたとき、アマリは突然すべての動きをとめた。エマから手を離し、彼女の体を押し倒す。エマの背中がシーツに触れるのと同時に、初夜のときのようにアマリが覆いかぶさってきた。そして、ふたたび荒々しくキスしながら、彼女を貫いた。

彼が入ってきた感覚にエマはショックを受け、目を大きく見開いた。初夜と同じことが起こっているのはわかる。だが、あのときの痛みはなかった。あるのは、めくるめく快感だけだ。最後にとどめを刺すかのように激しく動くと、アマリは絶頂に達し、声をあげた。そしてエマも、星々がまたたく世界へと連れていかれた。

8

エマはゆっくりと目を開けた。眠っているあいだ、彼女の体はアマリに包まれていた。上掛けはちょうど腰の上あたりまでしかかかっておらず、上半身がむきだしになっている。そこに欲望の痕《あと》があるのを見て、エマは頰を赤らめた。痛みを和らげるために飲んだエールと薬のことを考えて、思わず苦笑いする。

「何がおかしいんだ?」

あわてて目をやると、アマリがこちらを見ていた。エマはふたたび頰を赤らめた。彼はどのくらいのあいだ、眠っているわたしを見ていたのだろう? 彼女は肩をすくめて言った。

「子供をたくさん産む女性がいる理由がわかったような気がしたの」

アマリはかすかに口もとをほころばせただけだったが、心の奥底ではにんまりと笑っていた。手をのばしてエマの胸を包みこむと、すぐさまその頂がかたくなる。彼は一方の先端を口に含み、歯をたてたあと、もう一方の先端へと移動した。自分の腕のなかでエマが身をよじりはじめたのを見て、満足げにほほえむ。

「おれにさわられるのが好きなんだろう？」

その横柄な口調に、エマの欲望がわずかに冷めた。「ええ」彼女は一瞬考えたあと、穏やかに答え、甘えるような声でつけ加えた。「フルクがベッドをともにしてくれなかったのが残念だわ。こんなにすばらしいことをわたしは知らずにいたんだもの」

アマリが一瞬、手をとめ、頭を持ちあげてエマの顔に目をやった。エマの胸に手を置いたまま、まじまじと彼女を見つめる。次の瞬間、彼はエマの脚のあいだにすばやく手をのばし、指をさし入れた。

エマははっと息をのみ、脚をぎゅっと閉じた。手で彼を押し返そうとしたものの、そのうちに拒絶できなくなることはわかっていた。アマリが指を出し入れしながら、親指で秘所を愛撫する。彼女は目を閉じ、わきあがってくる感覚を振り払おうとしたが、どうあがいても太刀打ちできなかった。エマは降参して叫び声をあげ、体をのけぞらせた。

「フルクがこんなふうに感じさせてくれたと思うか？」

「いいえ。ああ、お願い！」エマはアマリの腕にしがみついてせがんだ。彼の親指の動きがさらに速くなると、うめき声をあげて体を弓なりにそらす。

束の間、アマリは満足げに妻を見つめた。エマは瞳に炎をたぎらせ、頬を情熱に赤く染め、彼の愛撫に身もだえしながら声をあげている。その様子に、アマリはふと不満を抱いた。

妻は夫婦の営みを楽しむべきではない。

彼は指をさらに奥へとさし入れながら、激しく身をよじる妻を見て眉間にしわを寄せた。その姿は公爵夫人どころか、普通の女でもない。アマリは嫌悪感すら覚えながら考えた。彼女は激しく首を振り、脚を広げ、快感を求めて腰を突きあげている。

エマがすすり泣くようなあえぎ声をもらしはじめると、彼の眉間のしわはさらに深くなった。そのとたんアマリは彼女から手を離してベッドに横たわり、頭上にかかっているカーテンをにらみつけた。

アマリの行動にエマは体をこわばらせ、ぱっと目を開けた。激しい欲求に体がうずいているのに、夫は険しい顔をしている。どうしていいのかわからなくなり、ふと彼の股間に目をやると、それはかたく屹立していた。フルクの話を持ちだしたことが気にさわったに違いないと考え、彼女は不意を突いて自分からアマリに覆いかぶさった。馬が乗り手のもとにやってこないのなら、乗り手が自ら馬に乗るしかないと自分に言い聞かせながら、上体を起こして夫の腰にまたがる。

今やアマリの顔からは険しさが消えていた。それどころか、うろたえたような表情が浮かんでいる。それを見てとると、エマは無意識のうちに自分自身を彼の下腹部にこすりつけた。「何をしている?」あきれたようにアマリはきいた。彼がエマの体をおろそうとその腰に手をかけると、彼女はまたしても体をこすりつけてきた。アマリは顔をしかめたものの、手はエマの腰に置いたままで体を引き離しはしなかった。

彼女が満足げにうめき声をもらし、ふたたび腰を動かしはじめた。しばらくのあいだ、アマリはじっと横たわっていた。欲望を抑えようとするものの、どうあがいても抑えつけられないどころか、高まる一方だ。それでもなんとか我慢していたが、かきたてられた興奮が痛みに変わると、とうとうエマを持ちあげ、もう一度あおむけに寝かせてその上にまたがった。

エマはアマリの行動にほっとしていた。彼のようにリズムを刻むのはなかなか難しく、興奮を高めるどころではなかったからだ。自分のぎこちない動きですべてを台なしにしてしまったのではないだろうか？　そんな不安を抱いたとき、突然、アマリの手がふたたび彼女を愛撫しはじめた。

うめいたり叫んだりしはじめた妻を見て、アマリは不満のうなり声をもらした。すると彼女はぴたりと動きをとめて静かになり、その顔に疑念と失望の色をありありと浮かべた。だが、おかしなことに彼はそれに満足するどころか、自分自身の欲望もなえてしまったことに気づいた。理性が警告するのを無視して、アマリはふたたびエマを愛撫しはじめた。彼女はすすり泣きながら腰を突きあげ、彼の名前を叫んでいる。それを聞いて、アマリはふたたび欲望がこみあげてくるのを感じだ。ひと晩じゅうでもこうしていられそうだ。そう考えたアマリは、フルクという名の愚かな男に少しだけ感謝した。

「ごきげんよう。今日はとてもいいお天気ね！」

　厨房へと向かっていたエマが見せた明るい笑顔に、ブレイクは思わず笑みを返した。「今朝はずいぶんご機嫌がいいようだ」

「ああ」アマリは渋い表情でつぶやくと、突然、エールのジョッキをテーブルの上にたたきつけた。

　ブレイクは眉をひそめた。「何かあったのか？」

「いいや」アマリはジョッキを持ちあげると、もう一度テーブルにたたきつけて友人のほうを向いた。「初夜はあわただしかったし、妻には痛い思いをさせてしまった」

　ブレイクは神妙な面持ちでうなずいた。「かなりせかされたからな」

「ああ」アマリはうなるように言うと、エールをごくごくとあおり、またしてもジョッキをテーブルにたたきつけた。「初夜のあと、妻を抱かなかったのはそれが理由だ。頭のなかを整理して、あの苦痛が消えるまで、彼女に時間をやるべきだと考えたんだ」

「そうか……」

「だが、ゆうべは……」アマリは口ごもって顔をしかめた。

「ほう」ブレイクは相槌を打ち、一瞬間を置いてからふたたび友人を見やった。「彼女の様子からすると、うまくいったということだな？」

　アマリは相変わらず顔をしかめている。「彼女はずっとにこにこしている。下品極まりない」

その声に不満を読みとったブレイクは思わず吹きだし、アマリの背中をぴしゃりとたたいた。「そんなことを言ってみたいものだ。立派な城があって、あれこれ口を挟んでくる自分の親も義理の親もいない……まあ、ロルフ卿がいるが。そこへもってきて、ベッドでの営みを楽しんでくれる妻がいる。これほど幸運なのは罪だ」

アマリが不服そうに肩をすくめた。「妻は夫婦の営みを楽しむべきじゃない」

文句のつきないアマリにブレイクはため息をついた。「おまえは楽しんでいないのか？」

気は確かか、とでもいうような目でアマリがブレイクを見る。

「それに、彼女が悦べばおまえの悦びは奪われるというのか？」ブレイクはくいさがった。

アマリの目が突然輝いたのを見て、かすかにほほえむ。

「いや、逆に血が騒ぐ」

「だったら、心配することは何もない」ブレイクはさらりと言った。

アマリがふたたび顔をしかめる。「だが、妻はベッドの上で――」

「わかった、わかった」ブレイクはもどかしそうに言った。「女は慎《つつ》ましくあるべきだとかなんだとか、神父が説教するのを聞いたことがある。だけど神父も男だ。間違いを犯すのが男というものなんだ。おまえはまだだらだらと文句を言うつもりか？　それとも、幸運を楽しむのか？」

「両方だ」アマリがそう答えると、ブレイクはあきれた顔をした。

「だったら、別の人間をあたってくれ。頭が鈍すぎて自分の幸運に気づかない人間の泣き言を聞いてる暇はないんだ」ブレイクは冷ややかにそう言うと、ふたたび朝食を食べはじめた。

アマリはブレイクをじろりとにらみつけてから、いらだたしげに朝食の皿に目を向けた。

「奥さま」

「セバート、何かしら?」鍋をかきまぜる手をとめずにエマはこたえた。火にかけた液体から湯気がたっている。彼女は夫に飲ませようとダミアナを煎じていた。子供を授かるには、彼の性欲を高めておかなければならない。それにゆうべアマリとベッドをともにしてからは、夫婦の営みがまったく苦ではなくなっていた。

「奥さま?」

家令に目をやったエマは、たちまち表情を曇らせた。セバートがいらいらした顔をしている。いつも穏やかな彼がそんな表情を見せることはめったになかった。

「大広間に……客人が……」セバートがにこりともせずに言った。〝客人〟という言葉に嫌悪感がこもっている。

エマはゆっくりと体を起こし、布で手をぬぐった。「お客さま?」

セバートは少し口をもごもごさせてから、一気に言葉を吐きだした。「ムッシュ・デ・ラセイと名乗る横柄な見えっぱりの小男です。まるで自分の城のようにずかずかと大広間に入ってきました。ロルフ様のご用命だとかで」

「仕立屋だわ！」エマは思わず胸に手をあてた。王宮を訪問するための服をつくってくれる仕立屋を城に送ってほしいと、ロルフに頼んでいたことをすっかり忘れていたのだ。

鍋を火からおろして薬づくりを中断すると、彼女は大広間へ向かった。小柄な男が暖炉の前で気どったポーズをとっているのを見て、苦々しげに目を細める。男は暖炉のそばの石壁に寄りかかって大広間をぐるりと見まわし、黒い服に身を包んで朝食の後片づけをしているふたりの召使いにさげすむようなまなざしを向けていた。

エマは召使いの服装のことは気にしないようにした。時間がたって冷静になると、城じゅうの布という布をすべて黒く染めるという考えは自分でもばかげたことに思えた。ひと言も文句を言わずに指示にしたがってくれるとは、なんともよくできた召使いたちだ。

いや、彼らはきっと、わたしがどうかしてしまったと考え、調子を合わせてくれただけに違いない。エマがため息まじりにそう考えていると、男が振り返った。そして彼女の黒いドレスを目にしたとたん、鼻にしわを寄せて嫌悪感をあらわにした。

「ムッシュ・デ・ラセイ、お越しいただき、ありがとうございます」男の態度にいらだちを覚えながらも、エマは歓迎しているような声を絞りだした。

デ・ラセイは軽蔑の表情を浮かべたまま、エマと握手した。「ごきげんよう《ボンジュール》。こちらにまいれば時間を割くだけの見返りがあると、あなたのいとこ殿がおっしゃいましてな」

「もちろんですとも」エマは堅苦しい口調で返した。「はるばるお越しくださったんですもの、きちんとお礼はいたしますわ」

デ・ラセイは横柄に鼻を鳴らしながらうなずくと、また気どったポーズをとり、暖炉の火に目をやって言った。「部屋を三つご用意ください。ひとつは仮縫いの部屋、ひとつは生地を置く部屋、もうひとつはわたしの部屋です。針子たちは仮縫いの部屋と生地を置く部屋で休ませますので」

「針子たち?」エマはあっけにとられて振り返った。大広間のドアがばたんと開き、何反もの生地を担いだ六人の女性たちがどたばたと入ってきたのだ。どうやらロルフは、エマが大急ぎで大量のドレスをつくる必要があると判断したらしい。

「セバート」

「はい、奥さま」

「ムッシュ・デ・ラセイと針子の方たちに、ロルフの部屋とフルクが使っていた部屋、それからそのあいだの部屋をご用意してさしあげて」エマはそう指示を出すと、席を立って厨房へと戻った。

十分後、セバートが彼女のもとへやってきた。

「奥さま」

家令の表情を見るなり、エマは悟った。ダミアナを煎じるのはあとまわしにして、まずは話を聞いたほうがいい。これほど頭に血をのぼらせているセバートは見たことがなかった。

「あの見えっぱりがどうしても奥さまに来てもらってくれと要求しています」セバートがいかめしい顔で言う。

エマはその言葉に体をこわばらせた。「要求?」

「はい」セバートはゆっくりとうなずくと、くいしばった歯のあいだから言葉を絞りだした。

「今すぐに、だそうです」

彼女が小声でぶつぶつ言いながら厨房のドアを開けようとすると、デ・ラセイの四人の針子が入ってきた。

「すみません、奥さま」エマが厨房から出ようとしていたことに気づいた女性たちが、あわてて脇へどく。「ムッシュ・デ・ラセイが飲み物が必要だとおっしゃって。ここまでは長旅でしたし――」

「もちろんだわ」エマは笑顔で女性の言葉をさえぎると、セバートに目配せをした。

「すぐにご用意いたします」家令はすぐさま請けあったものの、今デ・ラセイの伝言を口にした女性から目を離そうとしない。

セバートが女性にはにかんだ笑みを向けるのを見て、エマはわずかに眉根を寄せた。どうやら彼はこの女性が気に入ったようだ。あらためて見てみると、セバートは年齢のわりにはかなり魅力的だった。いつもまじめに仕事をしているので、その容姿にはあまり注意が向かなかったが、家令の制服に身を包んだ彼はなかなかすてきだ。

軽く頭を振ると、エマは針子たちを残して大広間から階段へと向かった。デ・ラセイはすぐにでも仮縫いをはじめたいらしい。もちろん、それをとがめるつもりはない。なにしろ、大急ぎで膨大な量の服をつくらなければいけないのだ。とはいえ、これから何時間かあの横柄で気どった態度に耐えなければならないと思うと、うんざりした。

案の定、仮縫い用の部屋にあてられた寝室に閉じこめられて二時間もたつと、エマは仕立屋を殺してやりたくなってきた。エマが気に入った生地も選んだデザインも、デ・ラセイには〝じっくりこない〟らしい。仕立屋は彼女の胸のことでずいぶん長いあいだ頭を悩ませていた。エマの豊かな胸は、デ・ラセイが彼女を優雅に見せるために選んだデザインを台なしにしてしまうようなのだ。「胸は締めつけるしかありませんな」

ずっと歯を嚙みしめていたせいで、正午になってようやく解放されるころには、エマは頭が痛くなっていた。昼食をとるために大広間にやってきたまではよかったが、鳴り響く騒音と飛び交う話し声を聞いていると、頭痛がさらにひどくなった。午後の仮縫いを延期して、頭痛がおさまるまで横になっていようか？　だが、あまり意味があるとは思えない。デ・ラセイを目の前にすればいずれにせよ頭痛がぶり返すだろうし、王宮を訪問するための新しいドレスが必要なら仮縫いは避けて通れない。さっさと終わらせてしまうのがいちばんだ。

そのとき、何か重いものが床に引きずられる音がした。昼食の皿から顔をあげてまわりを見まわしたエマは、あまりの驚きに目を見開いた。食事を終えて立ちあがった男たちが、長テーブルを壁の前へ移動させている。

「彼らは何をしているのかしら？」エマは男たちから目を離さずにきいた。

そのとたん、アマリは凍りついた。口へ持っていこうとしていたジョッキが途中でとまる。今日の計画を妻に話していなかったことに気づいた彼は、後ろめたさがこみあげてくるのを感じた。領民を集めて集会を開くことはゆうべ伝えておくつもりだったが、エマのふるまいがとんでもなく奇妙だったうえに、病気ではないかと心配もした。それから、エマが目の前で素っ裸になるという予想外の事件が起こり、ついに彼女を激しく抱いてしまったのだ……。

ブレイクは口をつぐんでいるアマリを見て眉をひそめると、身をのりだしてエマに言った。

「集会だよ、レディ・エマ」

「集会？」

「ああ……」彼女の表情を見て、ブレイクは眉間にしわを寄せた。「今日、開かれるのを聞いてないのかい？」

「聞いてないわ」エマが答えた。

彼女のとがめるような口調に、アマリがしまったという顔になる。

「なぜテーブルを移動させているの？」エマの声には怒りが満ちていた。

友人の苦虫を噛みつぶしたような顔を見て、ブレイクが代わりに答えた。「アマリはもう少し広い場所があったほうがいいと考えたのさ。領民はずいぶん長いあいだ放っておかれたんだ。きっと大勢押しかけてくるだろうからね」

「放っておかれた？」エマはブレイクの言葉をそのまま繰り返した。

「そうさ。フルク卿はあまりこの城にいなかった。ずいぶん長いあいだ、集会を開いていなかったに違いない」

「ええ。結婚している二年のあいだ、フルクは一度も集会を開かなかったけれど……」彼女は顔をしかめて言った。「わたしが開いていたわ」

アマリが驚いて問い返す。「きみが？」

「ええ。フルクが留守のあいだは、わたしが領民をまとめていたの」エマは冷ややかな声で言った。「兵士たちを訓練して、集会を開いて、城を切り盛りして……」

ブレイクが眉をつりあげる。「きみが兵士たちを訓練していたのかい？」

「いえ……ちゃんとした指導者を手配しただけよ」エマはあわてて答えた。

「なるほど」アマリはそう言うと、黙ってエマを見つめた。彼女の話に合点がいったのだ。

実際、城の兵士たちは驚くほどよく訓練されていた。怠惰で使いものにならないだろうと思っていたのに、思いのほか腕がたつうえに勤勉だ。もちろん、彼の家臣たちほどの能力はないが。もっとも、彼らは騎士であり、その腕前はイングランド一だ。そう考えると、この城の兵士たちの腕はなかなかのものだった。エマは訓練の手はずをうまく整えたようだ。

アマリは彼女をほめようかと考えたが、思い直した。容姿や家庭の切り盛りについてほめるならともかく、兵士の訓練のことでほめたって、彼女がばつの悪い思いをするだけだ。

エマは口をつぐんだまま、大広間が変わっていくさまを見ていた。月に一度開かれる集会では、領主が領民の訴えを聞き、もめごとがあればそれを解決する。結婚する前も、父が集会を開くのを手伝っていたが、ここに移ってきてからはひとりですべてこなしていた。ブレイクが言ったように、フルクは領民や彼らが抱えている問題にほとんど関心を示さなかった。

考えてみると、アマリがこの仕事を引き継ぐのは当然なのかもしれない。彼はフルクとは違って、領民に無関心ではないのだから。ただ、アマリがこんなに早く集会を開くとは考えてもみなかったし、それをこんな形で知らされるとは思ってもみなかった。どうやら、今まで知らなかったのは自分だけらしい。召使いでさえ前もって知らされていたようだ。彼女は自分が怒っているだけでなく、傷ついていることに気づいた。ゆうべはベッドをともにしたというのに……。

エマはため息をついて男たちから目をそらし、膝の上で指を絡ませた自分の手を見つめた。ゆうべはすばらしかった。夫とは何か特別なものを分かちあえたと思った。ふたりの距離が縮まったとも感じたし、これからもっと話をし、もっとお互いを知って、いろいろなことを相談できればと考えた。だが残念ながら、アマリの考えはそうではないようだ。彼女は夫のほうに目を向けたが、すでに彼の姿はなかった。エマがもの思いにふけっているあいだに、ブレイクと一緒に暖炉のそばへ行っていた。

エマは立ちあがり、ふたりのもとへ向かった。「あなた？」振り返ったアマリの顔に怒りがみなぎっているを見て、驚きのあまり言葉をのみこむ。それでも彼女は息を整え、なんとか先を続けた。「わたしは領民の悩みやこれまでの訴えをよく知ってるわ。だからあなたを補佐できると思うの」

「口出しはいらん」アマリがいらだたしげに言い放った。「補佐が必要だと考えるのは、おれに対する侮辱だ」

「わたしはただ……」

「領主としてのおれの能力が信用できないのか？」

「もちろん信用しているわ」夫の傷ついた自尊心をなだめようと、エマはあわてて言った。

「だけど――」

「〝だけど〟は無用だ。きみはきみの仕事をしろ。おれはおれの仕事をする」アマリは振り返って歩きはじめたが、ふと足をとめた。エマに対してあれほどぶっきらぼうな態度をとるつもりはなかった。実際、集会のことは彼女にきちんと話しておくべきだったと後悔している。彼が腹をたてているのは、エマに話すのを忘れてしまっていた自分に対してだった。ブレイクからも、彼女に指図したり、感情を傷つけたりしないようにと忠告されていた。だが、それも役にはたたなかったようだ。また同じことをやってしまった。妻を相手にどうふるまえばいいかわからない自分に、アマリは心底嫌気がさしていた。やっぱり謝ったほうがいい――そう決めて振り返ったものの、彼女はすでに暖炉のそばを離れ、仮縫いに戻るために階段をのぼっていた。

アマリはエマを追いかけようとした。だが、そのとき領民たちが列をなして大広間へと入っていくのが見えた。彼はため息をつき、妻に謝るのはあとまわしにすることにした。

「ようやくいらっしゃいましたか！」仮縫いの部屋に入ってきたエマを見るなり、腰に手をあてたデ・ラセイがものすごい形相で近づいてきた。「採寸が必要だというのに当の本人が姿を見せないとは！　いったいわたしに何をしろとおっしゃるのですか？」

まさに拷問だわ。エマはぞっとしたが、無理やり反省の表情を浮かべて謝った。「ムッシュ・デ・ラセイ、遅くなってしまって申し訳ありませんでした」

「ふむ」デ・ラセイは唇をすぼめて言うと、大げさにため息をついて振り返り、気どった足どりで部屋の奥へと戻っていった。「ギザ、金色の生地を持ってきてくれ！」

二時間後、エマは部屋の中央に置かれたスツールの上に立たされていた。下着の上に金色の生地がかけられ、あちこちをピンでとめられている。部屋のドアに背を向けて立っていたため、彼女はアマリが入ってきたことに気づかなかった。背後から名前を呼ばれると、驚きのあまりスツールから落ちそうになった。

針子のギザがとっさに腕をつかんで体を支えてくれた。エマはギザに感謝するようにほほえむと、スツールの上で注意深く方向転換し、夫に向き直った。

「実は……」アマリは思わず言葉をのんだ。目の前に、金色の生地に包まれた妻が立っている。彼女が黒以外のものを身につけているのを見るのははじめてだった。ベッドで裸になるときでさえ、背景にあるのは黒いシーツなのだ。彼はその姿に見とれた。エマはまるで天使のようだった。美しく……優雅で……輝いていて……平べったくて……。

平べったい？　アマリは目をぱちくりさせ、彼女の胸を、いや、かつて胸があった場所をまじまじと見た。「どういうことだ？　どこへ行ったんだ？」

「なんのことかしら？」エマが混乱したように言う。

「その……きみの……」アマリは鎧《よろい》をつけた胸もとに両手を持っていき、山の形をつくってみせた。

「あなた！」まっ赤になりながら、エマは部屋にいる人間を見やった。針子たちは目を丸くしていたが、デ・ラセイは今にも吹きだしそうだ。ところが、突然アマリが部屋を横切り、仕立屋の襟をつかんで体ごと持ちあげると、その顔に狼狽《ろうばい》の色が浮かんだ。

「妻の胸にいったい何をしたんだ？」

「締めつけたんですよ！」デ・ラセイが金切り声をあげる。

アマリは眉根を寄せ、首をかしげた。「締めつけた？」

「胸はちゃんとありますとも。ただ布で巻いてあるだけです……いえ、その、ギザに巻かせたんです！」アマリの表情がますます険しくなると、デ・ラセイはあわててつけ加えた。

「もちろん、わたしは奥さまに指一本触れては――」

「すぐにはずせ！」アマリは仕立屋の言葉をさえぎり、大声で怒鳴った。

「もちろんですとも！」

「いいえ」エマは反論した。「あなたがここを出ていったら、また布を巻き直すことになるわ」ちゃんと呼吸ができるようになるのはありがたいが、胸をつぶされる痛みは何度も味わいたくはない。

アマリは仕立屋の体を持ちあげたまま振り返ると、怪訝そうに彼女を見た。「なぜ胸を締めつける必要があるんだ？」

「仮縫いのためよ」

「だったら、できあがったドレスが体に合わなくなるじゃないか」

「ドレスを着るときも胸に布を巻くの」

エマが午前中、何度も言われたことをそのまま伝えると、アマリの顔がみるみる激怒の色を帯びた。「胸が大きく見えるドレスは流行ではないそうよ」

「締めつけるつもりなのか？　レディ・グレシャムが来客中は犬を縄につなぐようにか？」

アマリは完全に頭が混乱しているようだ。「いいか、妻の胸は犬じゃない。おれは妻の胸が気に入ってるんだ。締めつけるのは許さん！」アマリは振り返ると、仕立屋を激しく揺さぶった。「わかったか！」

「もちろんです、閣下！　胸は締めつけたりしません。今すぐ生地をとりましょう。そうすれば、ギザがすぐに布をはずしますから！」

「さっさとしろ！」仕立屋に向かってそう吐き捨てると、アマリはさらに険しい表情で彼の体をもう一度揺さぶった。「いや、それはおれがやる」デ・ラセイから手を離すと、エマのもとへ行き、スツールから彼女を抱きあげて大股でドアへ向かう。

アマリの首にしがみついたエマは口もとがほころぶのをこらえながら、仕立屋に肩をすくめてみせた。何時間も体じゅうをつつかれ、小言を言われ、鏡の前に立たされ、ピンでとめられていた状況から、夫が救ってくれたのだ。

アマリはエマをふたりの寝室へと運んだ。ベッドのそばに彼女をおろし、体を覆っている生地をはずしはじめる。アマリの手が胸に巻かれた布に触れると、エマは口をつぐんだ。

最後の布がはずれた瞬間、胸がずきずきと痛みはじめた。そのふくらみに触れようとアマリが手をのばしてくると、彼女はあわてて彼の気をそらそうとした。「何か用があったんでしょう？」

アマリは手をとめてぼんやりと彼女を見つめた。用ならたくさんある。とりわけ急を要するのは、妻を裸にしてベッドに入ることだ。

「何か理由があって仮縫いの部屋にいらしたのよね?」夫がずっと黙っているので、エマはもう一度尋ねた。

「仮縫いの部屋? ああ、そうだった」アマリはため息をついて手を脇におろすと、一歩後ろにさがった。理由をきかれているのであれば、まずはそれに答えておこう。自分の用はそのあとだ。「集会を開くことを話していなくて悪かった。あんなふうに知らせることになってしまい、すまないと思っている」エマの顔をじっと見つめ、もう一度ため息をつく。「それから、きみが補佐すると申しでてくれたのに、口出しするななどと言ってしまったことも後悔してる。今後の集会ではおれの隣に座り、なんでも発言してくれ。集会はきみの仕事だ」

突然エマがにっこり笑うと、アマリは思わず息をのんだ。その笑顔は長い冬のあと姿を見せる太陽のようだ。溺れている人間が助けを求めるように、アマリは妻に手をのばした。エマの体じゅうに手を這わせながら、彼女の唇にキスをする。だが、まずはエマを裸にすることが先だと判断したアマリは、愛撫の手をとめて下着をはぎとった。

あらわになったヒップを冷たい空気がなぞるのを感じた瞬間、エマは唇を離した。集会がどうなったのか、彼にききたかったのだ。だが、アマリはその隙にドレスを頭から脱がせ、彼女を抱きしめた。エマは彼の情熱にのみこまれ、ききたかったことも忘れてしまった。

9

「いやだ」

「でも――」

「お断りだと言ってるんだ！」アマリは寝室のドアをぴしゃりと閉めると、階段へ向かって大股で廊下を進んだ。

「妻が悦ぶ姿を見たくないから、求められても突っぱねることにした、なんて言わないでくれよ」

　アマリは階段の上で立ちどまると、すぐ後ろをついてくるブレイクを振り返って憂鬱そうに頭を振った。妻の求めていることが夫婦の営みであれば、喜んでこたえている。彼女が夫婦の営みを楽しむという問題については、アマリのなかでほとんど解決できていた。彼はこれまでに二度、キスや愛撫を省略していきなりエマと体を重ねてみたが、どちらも期待はずれの結果に終わっていた。どうやら彼は、興奮に身をよじる妻を見て欲望を覚えるらしい。そこでアマリは、エマの問題は自分のせいだと考えることにした。結局のところ、彼女に悦びを与えているのはおれなのだ。こちらからさわったりキスしたりしなければ、エマはほとんど興奮しない。それが妻たちのしかるべき態度だというのはわかっているが、それでは自分の欲望もなえてしまう。つまり、エマのレディらしからぬふるまいは、明らかにおれに責任があるのだ。

アマリにしてみると、完璧に筋が通っていた。こう考えれば、レディらしいとからしくないとかあれこれ気をもまずに、妻のあらゆる反応を楽しむことができる。エマを捜して仮縫いの部屋へ行ってから三日間、彼はずっとそう自分に言い聞かせてきたし、さっきもそう考えながら彼女とベッドをともにしていた。だが、そのとき突然、エマが告げたのだ――あのフランス人の気どり屋のもとへ行って、仮縫いをすませてくるようにと。

そのとたん、アマリの欲望はしぼんだ。彼はエマの要請をきっぱりと拒絶し、妻から離れて服を着はじめた。あの気どった仕立屋を食事中に目にするだけでも我慢がならないのに、一日じゅうずっと一緒にいるなど耐えられるはずがない。そもそも、自分には新しい服など必要ないのだ。チュニックなら二着ある。それで充分だ。一着を洗濯しているあいだに、もう一着が手もとにあれば、それでいい。

それでも、とアマリはため息をついて考えた。妻にあれほどきつくあたるべきではなかった。おそらく彼女を傷つけてしまったに違いない。なにしろ、エマはとても繊細な人間なのだ。この三日間、妻と〝会話〟をするのがどれだけ難しいか、アマリは痛感していた。エマに、集会で彼の隣に座り、なんでも発言していいというのは本気で言ったことだ。つまり、決定には彼女の判断も入ることになる。彼がいなくても、エマは領民たちをうまくまとめていた。だとすれば今、アマリが決めようとしていることにも、彼女の意見をとり入れるべきだろう。

それにしても、女と会話をするのは骨の折れるものだ。特に最初はそうだった。相手が仲間の場合とはまったく違う。エマがごく普通の女だとすれば、女というものはかなり繊細な生き物らしい。物事について判断をくだすとき、自分はそれが現実的で正当かどうかを考える。だが、エマは気持ちも考慮すべきだと考えているようなのだ。彼女はとても思慮深く、アマリが思いつきもしないことを考える。最初は疲れたが、ようやくそれが彼女の性分なのだと思えるようになった。頑固で現実的な彼をうまく補ってくれているとも感じている。この三日間、エマと会話してみてわかったのは、それが思ったより簡単で、得るものがあるということだ。実際、これまで気づかなかったことに気づくようにもなった。

「いや」アマリはブレイクの質問に答えた。「彼女が求めたのはベッドでの行為ではない。あの気どり屋のフランス人のところへ行って、採寸をしろと言うんだ。つまり、やつと一日じゅう同じ部屋に閉じこもれということだ。彼女はおれの服が足りないと思ってるらしい」

「そういうことか」ブレイクは肩をすくめた。「たしかにチュニックが二着きりだからな。彼女は宮廷でおまえに恥ずかしい思いをさせたくないと思っているのかもしれない」

アマリはあきれたように言った。「宮廷なら行ったことはある。廊下に群がってるのは、虚栄心の強い愚か者ばかりだ。やつらにどう思われても知ったことじゃない」

「彼女の考えは違うかもしれないぞ」

アマリは眉をひそめた。「どういう意味だ?」

「言ったとおりさ。彼女は他人にどう思われるかを気にするのかもしれん」

アマリはもぞもぞと身じろぎをし、いらだたしげに言った。「彼女はおれと宮廷に行くのが恥ずかしいというのか?」

ブレイクは肩をすくめ、アマリの脇を通って階段をおりはじめた。「アマリ、彼女は公爵夫人だ。それにおまえだって公爵になったんだ。立場にふさわしいふるまいというものがある」

「くだらん!」

アマリは呆然としたまま突っ立っていた。そのとき、廊下の先でドアが開いた。目をやると、自分が飛びだしてきたばかりの寝室からエマが出てくるのが見えた。

彼女はアマリを無視し、仕立屋がいる部屋のほうへ向かっていった。アマリはため息をつくと、ブレイクを追い越して階段を駆けおりた。妻にとって大事なことだというのなら、あの忌まわしい仮縫いの部屋へ行かなければならないだろう。考えるだけでむしゃくしゃしたが、気が変わったことをエマにすぐ伝えないとまた問題になる。だが、その前にまずは腹ごしらえをするとしよう。

昼食をすませると、エマは中庭を横切って厩舎へ向かった。兵士たちの訓練を監督しているアマリを見つけたのはそのときだった。彼女は眉をひそめ、夫がいるほうへまっすぐ進んでいった。朝食のあと、夫が考えを変えたと言ってきたのにはずいぶん驚いた。明け方、寝室を飛びだす前は、デ・ラセイに対する嫌悪感をあらわにしていたのに、しぶしぶながらも仮縫いをすると約束してくれたのだ。

午前中、エマは大広間で忙しくしていた。三日間の拷問のような仮縫いのあいだ、手をつけられなかったことを片づけていたのだ。まったく、デ・ラセイの態度には腹がたつ。アマリのうなり声が階段の上から何度も聞こえてきたが、彼女にはその気持ちがよくわかった。ところが、アマリはまた考えを変えたらしい。昼食のあとなぜ仮縫いの部屋に戻っていないのか、はっきりさせておく必要がある。

妻が近づいてくるのに気づいてアマリは吐息をもらした。彼女の顔には、何かを決断したときに見せる表情が浮かんでいる。どうやらまた怒らせてしまったようだ。エマはこのところ――少なくとも、あのいけすかない仕立屋がやってきてからというもの、いつも以上にぴりぴりしている。アマリは顔をしかめながらそう考えたが、午前中ずっとあのいまいましい小男と一緒に過ごしてみると、彼女がそうなるのもうなずけた。

「ごきげんよう、レディ・エマ」ブレイクが、大勢の女性の心をとりこにしてきた笑みを浮かべて挨拶する。

アマリはブレイクをひとにらみしてから妻に声をかけた。「どうしたんだ？」

エマはいきなり本題に入った。「仮縫いはどうなさったの？」

「終わった」アマリはそっけなく答えると、疑わしげな表情を浮かべた妻を見て肩をすくめた。「なんならあの気どり屋にきいてみるといい。午後は来なくていいと言われたんだ」

「わたしの仮縫いには三日もかかったのよ」エマが反論する。

アマリは前かがみになり、彼女の耳もとでささやいた。「きみのほうが採寸する場所が多いからじゃないか？」いたずらっぽい笑みを浮かべ、妻の胸もとに視線を落とす。

ゆうべのことを思いだして顔を赤らめたエマは、頭を振りながら厩舎へ向かって歩きだした。

「エマ」

彼女が足をとめて振り返る。「何かしら？」

アマリは厳しい視線を投げつけたものの、エマがひるんだ様子はまったくない。彼は顔をしかめてうつむいた。

エマはため息をつき、アマリのもとへ戻った。

「どこへ行くんだ？」

「薬草が必要なの」

「森へ行くのか？」

「ええ」

「護衛を六人連れていけ」

エマはうんざりしたが、うなずいてその場を立ち去ろうとした。

「エマ」

彼女は足をとめて振り返り、小声で何やらぶつぶつ言った。だが、アマリが片方の眉をあげているのを見て、もう一度彼のもとへ戻った。「こんなことをしてる時間はないの。日が暮れてしまうわ」

アマリは考えこんだ様子でエマを見ていたが、やがて首をかしげて尋ねた。「つんできた薬草を何に使っているんだ？」

「あれで……薬をつくっているの」エマは後ろめたさを感じながら答えた。

「きみはどこか悪いのか？」彼が反対側に首をかしげてきく。

「いいえ、どこも悪くないわ」

「だったら、誰の具合が悪いんだ？　けっこうな量の葉を使っているようだし、きみはこれまでに何度も森へ行っている。少なくとも――」

「城には大勢の人がいるわ」エマはあわてて言った。「召使いやあなたの兵士たちを入れると百八十人もいるのよ。いつだって具合の悪い人はいるわ」言葉を切って呼吸を整えると、彼女はそわそわした様子で言った。「質問は終わりかしら?」

「ああ……いや、まだだ」アマリはエマを呼び戻した理由を思いだして言った。黒いドレスはもう一着もつくらせないでほしいことを伝えなければ。「あの小男に仕立てさせるドレスのことだが……」

「ドレス?」

「その……黒はやめてほしい。ドレスはすべて明るい色にするんだ」彼はためらいがちに言った。

エマは彼の目をのぞきこんだ。

アマリが手をのばし、彼女の髪に指を絡ませる。そして表情を和らげ、声を落として言った。「この前の金色の生地で何着かつくるといい。あの色はきみの髪によく映える」

「わたしの髪に?」エマは目をしばたたいた。アマリの低い声に反応して、下腹部にあたたかいものがゆっくりと広がっていく。まるで、ベッドの上でみだらなことをささやかれているような気がした。

「そうだ。それからきみの瞳の色と同じグリーンのドレスを一、二着。雨あがりの森のように深いグリーンだ」エマは目を丸くした。アマリは彼女の片方の眉に指を滑らせ、なぞるように撫でたあと、唇へとおろしていく。

エマははっと息をのんだ。彼の指は唇の上にあるのに、まるで胸に触れられているかのように感じる。ああ、なんていい気持ちなの……。

「それから、赤を少なくとも六着」

「赤？」彼女はもう一度目を見開いた。

「そうだ。きみの唇のようにつややかな赤だ」

「まあ」エマはアマリのほうへよろめいた。目の前に飛びこんできた彼の顔を見たとたん、騒がしい訓練の音や兵士たちの怒鳴り声が消えていく。アマリの唇がついにエマの唇に重なると、彼女はうっとりと吐息をもらした。だが、すぐにはっと息をのみ、唇を離した。ブレイクの驚いたような叫び声が聞こえたのだ。声がした方向に目をやると、ブレイクは遊んでいたふたりの子供にぶつかってひっくり返っていた。彼はどうやら、後ろを確認しないままあとずさろうとしたようだ。

ブレイクが立ちあがるのを見てエマは頭を振った。彼はどうにもばつの悪そうな顔をしている。彼女は笑みを浮かべてブレイクのもとへ行き、その肩を軽くたたいた。

「ありがとう」

ブレイクが怪訝そうな顔をする。「いったいなんのことだい？」

「夫にすてきな言葉を教えてくれて」

ブレイクが顔をまっ赤にしてアマリを見る。アマリは怒り狂っていた。ふたりはエマにささやく甘い言葉から、口調や手の動きにいたるまで、何時間も練習してきた。だが、どうやらすべて台なしになってしまったようだ。

友人をにらみつけると、アマリはエマに向き直った。

「たしかにブレイクは気のきいた言葉をいろいろと教えてくれた。だけど、今言ったことは嘘じゃない」苦虫を嚙みつぶしたように言う。「黒いドレスを着たきみはもう見たくない。きみは金色なんかの明るい色を着るべきだ。その……」アマリは自分の言葉で言おうと考えをめぐらせた。「金色の布をまとったきみを見たとき、おれは体じゅうの血が騒ぐのを感じた。もし赤やグリーンのドレスを着てくれたら、きっとぞくぞくするだろう」

驚きに目を見開いたエマの顔がゆっくりと笑顔に変わっていく。だが、アマリはさらに続けた。

「きみに必要なものを知ってそれを与えるのは、夫であるおれの責任だ。きみは自分に対する評価が低すぎる。きみに本当の自分を知ってもらうには、ああいう言葉を使うしかなかった」

「本当の自分？」エマの顔に驚きの色が浮かぶ。

「ああ。つまり……そう、きみはきれいだ」アマリはしどろもどろで続けた。「というか……きみほどきれいな女に会ったことはない。きみと出会えた幸運に気づかなかったフルクは愚か者だ。きみは……本当にきれいだ」

エマはただ彼を見つめた。本当のわたしについて考えてくれるのは、アマリがわたしにいくらかの愛情を抱いている証拠だろうか。頭のどこかからそうささやく声が聞こえるが、同時に、ばかげたことを考えるのはやめろとたしなめる声もする。

「どうなんだ?」

「どうって、何が?」

「何も言うことはないのか? おれはきみがきれいだと言ってるんだ。そう、きみは本当にきれいだ」

「とてもうれしいわ」エマはそうこたえると、ふたたび厩舎へ向かった。アマリは本当にわたしのことを考えてくれているのかもしれない。そんな思いで頭がいっぱいになる。それは、世間の夫が妻に対して抱く義務的な愛ではない。慈しみと尊敬から生まれるものだ。夫は妻の気持ちなど考える必要はないのに、アマリはしょっちゅうわたしを気にかけてくれる。これにはきっと何か意味があるはずだわ。

アマリは悔しさのあまり、エマの後ろ姿をにらみつけた。「妻はおれに調子を合わせようとしかしなかった」

「最初からそうなると思っていたけどな」ブレイクが言う。「彼女を説得しに行ったほうがいい」

「なんだって？」

ブレイクが肩をすくめた。「訓練のことなら問題はない。そもそも、おまえは仮縫いで一日じゅういないはずだったんだ。一緒に森へ行って、彼女にいたずらしてみるのはどうだ？魅力を感じていることを伝えられると思うけどな」

アマリは友人をにらみつけた。「自分の妻にいたずらなどするものか。彼女はレディだ。それに……」険しい表情のまま続ける。「これまでの夫婦の営みが、彼女に自信をつけさせることに役だっているとは思えん」そう言いながらも、頭のなかではエマと森のなかで愛しあう光景が広がっていた。生まれたままの姿の彼女のほかには、草のベッドに、屋根代わりの空、それから木々がつくる壁があるだけだ。どこを見渡しても黒いものなど見あたらない。黒い長靴下がちらりと見えるだけでもだめだ。そう、彼女を完全に裸にしなければならない。

「彼女を抱きながら容姿をほめるんだ」

その言葉にアマリははっとわれに返った。「抱きながら？」

「そうだ。彼女の好きなところを考えてみるといい」

アマリは、厩舎のドアのそばで厩舎係と立ち話をしているエマの体に目を向け、視線を上から下へと走らせた。「彼女は繊細な心を持っている。今まで出会った女のなかでいちばん繊細だ」

それを聞いたブレイクはあきれた顔をした。「それはやめたほうがいい。容姿だけのことを考えるんだ。どこが好きで、なぜそこが好きなのかを伝えるのさ」

気に入っているところがアマリの頭のなかに次々と浮かんできた。「そうか……それならうまくいくかもしれん」エマの体を隅々まで思いだし、それがなぜ気に入っているのか、そこにどんなことをしたいのかを考えると、目がきらきら輝きはじめた。「よし、やってみよう」そう言うと、笑顔になったブレイクに見向きもせず、アマリは妻のもとへ歩きだした。


エマを愛しつくすと、アマリは彼女を見つめて笑みを浮かべた。エマを裸にし、気に入っている場所を愛撫しながら、なぜそこが好きなのかを説明した。手ごたえはまずまずだ。これで彼女も自分を卑下するのをやめるだろう。

そのとき、小枝の折れる音がした。アマリは目を細めて周囲を見まわしたが、何も変わった様子はなかった。追いはぎに襲撃された記憶がふと頭をよぎり、息をひそめたまま眉根を寄せる。エマの護衛たちをさがらせて本当によかったのだろうか？　自分の頭にあったのは森のなかで妻を抱くことだけで、危険がひそんでいる可能性などみじんも考えていなかった。

また音がした。今度は木の葉のこすれる音だ。さっきよりも近い。今の状況がどれほど危険なのかに気づいたアマリは、緊張のあまり体をこわばらせた。

「エマ」

エマがぱっと目を開いた。やさしく気遣っている彼の顔を見て、口もとに小さな笑みが浮かぶ。

「そろそろ行こうか」妻を不安にさせまいと、アマリはいつもの口調でつぶやいた。

ゆっくりと起きあがったエマは、中身が半分しか入っていないかごに目をやった。そういえば、バードックをまだつんでいない。薬草を探して十五分ほどたったころ、アマリにすっかり気を散らされてしまったのだ。「もう少し薬草をつまないと――」

「だめだ。支度をするんだ」エマに服を手渡しながら、アマリは穏やかに命じた。

エマは怪訝そうな顔をしたものの、夫の言葉にしたがった。着替えるのはアマリのほうが断然早い。エマがようやくチュニックを身につけたときには、アマリはすでに着替えをすませて剣を握りしめていた。そして彼女がドレスを着こむころには、馬たちを連れてきて、周囲に目を走らせながら彼らをなだめていた。

そのとき、エマは気づいた。何かが起こっている。馬だけでなく、アマリも神経をとがらせているようだ。

「どうしたの？」エマは彼に近づくと、小声でささやいた。

だが、アマリは黙ったままだった。それどころか、彼女のほうを見ようともしない。彼は険しい表情でエマをそっと馬に乗せると、自分の馬のほうへと歩きだした。そのとき、ひとりの男が森から飛びだしてきた。そのあとに三人の男が続いている。

「城へ戻れ！」アマリは大声で叫ぶと、エマの馬の尻を平手で打った。馬は体の向きを変え、安全な森のなかへと彼女を運んでいく。アマリは振り返り、すぐそばまで迫ってきていた男たちに向き直った。全員が剣を持ち、うちふたりは完全に武装している。一方アマリは、愛を交わすのには邪魔だと考え、鎧をつけていなかった。しくじった。

相手を値踏みしようと、アマリはもう一度敵に目を走らせた。傭兵だ。質のいい鎧をつけていないところを見ると、腕のたつ者はひとりもいないようだ。だが、敵の能力がどれほどであろうと、四対一では、打ち負かされる可能性は高い。歯がたたないと判断したアマリは、あきらめて木に寄りかかった。


夫は馬を強くたたきすぎたようだ。エマはしばらく馬を制御できず、速度を落とすのに時間がかかった。興奮している馬をようやく完全にとまらせると、さっきまでいた草地へ向けて方向転換した。アマリの言葉にしたがって城へ戻り、そこで彼の帰りを待つべきなのはわかっている。言いつけにそむいたら夫は怒るだろう。それに、アマリは自分の身は自分で守れる人だ。だが、同じように自分の身は自分で守れるロルフを、わたしはこれまでに何度か救っている。

確かめに行くだけよ。エマはそう自分に言い聞かせ、馬を襲歩《ギャロップ》で走らせた。夫がひとりで対処できていれば、あとは彼に任せて指示にしたがえばいい。だが、そうでなければ……。

そのとき、彼女は不意に気づいた。今ここに弓はない。

だが次の瞬間、そんな考えは頭から吹きとんだ。馬がいきなり茂みを飛びこえて、草地へつっこんでいったのだ。どうやら思ったほど遠くまで行っていなかったようだ。そして、アマリは逆上するだろう。

だが、そんなことを気にかけている時間はなかった。馬の速度を落としていくうちに、夫に勝算がないことに気づいたからだ。こうなれば彼を援護するために使える武器はただひとつ……馬だ。エマはふたたび馬の速度をあげ、いちばん手前の敵に方向を定めて手綱を左へ引っ張った。馬はすぐに反応し、行く手をふさいでいるその男に突進していった。

男が蹄《ひづめ》の音に振り返り、エマを乗せた馬を見てあわてて脇へ身を投げだした。そうなると予想していた彼女は、すでにその方向へと馬を向かわせていた。倒れた男を馬の蹄が踏みつける。

馬は、次にふたり目の男へと向かっていた。それを見て、男が剣を振りあげる。その瞬間、エマは悟った。馬は棒立ちになり、わたしは鞍から放りだされてしまうだろう。そのとき、三人目の男が目に入った。攻撃するつもりはなかったが、見逃す手はないほど絶好の場所にいる。馬の背中から振り落とされたエマは、その男に激突していった。

目の前の混乱した状況に、アマリはショックのあまり目を疑った。あたりを覆っていた静寂をいきなり破ったのが、馬に乗って草地のどまんなかに突進してきた自分の妻だったとは。

だが、馬が荒れ狂っているのを見ると、ショックは恐怖に変わった。馬は目をむいて男のうちのひとりにつっこんでいき、そいつを蹄で踏みつけにした。すると今度は、ふたり目の男の前で棒立ちになって、エマを背中から振り落とした。

彼女が空中に投げだされるのを見て、アマリは心臓が喉から飛びだしそうになった。次の瞬間、エマがもうひとりの敵に激突すると、彼女の無事を確かめるために駆けだそうとした。だが、そのときふと、敵が四人いたことを思いだした。残っているのはどいつだ？　馬に踏みつぶされた男はほぼ間違いなく死んでいるだろう。ふたり目の男は、荒れ狂った馬から逃げようと今も奮闘している。そして、飛んできたエマに激突された三人目の男は、木の根元で気を失っているようだ。つまり、おれが相手にすべきなのは四人目の男だ。

相手の腕はたかが知れている。アマリが意識を集中させて四人目の男に近づくと、男はまだぽかんとして目の前の光景を見つめていた。相手が二流だという証拠だ。本物の兵士は絶対に油断したりしない。

アマリは、男が背を向けているあいだに勝負をつけようかと考えた。結局のところ、四人でひとりの人間を襲おうとするような卑怯者《ひきょうもの》なのだ。だが、自尊心がそれを許さず、アマリはまず警告の声をあげた。男はあわてて振り返ると、迫ってくる一撃をなんとかかわそうと剣を振りあげた。

武装した大男に激突した衝撃で、エマはしばらくのあいだほとんど息ができなかった。けれども、アマリの大声が聞こえたとたん、肺がふたたび動きはじめた。猛り狂った雄叫《おたけ》びに驚いた空気が、あわてて彼女の肺のなかに逃げこんできたかのようだ。まずい。男の肺もまだ動いている。エマは腰にぶらさげていたナイフに急いで手をのばした。食べ物を切る場合は大いに役だつが、武器となると話は別だ。とはいえ、ほかに選択肢はない。彼女はナイフを握りしめて体を起こし、下敷きにしていた男から少し離れると、その胸をめがけてナイフを突き刺した……つもりだった。役たたずの代物は鎧に衝突したとたんに折れ、ご丁寧にも男を目覚めさせた。

ナイフが折れた瞬間、エマはおずおずと男の顔をのぞきこんだ。目が合ったときに男が浮かべた微笑を見て、彼女の体から血の気が引いていった。

男から剣を引き抜くと、アマリは相手が地面にくずおれるのも待たず、妻と敵が倒れこんだ木のほうへ目をやった。そして、眉をひそめた。ふたりとも動いている。突っ伏した状態から見て、さっきまではふたりとも意識を失っているようだった。だが今、エマは男の手から逃れようと必死にもがいている。男はドレスの裾をつかみ、彼女をその場に釘づけにした状態で立ちあがろうとしていた。

草地を駆け抜けたアマリは、男の手をめがけて剣を振りおろした。たとえドレスであろうと、妻に触れた手は切り落としてやる必要がある。だが、男は剣を横目で見ると、手を引っこめようとしてドレスを強く引っ張った。エマが前のめりになり、アマリがとっさにあげた腕のなかへ倒れこんでくる。そして次の瞬間、剣がドレスを切り裂き、彼女はそばにあった木に背中から倒れこんだ。アマリはとっさにエマの前に立つと、足もとの男に目を向けた。あとは剣を振りおろすだけだ。

エマは木に手をかけると、アマリと敵がいる方向へすばやく目を向けた。敵はふたり……。彼女の馬が追いかけていったふたり目の男がなんとか窮地を脱し、仲間を助けにやってきたようだ。エマは夫に大声で警告したが、すぐにその必要はなかったと気づかされた。彼が肩越しにいらだった顔を見せたのだ。男たちが剣を振りはじめた。エマがかたずをのむ前で、アマリが次々に敵の剣をかわしていく。彼の腕の動きは、速すぎてよく見えないほどだ。だが、彼女は逃げるつもりなど毛頭なかった。夫のそばから離れるつもりはない。どうにか彼を援護したかった。今のところ、アマリは難なく敵の剣をかわしているものの、体力がつきてしまったら……。

いてもたってもいられなくなったエマは地面を物色しはじめた。頑丈な石を見つけて敵に投げつけるのだ。ささいな援護でも、状況を五分五分にするくらいのことはできるかもしれない。ちょうどいい大きさの石を拾いあげたそのとき、あたりに叫び声が響き渡った。エマが男たちのほうへ目を向けると、彼女が激突した男の腹に、夫の剣が深々と刺さっていた。エマはもうひとりの男に目を向けたが、その瞬間、体のなかに恐怖が広がっていった。夫が剣を使えなくなった隙に、もうひとりの男がとどめの一撃を振りおろそうとしていたのだ。彼女は叫び声をあげながら、全力を振り絞って男に石を投げつけた。

耳に届いた妻の金切り声にアマリは顔をしかめた。その声のせいで、目の前の男に命中した石が跳ね返る音を聞き逃しそうになったのだ。まったく、なんという肺活量だ。あれほどの声を出せるとは、彼女の肺は膝まであるに違いない。とはいえ、パニックに陥った妻の声に、アマリは心を揺さぶられた。夫が死ぬのを見たくないと彼女が考えてくれているのはうれしいことだ。だが、それは自分に対する侮辱だとも考えられる。夫は目の前の状況を把握していないかもしれない、援護が必要かもしれない、とエマは思ったのだ。そう考えると、いらだたしさがこみあげてきた。おれは騎士だ。妻を守るのはおれの仕事だ。彼女は木にもたれて、勝利の報告を待っていればいい。しかし、エマが自分の立場を理解している様子はほとんど見られなかった。城に戻れと言ったはずなのに、彼女は戦いの最中にこうして夫の気を散らしている。アマリは男から剣を引き抜こうと、その肩をつかんであおむけにさせた。

そこへちょうど仲間の剣が振りおろされた。

剣の勢いをとめられず、男は不覚にも仲間にとどめを刺してしまった。男の顔に狼狽の色が浮かんだかと思うと、次の瞬間、息絶えた。アマリの剣が男の胸を突き刺したのだ。

　エマはおぞましい光景から目をそむけると、へなへなと座りこんで木にもたれかかった。するとすぐ、大きな手に二の腕をつかまれた。目を開けると、表情をこわばらせたアマリが立っていた。彼は神経をとがらせているようだ。その顔には、怒りと、エマにはよくわからない何かが浮かんでいた。

「城に戻れと言ったはずだ」

「そのつもりだったわ」一瞬とはいえ夫にしたがおうと考えたことを思いだしながら、エマは苦々しげにつぶやいた。

　彼女の言葉に、アマリは吐息をもらして肩を落とした。目をむいて草地を暴走してきた馬の姿が脳裏をよぎる。「すまなかった。おれが馬を強くたたきすぎてしまったせいだ。きみは死んでいてもおかしくはなかった。馬が方向転換できる場所にたどり着いて、最終的にここへ戻ってきたのは幸運だった。そうでなければ、きみは馬から振り落とされ、かたい木にたたきつけられていたかもしれない」

　一瞬、エマはわけがわからず眉をひそめた。だが、突然ぴんときた。夫の勘違いに気づいたとたん、驚きのあまり口をぽかんと開ける。アマリは自分の妻をどれほど非力だと思っているのだろう？　興奮した馬がわたしの制止を振りきって草地に突進し、アマリの命をねらっていた男に向かってわたしを振り落とした――彼はそう考えているのだ。役たたずだと思われていることがわかって思わず頭に血がのぼったが、エマは肩をすくめてやりすごした。疲れきっているせいで、それを気にかける気力さえ残っていなかった。むしろ、アマリは本当のことを知らないほうがいい。真実は彼をさらに怒らせるだけだ。

エマは馬を捜そうとあたりに目を走らせたが、どこにも見あたらなかった。不安に思いながら草地のまんなかへ行き、馬の名前を呼ぶ。だが、反応は何もなかった。

「城へ戻ったんだろう」アマリが彼女のそばへやってきてつぶやいた。「おれの馬もいない。家臣たちを呼びに行ったはずだ」言葉を切ると、エマを背中の後ろへ押しやって森に向き直った。馬が駆けてくる音が聞こえてくる。

馬にまたがった家臣が草原に突進してくると、アマリの緊張は一気に解けた。彼は剣を鞘におさめ、馬をとめておりてくる家臣たちのもとへ歩み寄った。

エマはアマリを追って草地を横切ろうとしたが、何かにつまずいて足もとを見おろした。自分のかごだ。彼女はかがんで手にとり、中身をぼんやりと見つめた。薬草に血が飛び散っている。エマは突然、気を失いそうになった。これほど近くで人が戦っているのを見たのははじめてだった。もちろん、アマリの家臣たちが中庭で訓練しているのは何度も目にしている。弓を使って人の命を救ったこともある。だが、自分がさっき目のあたりにしたものは、遠くから矢を射るのとはまったくの別ものだ。すぐそばで死の音を聞き、そのにおいをかいだ。今でもその臭気が漂い、剣が人間を突き刺す音が聞こえてくる。

だとすれば、別に驚くことではないだろう——気分が悪くなったことも、今日が簡単に忘れられない日になるであろうことも。

アマリは家臣たちに手早く事情を説明して指示を出すと、一頭の馬にまたがった。そして馬をエマのもとへ進め、彼女を引っ張りあげて自分の前に座らせた。敵の死体の始末を家臣に任せると、彼は城へと向かった。途中、何度も心配そうな面持ちで妻を見おろした。エマは奇妙なほど押し黙っている。驚くことではないのかもしれないが、それでも心配だった。なにしろ、彼女の馬がけがをしていたと伝えても、なんの反応も示さないのだ。アマリの不安は募った。そういうことを騒ぎたてないなんて、いつものエマらしくない。

妻がショックを受けているのは間違いなかった。おそらく彼女には休息が必要だ。アマリがそう結論を出したとき、馬が城の敷地に乗り入れた。

馬をおりたとたんに飛んできた質問を、手を振ってやりすごすと、アマリは妻をやさしく抱きかかえてふたりの寝室へと運んだ。そしてベッドの脇におろすと、彼女が持っていたかごを床に置き、ドレスを脱がせはじめた。

アマリが服と格闘しているというのに、妻は無言で立ちつくすばかりで、彼を手伝おうともやめさせようともしない。アマリの不安はさらに募った。エマを生まれたままの姿にすると、彼はベッドのほうを振り返って上掛けをめくりあげた。ところが、妻を寝かせようともう一度向き直ったとたん、彼女が胸のなかに飛びこんできた。アマリはその場から動けなくなった。エマが彼の胸に顔をうずめ、しくしくと泣きはじめる。アマリはぎこちなく片腕をあげ、彼女の背中をやさしくたたいた。

まるでそこに何時間も立っていたように思えた。アマリは妻を泣かせたまま、どうすれば彼女をなだめられるのか考えをめぐらせた。すると突然、エマが彼の服を引っ張りはじめた。それがどういうことなのか、彼にはわからなかった。心が張り裂けんばかりに泣いているのに、エマは彼の服を乱暴に脱がせはじめたのだ。アマリは彼女の好きにさせておいた。何を考えているのか、しばらく様子を見よう。

目に涙が浮かんでいるため、視界がぼやけて前がよく見えないのは間違いない。アマリがそんなことを考えているのをよそに、エマの手はすばやく動いた。やがてアマリの胸はむきだしになり、引きおろされた長靴下がブーツのあたりで絡まっていた。そして、欲望の証が大きくそそりたっている。こんな事態であるにもかかわらず、妻に服を脱がせられているうちに、欲望をかきたてられてしまったらしい。

何をしようとしているのかきこうとアマリが口を開いたとき、エマが彼の体をそっとベッドに押し倒した。そしてアマリの上にまたがり、彼を自分のなかへと迎え入れた。

アマリは動けなかった。衝撃のあまりただ目を見開くことしかできない。妻は奥手でないとはいえ、こんなことは今までになかった。しかもその顔には、悦びの色も欲望のかけらも浮かんでいない。ただ、夫にまたがるのだというきっぱりとした決意が見てとれるだけだ。

彼は妻のヒップに手をあて動きをとめると、彼女が目を開くのを待ってから尋ねた。「何をしてるんだ?」

エマは目をしばたたいた。どうしてもとまらなかった涙が、驚きのせいでぴたりととまる。何をしているのかは、説明するまでもなかった。「あなたとひとつになっているのよ」そう言うと、彼女はふたたび動きはじめた。アマリはもどかしげな表情を浮かべながら、エマの腰に置いた手に力をこめた。

「それはわかってる。理由をきいてるんだ」

エマはもう一度目をしばたたいた。自分でも理由がわからないのだ。ただ、夫とひとつにならなければいけないと感じていた。体のなかと外で彼を感じたかった。彼の腕に抱かれ、耳もとで甘いささやきを聞きたかった。もう一度、生きていると実感したい。それはおそらく、死を目のあたりにしたことと何か関係があるのだろう。だが、なぜそんな気持ちになるのかはわからなかった。とにかく、どうしても生きていると実感する必要があるのだ。支離滅裂なのは自分でもわかっている。だとすれば、アマリが理解できるはずもない。エマは彼が納得できそうな理由を探し、ひとつの答えにたどり着いた。「跡継ぎが必要だからよ」

「跡継ぎ?」

「ええ」

「今、必要だと言うのか?」エマの言葉にアマリは完全に面くらっている。

「そう、今すぐに。あなたがわたしの目の前で死んでしまう前に」そのとたん、エマはなぜか怒りがこみあげてくるのを感じた。追いはぎの襲撃にしてもさっきの戦いにしても、夫を責めるつもりもなければ、夫が悪いわけでもない。にもかかわらず彼女はその両方をアマリのせいにすることにした。「あなたほど危険な目にあってばかりいる人はいないわ！　今すぐあなたの種をわたしに宿して。そうでないと、子供を授かる前にあなたは死んでしまう！そうなれば、わたしはバートランドのものになってしまうのよ！」

アマリは呆然とエマを見あげた。いろいろな感情が押し寄せてきたが、いちばん強いのは怒りだった。突然、彼は体を起こしてエマを組み敷き、彼女のさらに奥へと押し入った。

「神に誓って言うが、きみと結婚するまで、こんなに次から次へと危険に見舞われたことはなかった。きみが呪われているんじゃないかと考えていたところだ」

「わたしが呪われてる!?」エマは息をのんだ。

「そうだ！　きみはすでにひとりの人間を墓へ送ってる。今の状況を考えると、おれもそこへ送られるのは間違いない！」

エマが言い返そうとすると、アマリに口をふさがれた。だが、それはやさしいキスではなかった。乱暴で激しいキスだ。荒々しく舌をさし入れてきたアマリに応戦するように、エマは彼の唇を嚙み、腰を突きあげた。

次の瞬間、アマリは体をこわばらせてうめき声をあげた。彼は一瞬だけエマの上に突っ伏すと、すぐに彼女から身を離した。

夫が長靴下を引っ張りあげ、急いで服を着こむのを、エマは唇を嚙みしめながら見つめていた。部屋を出るときまで、アマリは彼女のほうを見なかった。彼は戸口で立ちどまって振り返ると、険しい顔をエマに向けた。「種が実ることを祈ろう。相手が誰であれ、おれがこの先、種馬になることはない。それがたとえ王の命令でもだ」

10

「傭兵？」ブレイクは眉をひそめた。「いったい誰が傭兵なんかを送ったんだ？」

不機嫌な表情でアマリは肩をすくめた。「そんな人間はいくらでもいる」

「そうだな。おまえには敵が大勢いる」

「おれたちの仕事……いや、これまでのおれたちの仕事にはつきものだ」アマリは言った。長い年月のうちに、アマリは大勢の敵をつくってきた。あの日の午後、手下を送ってきたのが誰であっても不思議はない。

「レディ・エマがけがをしなかったのは幸いだった」

「ああ」アマリはいかめしい顔のまま城に目をやった。今ごろ、妻は薬草を煎じているに違いない。「リトル・ジョージに護衛を増員するよう手配させよう」彼はひとりごとのように言った。「それから、妻が城を出る際は、少なくとも十人の護衛をつけさせる」

「おまえはどうするんだ？」

「おれが一緒にいようがいまいが、彼女につける護衛は十人だ」

「違う。おまえにも護衛をつけるべきだと言ってるんだ」

アマリは眉根を寄せると、ため息まじりにうなずいた。「そうだな」

ブレイクは一瞬、言葉が出なかった。アマリが言い返してくるだろうと思っていたからだ。ひと言も反論がないことが引っかかる。暗い顔をしている理由をきこうとブレイクが口を開きかけたとき、アマリがいきなり彼のほうに向き直った。

「彼女はおれのことを馬だと思ってる！　繁殖にしか役にたたない種馬だとな！」

ブレイクは目を丸くした。「彼女って誰のことだ？」

「エマだ！　ほかに誰がいるっていうんだ？」鈍感な友人をにらみつけ、アマリはふたたび口を開いた。「彼女がおれに求めてるのは、赤ん坊を宿らせることだけだ。彼女にとっておれは種馬でしかないんだ！　自分が望めば、いつでも奉仕してもらえると思ってる。体のなかがおれの種でいっぱいになるまでな！」

「ずいぶん大変そうな仕事だ」ブレイクがおもしろそうににやりと笑う。

アマリは友人をにらみつけた。「ああ、おまえにはおもしろい話だろう。彼女に四六時中奉仕しなければならないのはおまえじゃないんだからな」

「いや、残念な話だ」アマリの顔に怒りがたぎったのを見て、ブレイクは頭を振った。「おまえの不満がなんなのかさっぱりわからないよ。ついこのあいだは、妻がベッドで楽しむのは間違いだとのたまっておきながら、今度は種馬だと思われてることに文句を言っている。

教会ではそれがまっとうな妻の考えることだと教えてるが、おまえはこの考えも気に入らないようだ……ん？　なるほど……そういうことか。わかったぞ」ブレイクはうなずいて続けた。「つまり、レディ・エマの関心が、跡継ぎをもうけてバートランドから身を守ることだけだというのが、おまえの男としてのプライドを傷つけたんだな」彼はもう一度うなずいた。「そうだ、そうに違いない。どうやらおまえは、彼女のことを単なる妻だとは考えていないらしい」

アマリは一撃をくらったかのような顔をし、すぐさま首を横に振った。

「いや、そうさ」ブレイクはまたしてもうなずいた。「おまえは彼女を愛しているのかもしれないな」

「愛している？」アマリはぞっとしたような表情をして言った。「彼女はおれの妻だぞ！」

「そうだ。だが――」

「夫というのは妻を愛さないものだ」アマリは顔をしかめて指摘した。「夫が愛するのは愛人だ。それに耐えるのが妻なんだ」

「おまえには愛人なんていないじゃないか」

「それはそうだが――」

「紳士淑女にしてみれば、愛は愛人のためにとっておくのがあたり前かもしれないが、レディ・エマは普通のレディじゃない。彼女を愛するのは簡単なことだ」ブレイクは共感をこめてそう言った。

友人の意見にアマリは顔をしかめた。「おれの妻には手を出すな。彼女は愛人をつくるような女じゃない」そう言い放つと、怒りをまき散らしながら中庭へと向かっていく。ブレイクは呆然とその後ろ姿を見送った。

エマは鍋から顔をあげ、厨房に入ってきたギザに笑顔を向けた。彼女はデ・ラセイの針子のなかでいちばん年をとっていた。自分の母親と言ってもおかしくはない年齢だろう。ギザは亡くなった母をどことなく思いださせた。仮縫いのあいだ、ギザはエマがまとった生地をてきぱきとつまみあげたり、ねじこんだりしていたが、あのときに見せていた人をほっとさせる笑顔と静かな威厳がそう思わせるのだろう。だが、ギザのことを気に入っているのはエマだけではなかった。家令のセバートもギザに好意を抱いているようだ。

デ・ラセイと彼の針子たちがやってきてから四日になるが、ギザとセバートはすでに深い仲になっていた。食事の時間には隣同士に座り、夕食がすむと一緒に姿を消す。ギザは日中、セバートの姿を見たり、彼とふたりきりになれるチャンスを探したりしようと、階下におりる口実をあれこれとひねりだしていた。エマは情熱的に抱きあうふたりの姿を城のあちこちで目撃していたし、召使いたちも、ふたりが通りかかるたびに忍び笑いをするようになっている。

エマはこの状況をどうしたものかと考えていた。あの年齢のカップルが情事を楽しめることに少し驚きはしたものの、ほほえましいことだとも思っている。なにしろ、あれほど幸せそうなセバートを見たのははじめてなのだ。ふたりの行動をとがめることもできず、結局、今まで放っておいてしまった。とはいえ、いつまでもこのままにしておくわけにはいかない。今の関係を続けるのは不可能なのだから。しかし、心配なのは、最終的にはどうなってしまうかだ。エマとしては、ここに残ってほしいとギザを説得したいと考えていた。ドレスの仕立てが終わって、デ・ラセイがギザを連れてロンドンに戻れば、セバートは彼女を追いかけるだろう。それだけはどうしても避けたかった。それにしても、最近この城では騒動や厄介ごとが起こりすぎている。

ちょうど結婚式の日からだ。エマはそう考えたが、すぐに思い直した。いや、その前からはじまっている。フルクが亡くなってからだろうか？　それとも宮廷で謁見してから？

「閣下はお加減が悪いんですか？」

そばにやってきて鍋のなかを興味深げにのぞきながらギザが尋ねると、エマははっとして頬を赤らめた。「い、いいえ」そう答えたものの、声はかすれていた。咳払いをし、無理やり笑顔をつくって首を振る。「夫は元気よ」

「じゃあ、なぜ毎晩のように閣下のエールに薬をまぜているんです？」

「それは……体にいいものを飲んでほしくて」ギザのほうを見ないようにしながら、エマは嘘をついた。

ギザがわずかに怪訝そうな顔をする。「だけど、これはブッチャーズブルームじゃありません？　それに——」

「薬草に詳しいのね」話を変えようとエマは口を挟んだ。

「ええ、母に教わりましたから」ギザは、いろいろな薬草が置かれているテーブルを振り返った。大きめの薬草の束をそっと撫でると、驚いたように一枚の葉を手にとり、それをまじまじと見つめる。「これはダミアナじゃありません？」

「そうよ」エマは思わず身がまえたような口調になった。

ギザは片眉を少しだけつりあげると、口もとに楽しげな笑みを浮かべながら、催淫効果のあるその薬草をもとの場所に戻した。「たしか体を元気にしてくれるんでしたっけ？」

彼女の言わんとしていることにエマは頬を染めたが、質問には答えずにすんだ。すぐ脇にあるドアが開き、セバートが厨房をのぞきこんだのだ。ギザを見つけたとたん、その顔に喜びの色が広がる。

「ギザ、きみの姿がずっと見えないとムッシュ・デ・ラセイが騒ぎだしたぞ。そろそろ戻ったほうがいい」

「やれやれ」ギザはため息をついてドアへ向かうと、セバートに向かって笑みを浮かべた。

「あとでゆっくりね」

思わせぶりなギザの口調に、エマは驚いて目を丸くした。だが次の瞬間、彼女の目はさらに丸くなった。セバートが顔を赤らめてごくりと息をのみ、うなずいたからだ。

「まったく……」エマは頭を振りながら言った。ふたりのことをいよいよどうにかしなければならない。しかも、すぐに。彼女はそう考えると、鍋に向き直った。鍋のなかではダミアナを煎じていた。この作業は一日おきにやっているが、それはもちろん、夫のジョッキに大量に注ぎこんでいるからだ。エマはそろそろ薬の量を減らしていければと考えていた――夫のあの宣言を聞くまでは。

アマリが夫婦の営みをこの先いっさい拒絶するようになるとは、エマも思っていなかった。夫はベッドでのひとときを楽しんでいるようだったし、怒っていた理由もよくわからない。そこで、彼女は安全策をとることにした。ジョッキに入れるダミアナの量を、減らすのではなく二倍にするのだ。そうすると、ほかの薬草はあきらめなければならない。そうしないとエールを入れる余裕がなくなってしまう。ここは用心してダミアナだけを飲んでもらったほうがいい……あの言葉が本気であった場合に備えて。

エマは目を開けると、自分の隣に夫がいないのを見て大きく息をついた。どうやらあの宣言は嘘ではなかったようだ。ゆうべアマリは、夕食の席で浴びるように酒を飲んだ。テーブルに突っ伏し、大きないびきをとどろかせるまで。彼女は夫を寝かせたまま、ひとりで部屋に戻ったのだった。

実を言うと、エマは夫のエールに入れるダミアナを二倍ではなく四倍にしていた。それでも彼はベッドにやってこなかった。体がダミアナに慣れてきて、ききめがなくなっているのだろうか？　それとも、エールの飲みすぎが効果を弱めてしまったの？　いずれにせよ薬は効果がなく、ベッドでひとり寝返りを打ちながら、長く寒い夜をやりすごしている。それにしても不思議だ。誰かと一緒にいることがこんなにもあたり前になってしまうとは……。

彼女は吐息をもらすと、ようやくベッドから抜けだして着替えにとりかかった。アマリは本当に二度とベッドをともにしないつもりなのだろうか？　そんなことは考えたくもないし、絶対に聞き入れられない。赤ん坊がほしいからだけではない。彼がそばにいなければ寂しくてたまらないからだ。

アマリは約束を守り、ほとんどのことを相談してくれるようになっていた。それに夜の会話も続いている。愛しあったあと、わたしを腕に抱き、その日にあったことをいろいろと話すのだ。最初はぎこちなかった。彼が居心地の悪さを感じているのははっきりとわかった。それでもアマリはやめようとはせず、今では習慣になっている。ゆうべは、彼と話ができないことを心から寂しく感じた。そう素直に認めると、エマは部屋をあとにした。

階段をおりると、召使いや兵士たちが朝食をとっているあいだを抜けて、テーブルへ向かった。アマリを捜してあちこち目をやったところ、彼はいつもの場所に座っていた。穏やかなほほえみや笑い声が気に入らないとでもいうように、まわりの人々に不満そうな目を向けている。ひと晩たっても気分は変わっていないようだ。

彼女はひそかにため息をつくと、アマリのしかめっ面を和らげようとにこやかな笑顔をつくり、彼のほうへ近づいていった。だが、犬たちが暖炉のそばにいるのが目に入ったとたん、足どりは重くなった。怪訝に思う気持ちと不安を感じながら、眉間にしわを寄せる。しばらくためらったあと、エマは犬たちのほうへ足を向けた。

城の住人たちと同じように、犬たちにも生活のパターンがある。日中は、子供たちと遊んだり狩りの供をしたりして屋外で過ごす。雨の日には厨房でおこぼれにあずかろうと、ものほしげな目をしてくんくんと鳴きながら料理人のあとをついてまわる。夜になると暖炉の前に陣どって眠り、朝食をとりに誰かが大広間にやってきた時点で目を覚ます。それからテーブルのあいだを動きまわって、落ちていたり人間から放り投げられたりした食べ物をぱくつくのだ。

ところが、なぜか今朝はまだ眠っている。近づくにつれて不安が募った。みんなが騒々しく食事をしているというのに、犬たちが眠っているのはどう考えてもおかしい。もしかして、具合が悪いのだろうか？

アマリは、大広間に入ってきたエマにすぐ気づいた。いつも体が教えてくれるのだ。今日は背中から首にかけてぞくぞくとした。とはいえ、いつも背中側だというわけではない。胸や腹のこともあるし、下腹部がぞくりとすることもある。そして彼女がそばに来ると股間にその感覚が走り、彼女が笑顔になるとかたく張りつめるのだ。問題は、そのせいで頭が混乱してしまうことだった。ブレイクの言うことはある程度正しい。おれが考えていることは支離滅裂だ。最初は、妻が夫婦の営みを楽しむことに納得がいかなかった。そして今は、エマが子供をつくるためだけにベッドをともにしようとしていることが気に入らない。どうしてそんなふうに思うのかは自分でもわからない。とにかく支離滅裂なのだ。まるで頭のなかがぐしゃぐしゃになってしまったようだった。

そんなおれのことをブレイクは理解できないと言った。だとすれば、エマにだってわかってもらえるはずがない。子供をつくることだけを目的にベッドに入るのは、彼女にとって当然のことだろう。教会ではそれこそが夫婦生活の目的であり、決して楽しむことではないのだと説いている。だが……それでは満足できない。エマがバートランドと結婚させられるのを阻止するだけの存在にはなりたくはない。おれが求めているのは……いや、それがなんなのかがわからない。だから問題なのだ。

〝おまえは彼女を愛してるのかもしれないな〟ブレイクの言葉が頭をよぎり、アマリは身を震わせた。これまでそんな感情を抱いたことはほとんどない。自分の人生には無縁だと言ってよかった。過去になかったからといって、今それを埋めあわせるつもりもない。しかも相手は、おれのことをバートランドの魔の手から救ってくれる従順な下僕だと思っている女なのだ。

アマリは顔をゆがめ、ジョッキのなかの濁った液体に視線を落とした。やはり、ブレイクは正しいようだ。エマはたしかに普通のレディとは違う。〝レディ〟と呼ばれる女たちのふるまいなら、これまでさんざん目にしてきた。たとえば、父の妻だ。あの女の美しい顔に友好的な笑みが浮かぶのは、相手が価値のある人間だと判断した場合だけだ。召使いや、夫がよそでもうけた息子の前では、冷ややかで口うるさく、情のかけらも見せることはなかった。

皮肉な話だが、〝レディ〟は宮廷にもいた。おそらく、あの女たちには血も涙もないに違いない。まるで戦闘に臨む兵士たちのように、冷静に、そしてこそこそと計画をたてて、将来の夫を物色している。

だが、エマにはそんなところはまったくなかった。召使いであれ護衛であれ、まわりにいる人間はみな彼女のことが好きで、心から尊敬しているようだ。それは、エマの指示にすぐ応じる彼らの様子を見ていればわかる。彼女が望めば、城のなかの布という布が黒く染められてしまうほどだ。彼ら自身の服まで。一度、家令のセバートになぜ城じゅうの人間がみな黒い服を着ているのかと尋ねたことがある。そのときセバートはただこう答えた。

〝奥さまのご指示だからです。今、奥さまは喪に服していらっしゃいます……いや、喪に服していらっしゃいました。こうして再婚されたことで、喪は明けたと思われます〟

家令の言ったことについて考えをめぐらせながら、アマリはさらに尋ねた。〝それで黒い服を着ているのか？〟

〝そうでございます〟

〝なぜだ？〟

〝なぜ？〟セバートは質問に戸惑っていた。〝それは、奥さまに喜んでいただくためでございます〟

奥さまに喜んでいただくため――その単純な答えには多くの意味が含まれていた。彼らのふるまいは、恐れや義務感から生まれたものではない。ただエマを喜ばせるためなのだ。そう、彼らはエマのためにせっせと働いている。そして、エマは彼らの世話をやく。みんなの体調を気遣い、食事を提供し、必要なものを用意しているのだ。エマの目はアマリの家臣たちにも向けられていた。彼女はけがの手当てをしたり病人を介抱したりして、兵士たちの健康に気を配っている。

そのとき悲鳴が聞こえ、アマリは暖炉のほうに目を向けた。エマが犬のそばに膝をつき、怯えたように顔をゆがめている。怪訝に思って妻のもとへ行こうと立ちあがると、リトル・ジョージが大広間に飛びこんできた。

「部隊が近づいてきています」

「誰だ？」

「旗は見えません。まだずいぶん先にいます」

アマリは眉をひそめた。「戦闘部隊か?」

「いえ、戦闘部隊にしては人数が少なすぎます」

「ロルフ卿が戻ってきたんだろう」アマリは肩をすくめてそう言うと、歩を進めてエマの背後に立った。「どうした?」

しゃがみこんだエマは、じっと横たわっている犬たちを呆然と見つめている。「死んでるわ」

「死んでる? みんな死んでるのか?」アマリの驚いた声を聞き、暖炉にぞろぞろと人が集まってきた。

疑念に満ちた夫の声を聞いて、エマは吐息をもらした。自分だって信じられない。だが、三頭の犬を順にさわったところ、みな冷たくなっていた。犬たちが死んでいるのは明らかだ。しかも、死んでから何時間も経過している。

「ええ、三頭とも」

「伝染病ですか?」侍女のモードがささやくように言った。エマのかたわらに膝をつき、犬たちをのぞきこんでいる。

「違うわ」言葉の選択には気をつけてとばかりに、エマは侍女に険しい顔を向けた。近ごろは、〝伝染病〟という言葉を聞くだけで大騒ぎになってしまう。モードから顔をそむけると、エマは一頭の犬の頭を持ちあげて目と鼻をまじまじと見つめ、不安をあらわにした。

「紅斑熱では？」モードがきく。

「違うわ！」エマはぴしゃりと言った。人であふれ返っている大広間に怯えたようなささやき声が広がり、みんなが一歩、二歩とあとずさりしはじめる。「これは毒よ」

「毒ですって！」モードが息をのんだ。

「毒だと？」アマリは犬たちに視線を落とした。犬たちは人間がやる残飯しか食べていないし、犬のほかには誰も倒れていない。ほかに犬たちが口にするものといえば、厨房のドアのそばに置かれた水桶に入っている水だけだ。アマリは毎朝運ばれてくるその水桶にゆっくりと目を向けた。

「そう、毒よ」エマは表情を変えずに立ちあがり、夫を振り返った。

「殺したのはきみだ！」アマリの責めたてるような声が、静まり返った大広間に響き渡った。

エマはあまりの衝撃に倒れそうになった。「なんですって？」愕然としたままつぶやく。

「きみが犬たちを殺したんだ。あの薬草で」

彼女の顔に浮かんだショックが、みるみるうちに怒りへと変わった。「本気で言ってるの？　なぜわたしが犬たちを殺す必要があるのかしら？」

アマリがあわれな犬たちに目を落とした。「おれを……」

「どういうこと？」

「おれを……きみはおれに毒を飲ませて殺そうとしたんだ！」アマリはたった今気づいたかのようにそう叫んだ。

「なんてことを……」怒りをあらわにしたエマが近づいてくる。

「来るな！」彼は両手をあげてあとずさった。「きみはゆうべ、おれのエールに薬を入れただろう？　違うか？」

エマが黙ったままアマリをにらみつけると、今度は彼が彼女に近づいてその腕をつかみ、体を揺さぶった。「どうなんだ？」

「入れたわ！」エマがそう言い放つと、アマリは彼女を突き飛ばすように腕から手を離した。

「ゆうべ、おれは犬の水桶にエールを捨てた。すると、犬たちが死んだ。犬たちを殺したのは……おれのジョッキに入っていた毒だ」

彼の告白に、エマは呆然とした。彼女の返答を待つかのように、大広間じゅうの人々がかたずをのんでいる。エマが口を開こうとしたとき、オールデンがそばに駆け寄ってきた。

「事故かもしれません」アマリの従者は彼女をかばうように言った。「閣下、本当です。薬草はどれもこれもよく似てるんです。ぼくには見分けがつきません。きっと……」彼は口ごもった。敬愛する女主人が夫を殺してしまいそうになった、なんとか事故だと証明しなければ――オールデンはそう考えているのだ。

エマはオールデンの頰を平手打ちしてやりたかった。彼は、わたしが薬草を間違えて毒をつくってしまったと思っているのだ。大広間にちらりと目をやると、誰もが戸惑ったような表情を浮かべていた。彼女は腹を蹴られたように感じた。

「薬草を間違えてなんかいないわ！　それに、自分の夫に毒なんて盛るものですか！」エマはものすごい剣幕で怒鳴った。

レディらしからぬ彼女の罵声を聞いて、みんなが狼狽した表情を見せる。だがエマは、誰にどう思われようとかまわなかった。どのみち、犬を殺した犯人はわたしだと全員が考えているのだ。自分に近い者たちでさえ、怪しむような目をしている。許せないと思った彼女は踵を返して立ち去ろうとした。だが、アマリにぐいと腕をつかまれて引きとめられた。

「逃げてすむ話じゃない」

エマは自分の腕をつかんでいる手をにらみつけてから、彼に冷たい目を向けた。「あなた？」

顔に浮かんだ冷ややかな怒りとは真逆の柔らかい声に、アマリは警戒して目を細めた。

「なんだ？」

「あなたなんか死んでしまえばいいのよ！」エマの怒鳴り声に、大広間にいる全員がはっと息をのんだ。彼女は彼らをにらみつけると、アマリの手から腕を引き抜き、足早に階段へ向かった。これ以上くだらない戯言《たわごと》を聞くつもりはない。彼らはそのうちわたしを魔女と呼びはじめ、火あぶりにする準備でもはじめるのだろう。

妻が去っていく姿を呆然と見ていたアマリは、振り返ってブレイクに尋ねた。「妻はなんと言ったんだ？」

「死んでしまえ、と聞こえたが」

「なるほど」アマリは目を細めてうなずいた。「そう言ったのか……」

アマリはエマのあとを追おうとしたが、ブレイクに引きとめられた。「だめだ。今は放っておけ。彼女は頭に血がのぼってるんだ。それに――」

「彼女はおれに死ねと言ったんだぞ！」アマリは友人に向かって怒鳴った。「彼女はレディなんかじゃない。絶対に違う！　ベッドでの行為を楽しんでいるのを見て感じたことは、やっぱり間違っていなかった。レディはあんな言葉を使わないし、夫婦の営みも楽しまない。それに、夫を毒殺しようなどとは絶対に考えない！」エマの後ろ姿に向かって大声で言い放つと、家臣を振り返った。「何をぐずぐずしてるんだ！　あの女はおれを殺そうとしたんだぞ。それなのに見逃してやろうというのか？　すぐに連れ戻せ！」

「いいか、アマリ。まずはよく考えてみないと」ブレイクが必死でアマリを戒めようとする。

「何を考えるというんだ。追いはぎや傭兵に命をねらわれたかと思ったら、今度は自分の妻に殺されそうになったんだ！」アマリは最後の言葉をエマの後ろ姿に向かって吐き捨てた。

「フルクが自ら命を絶ったのも無理はない！」

その言葉にエマは凍りつき、夫に反撃しようと振り返った。だがその瞬間、急いで駆けてくる四人の男たちが目に飛びこんできた。彼女は動揺して目を見開いた。事態の深刻さにようやく気づいたのだ。これは、わたしが人として侮辱されたどころの話ではない。殺人の罪を着せられるかもしれないのだ。わたしが夫のエールに薬をまぜていたことは、今やここにいる全員が知っている。そしてゆうべ、夫がエールを犬の水桶に捨て、今朝になると犬たちが死んでいた。これは、殺人の動かぬ証拠だ。わたしは処刑されるかもしれない。

そのとき、大広間のドアが勢いよく開き、全員の目がいっせいにそちらを向いた。驚いたことに、入ってきたのはバートランドだった。バートランドはすぐさまエマを見つけると、まぶしい笑顔を向けてきた。

「レディ・エマ、話を聞いて飛んできたんだ！」バートランドは彼女のもとに駆け寄って手をさしだした。

「いったいなんのお話でしょうか？」エマはそろそろと一歩さがりながら、彼女をつかまえようとしていた四人の男たちに視線を走らせた。彼らはエマをとり押さえるべきかどうか考えあぐねているようだ。そのとき、エマの注意はバートランドのほうへ引き戻された。彼が両手でエマの手を握ってきたのだ。彼女は混乱した。バートランドの言葉もふるまいも絶対におかしい。彼にとって、わたしに会うのはうれしいことではないはずだ。なにしろわたしは別の男性と結婚し、バートランドの計画を台なしにしたのだから。実際、彼がこの前見せたあの苦虫を嚙みつぶしたような顔からは、これほど親密な態度は想像できない。だが、戸惑っているエマをよそに、バートランドの態度はどんどん親密になっていった。そしてついに、エマを自分のほうへ引き寄せた。

「妻から手を離せ！」

アマリのとどろくような声に、バートランドが手を離した。バートランドの手から解放されたエマは安堵の吐息をもらしながらも、夫をにらみつけた。まったく、どこまで気まぐれなのだろう。さっきまで自分を殺そうとしたとわたしを責めたてていたというのに、今度はわたしに触れた男に対してわがもの顔で怒鳴っている。

アマリは妻の反応にむっとした顔をしてから、バートランドに目を向けた。

バートランドが青ざめた顔でつぶやいた。驚きを通り越し、ショックを受けているようだ。

「なぜ、おまえがここに――」

「バートランド！」

とげとげしい甲高い声にエマは身をすくめた。戸口を振り返ると、やせこけた長身の女性が冷ややかな目でエマを見つめていた。どうやら、今日はバートランドに付き添いがいるようだ。レディ・アスコットの目に憎悪を感じて、エマは心のなかで顔をしかめた。

アマリは、エマとバートランドの母親がにらみあうのを黙って見ていた。だが、我慢の限界に達すると、いらだたしげに身をよじって声をかけた。「どんな理由があってここへ来たんだ？」

レディ・アスコットは無礼な言葉づかいに気分を害したようだったが、アマリは気にしなかった。今は口うるさい老いぼれと根性なしの息子を丁重に出迎えている場合ではない。三頭の犬が死に、妻とはぎくしゃくしているのだ。

「王宮へ行く途中で通りかかりましたので、お祝いを言わせていただこうかと思いましてね」一瞬の沈黙のあと、レディ・アスコットがかたい床の上に杖の音を響かせながらぴしゃりと言い放った。「そうだったわよね、バートランド？」

「ええ」バートランドは咳払いをすると、母親のかたわらに行った。「いやあ、おめでとう」

アマリはふたりを見ていぶかしげに目を細めた。結婚式の日からずっと、この親子がチェスターフォード城に滞在しているのは知っていた。チェスターフォードが直接教えてくれたのだ。エバーハート城はたしかに王宮へ行く途中にある。だが、ふたりが祝いの言葉を言うためにやってきたとは思えなかった。大広間に入ってきたとき、バートランドはこう言った。〝話を聞いて飛んできたんだよ〟と。いったい何を聞きつけたと言うのだろう？　犬が死んだことだろうか？　それとも別のことなのか？　頭のなかで考えをめぐらせながら、アマリは妻をちらりと見やった。嫌悪感を漂わせた目で戸口にいる親子を見ていたエマが、暖炉のそばで息絶えて冷たくなっている犬たちに視線を移動させる。そして、ふと何かに思いあたったような表情を浮かべると、最後にアマリのほうを見た。彼女の唇は苦々しげにゆがんでいる。彼はその表情にたじろぎ、罪悪感がこみあげてくるのを覚えた。

「お茶をいただいている時間はありませんの」まるで誰かが紅茶をすすめでもしたかのように、レディ・アスコットが高飛車に言った。「遅れてしまいますから。さあ、行きましょう、バートランド」戸口で横柄に振り返ると、彼女は大広間を足早に出ていった。息子が小走りでその後ろをついていく。

アマリは、エマをつかまえるように指示した四人の家臣を振り返った。「ふたりのあとをつけろ。確実に城の外へ出すんだ」

家臣たちはすぐさまその場をあとにした。

アマリがエマに目をやると、彼女は階段を駆けあがっていくところだった。

「連れてきましょうか?」

リトル・ジョージの申し出に、アマリはため息をついて首を振った。目を戻すと、エマは階段をのぼりきったらしく視界から消えていた。

「ジョッキに毒を入れたのが彼女じゃないと思い直したんだな?」ブレイクが安堵したようにつぶやいた。

友人にちらりと目をやったアマリは上座のテーブルに戻り、長椅子にぐったりと座りこんだ。ブレイクとリトル・ジョージもテーブルにつく。「このところ、災難が続いている」

「まったくだ」ブレイクがゆっくりとうなずく。「おまえにこれほどの災難が降りかかった記憶はない。ほんの数週間で三度も死にそうになったとはな」

「そこなんだ……」アマリは深刻な表情になった。

「何を考えてる？」

「追いはぎに襲撃されたことがどうも引っかかるんだ。妻の護衛に言わせると、これまでにやつらが襲ってきたことはないようだ。いや、ものをとられたことはあったそうだが、命をねらわれたことはないらしい。やつらはおれの財布をねらっていたわけじゃない。だったら、なぜ襲撃してきたんだ？」

「新しい領主に森から追い払われてしまうと思ったのでは？」リトル・ジョージが言った。

「逆だ。結末がどうであれ、おれを襲うことでやつらは必ず追い払われるはめになる」

ブレイクがうなずいた。「やつらはきみを殺すために雇われたんだろう」

「ああ、それに傭兵もだ」

リトル・ジョージの眉がつりあがる。「これまでの戦闘に関係している誰かに雇われた傭兵ではないと？」

「そうだ」

「毒殺の犯人もレディ・エマではないと思ってるんですね？」

アマリはげんなりしたようにうなずくと、不意に頭をよぎった考えを口にした。「あれが毒殺だと言ったのは彼女だ。彼女がそう言わなければ、誰もが病気だと考えていただろう」

たしかにそうだというようにブレイクとリトル・ジョージがうなずく。

アマリの顔を見たブレイクはわずかに眉根を寄せた。「妻が無実であることを喜んでいないようだな」

「正直なところ、よくわからない」アマリの声には後悔がにじみでていた。「妻に殺される心配がなくなったのはありがたいが……彼女を疑ったことでどんなしっぺ返しが待っているかは考えたくもない」

「彼女は許してくれるさ」ブレイクはアマリの肩に手を置くと、そう請けあった。「彼女はおまえに愛情を抱いているようだから」

リトル・ジョージがブレイクに同意する。アマリは体を起こした。「本当にそう思うか?」アマリの顔に希望の光がさした。だが、エマが最後に見せた表情を思いだしたとたん、しかめっ面に変わった。彼女の顔には夫に対する愛情などみじんも表れていなかった。

「追いはぎと傭兵と毒殺。おまえはこの三つが関係していると考えているんだな?」ブレイクが話を戻した。

「四つだ」

「四つ?」

「そうだ。結婚式と、ふたつの襲撃、そして毒だ」束の間、アマリは自分が口にしたことを頭のなかで整理した。「追いはぎに襲撃されたのは結婚式の翌日だ。おれが死んで誰が得をする?」

ブレイクが唇をすぼめた。「バートランドだ」

「おれもそう考えた……やつがエマに言った言葉を聞いて」

「〝話を聞いて飛んできたんだよ〟……」リトル・ジョージがバートランドの言葉を繰り返した。「どういう意味なんです？」

「おそらく、やつはおれが死んだと聞いたんだろう」

「どういうことなんです？　閣下は死んでなんかないじゃないですか」

「そうだ。だが、バートランドが誰かを雇ってアマリのエールに毒を入れさせたとすればどうだ？　標的がエールを飲んだことを見届けた人間が、バートランドの耳にその情報を入れた。もしそうなら、バートランドの頭のなかでは今朝彼は死んだことになる」アマリの考えを察してブレイクが説明した。「だがアマリは、犬の水桶にエールをこっそり捨てていた」

「国王陛下に知らせてバートランドをなんとかしてもらいましょう」

アマリはリトル・ジョージの提案に首を振った。「証拠がない。いくら陛下でもどうすることもできないだろう」

ブレイクはうなずくと、立ちあがったアマリを驚いたように見あげた。「どこへ行くんだ？」

「妻と話をしなければ」

「だが、まずは手を打たないと」

「護衛を二倍にして、城の出入りをすべて監視させる。妻のほかにおれのジョッキに近づいた人間を見た者がいないかどうか確認してくれ。それから、知らない顔や姿を消した人間がいないか調べるんだ」

「姿を消した人間？」リトル・ジョージが険しい顔つきになった。

「おれのジョッキに毒を盛るのは、誰にでもできることじゃない。城のなかにいないと無理だろう。今朝バートランドがここへやってきたのは、毒を盛ったという情報を聞いたからだ。つまり――」

「この城にバートランドのまわし者がいるということか!?」ブレイクが割って入って毒づいた。

リトル・ジョージは顔をしかめている。「まわし者が城のなかにいるとすれば、レディ・エマがエールに薬を入れるのも、彼女が犯人だと疑いをかけられるのもわかったはず……」

「そうだ」アマリはさらりとこたえた。「となると、その何者かは彼女を邪魔だと思っているとも考えられないか？」

ブレイクとリトル・ジョージが驚きの表情を浮かべる。

やがてリトル・ジョージがつぶやいた。「だったら、それはバートランドじゃありません。やつはレディ・エマをめとりたいと思っていますから」

「そうだ。だが、レディ・アスコットは違う考えかもしれん」アマリは指摘した。

「おそらく、おまえの言うとおりだろう」ブレイクが考えこむようにつぶやいた。「レディ・アスコットは傲慢《ごうまん》な人間だ。レディ・エマと馬が合うとは思えない。プライドが高くて負けん気が強いレディ・エマがおとなしくしていることはないだろう。フルクにないがしろにされて彼女が何をしたか考えてみるといい。国王陛下に陳情までしたじゃないか。間違いなく、レディ・アスコットはレディ・エマを邪魔だと考えるさ」

アマリはうなずいたが、ブレイクの言葉が心に引っかかっていた。〝プライドが高くて負けん気が強いレディ・エマがおとなしくしていることはないだろう〟ブレイクの言うとおりだ。おれはエマを疑って、彼女の激しい気性に火をつけてしまったのだ。

11

「料理人たちは、昨日の午後レディ・エマ以外に厨房へ入ってきたのは、仕立屋のふたりの針子だけだと言ってます」

剣の訓練をしていたブレイクは、リトル・ジョージに鋭い視線を向けた。「デ・ラセイのふたりの針子？」

リトル・ジョージが深刻な表情でうなずく。

「なんということだ！」ブレイクは剣を振りかぶると、柱をめがけて振りおろした。「どのふたりだ？」

「黄色がかった髪の若い女と、セバートがほれこんでる女です」

ブレイクは剣を柱から抜くと、もう一度柱へ向かって振りおろしながら考えをめぐらせた。

「ふたりはアマリのジョッキかレディ・エマの薬に近づいたのか？」

「料理人は若い女のほうがどうだったかは覚えていません。だけどセバートと親しいほうは、薬を煎じていたレディ・エマと話をしていたそうです」

それを聞いてブレイクは目を細めた。「アマリには伝えたか?」

「いいえ、閣下はまだ階上《うえ》の部屋にいたので……あ、あれは?」リトル・ジョージがうろたえたような声をもらした。

剣を柱に残したままブレイクは振り返り、リトル・ジョージの視線をたどった。そのとたん、思わず吹きだした。近づいてくるアマリの姿が見えたのだ。どうやら、仕立屋はアマリの新しい服を何着か完成させたようだ。くたびれた長靴下と下着は新しくて上等なものに交換され、すりきれたチュニックは袖の長い深いグリーンの上着にとって代わっている。ターバン型の帽子には大きな羽根飾りがついていて、彼が歩くたびにひらひら揺れていた。だが、ブレイクを笑わせたのは服装ではなくアマリの歩き方だった。まるで行進でもしているかのように、脚を高くあげて歩を進めている。彼は悪態をつき、ぶつぶつ文句を言いながら、中庭を横切ってきた。

「やあ」ブレイクはアマリに声をかけた。

「新しい服を着ることにしたんですね?」リトル・ジョージが単刀直入に尋ねた。

「そうだ」アマリはうなるように答えた。「これほどくだらないものを見たことがあるか?」

「なかなかいいじゃないか……いや、かなりいい。その上着を着ていると、とても威厳があるように見えるぞ」リトル・ジョージはちゃっかりとだんまりを決めこんでいるので、ブレイクは嘘をつくしかなかった。

「威厳だって？　女のドレスみたいに袖が床を引きずってるんだぞ。それにこの帽子だ」アマリは上を向いて滑稽な羽根をつかんだ。それをうんざりしたように指ではじくと、今度は険しい視線を足もとに落とす。「それから、この靴を見たか？」

「なんとか見ないようにしていた」ブレイクは顔を引きつらせながらそう認めると、あらためてアマリの足もとに目をやった。とうとう我慢できなくなり、笑いだす。だが、友人のしょげた顔に気づくと、なんとか感情を抑えて嘘をひねりだした。「それほど悪くない」

「それほど悪くない？」アマリがブレイクをにらみつけた。「爪先がこんなに長いんだぞ。太腿まで届きそうだ」

「いや、それほどではありませんよ」リトル・ジョージが大まじめに言った。たしかに靴の爪先は膝のあたりまでしかないものの、膝にとりつけられた金の鎖につながれている。

それを見てブレイクは頭を振った。「別の靴をつくってもらえないのか？　もう少し爪先が短いのを」

アマリが惨めそうにため息をついた。「これが宮廷の流行らしい」

「だが――」

「宮廷でおかしな格好をしていれば、エマにばつの悪い思いをさせてしまう」

リトル・ジョージが肩をすくめた。「おれに言わせれば、その格好こそおかしいですよ。いや、実にひどい」

「わかってるさ」アマリが嘆いた。「どうすればいいと言うんだ？」

ブレイクは頭をぽりぽりとかいた。「爪先と袖をもう少し短くしたらどうだ？　それから、帽子の形も違うもののほうがいい」

アマリは唇を噛みながら、情けなさそうに足もとを見おろした。

話を変えたほうがいいかもしれないと考えたブレイクは、剣を鞘におさめて尋ねた。「レディ・エマとは話をしたのか？」

「いや、まだだ」アマリは腰に手をあてると、訓練している家臣たちをわけもなくねめつけた。「彼女に話をする気はなさそうだ。部屋のドアに閂《かんぬき》をかけたまま出てこようとしない」

ブレイクとリトル・ジョージは同時にうなずいた。話を聞いてくれ、許してくれ、と懇願しているアマリの声が、階上の廊下から響き渡っていた。ブレイクはアマリのもとへ行き、何か忠告しようかとも考えた。ドア越しに声を張りあげたからといってうまくいくはずがない、と。だが、何を言えばいいのかわからなかったので、結局、口を挟まないことにしたのだ。

「何か手を打たないと」リトル・ジョージが言った。

「それでこの服に着替えたんだ。上等な流行の服を着てほしいという妻の希望どおりに」アマリは嫌悪感をあらわにして自分の服に目をやると、大きく息をついて尋ねた。「これで彼女の機嫌が直ると思わないか？」

ブレイクは首を振った。「おまえは彼女に殺されそうになったと言ったんだぞ。上等な服を着るだけじゃ無理だと思うが」

「本当にばかだった。あんなふうに考えるなんて、どうかしていたんだ。エマがおれを殺そうとするわけがないのに。まったく、おれはどうしようもない愚か者だ。すべてはバートランドが裏で糸を引いているんだ。いや、やつの母親かもしれん」アマリは顔をしかめた。「エマにあんなひどいことができるわけがない。彼女ほど思いやりのある人間はいないんだから。彼女は蠅もたたけないんだぞ。それに……」エマのやさしさを並べたてている途中で、彼は不意に言葉を切った。耳のすぐそばで何かが鋭く空を切る音が聞こえたかと思うと、次の瞬間、頭がひやりとした。アマリが頭に手をやると、あるはずの帽子がなくなっていた。

三人の男はすぐそばにある柱に顔を向け、仰天した。羽根のはずれたアマリの帽子が、彼の頭のほんの数センチ上に突き刺さった矢にぶらさがっている。

「こ、これは……」呆然として矢の飛んできたほうを振り返ったアマリは、あんぐりと口を開けた。城の階段のいちばん上に、弓と矢を手にしたやさしい妻が立っている。アマリがうめき声をもらすのを聞いてブレイクが柱から目を離したとき、エマは二本目の矢を射った。

矢はあっという間にアマリの脚のあいだを通過し、次の瞬間には彼の背後にある柱に突き刺さっていた。

「いったいなんなんだ！」ブレイクが息をのんで叫ぶ。アマリは言葉を失っていた。中庭にいる人間がその場に立ちつくすなか、エマが悠然と階段をおりてくる。夫のもとへ向かう彼女のために、みなが道をあけた。

エマは寝室に閂をかけ、一時間以上も閉じこもっていた。ドアを開けて話を聞くよう夫が頼みこんでいるあいだはずっと、部屋のなかをそわそわと歩きまわったり、ぶつぶつつぶやいたりしていた。妻がドアを開けそうにないことをアマリが悟り、ようやく彼女をひとりにしてくれたあとは、彼に対する怒りを爆発させた。自分が怒っている理由は、心の奥を探るまでもなくはっきりしていた。それに、感じているのは怒りだけではない。エマは傷ついていた。愛しているかもしれないと思っていた男性に、人を殺せるほど冷酷な人間だと思われたのだから。

愛している、ですって？　とんでもない！　いいえ、もしかしてアマリを愛しているのだろうか？　夫を大切にすることは妻の務めだ。だが、それは〝愛する〟ことではない。そのふたつにははっきりとした違いがある。彼を愛しているなんてありえない。あんなひどい男をどうすれば愛せるというのだろう。やはり無理だ。なにしろ、わたしと話をしようとするだけで顔をゆがめてしまうような男なのだ。たしかに、ベッドでのアマリは情熱的だ。だが、彼をその気にさせるのに薬が必要なことには心底うんざりしていた。薬を飲まない限り、夫がわたしを求めてベッドにやってこないことは、ゆうべ証明された。薬の量が多すぎたせいで、彼はエールに何かが入っていることに気づいて中身を捨て、寝室にやってくる代わりに泥酔状態になるまで酒を飲み続けた。夫は薬を飲まなければ、わたしを抱こうという気持ちになれないのだ。

エマはつらつらそんなことを考えていたが、ふと、自分が怒っている理由を思いだした。そうだ、アマリはわたしに殺されそうになったと言ったのだ。よくもそんなことが言えたものだわ！　結婚してまだ間もないのに、わたしは彼の命を二度も救った。それなのに、わたしのことを人殺し呼ばわりしたのだ。このままにしておくわけにはいかない。そう考えた彼女は弓と矢を手に中庭へと向かったのだった。

夫の前で立ちどまると、彼の青ざめた顔を見て満足げにほほえむ。「わたしが本気であなたに死んでほしいと思っているなら、あなたはとっくの昔にこの世からいなくなっていたということを伝えておこうと思っただけよ。手のこんだことをする必要はなかったわ。追いはぎに襲われたあなたを放っておけばよかったんですもの。もちろん、あの傭兵たちに任せてもよかったけれど」

「ひょっとしてダリオン卿って……」ブレイクがはっと息をのんだ。

エマは口をつぐみ、アマリに冷たいまなざしを向けた。

アマリはごくりと唾をのみ、妻の背中の矢筒から突きでている矢に目をやった。追いはぎの体から回収された矢と同じなのは一目瞭然だった。矢には特徴的な赤い羽根がついている。

追いはぎの体に突き刺さっていたのがエマの矢だったのは、間違いなさそうだ。だが、アマリがそれより気になったのは、彼女が傭兵について口にしたことだった。たしかにエマは草地に引き返してきてひとりの男を踏みつけにし、もうひとりの男に激突して、形勢を五分五分にした。彼女はそれが偶然ではなかったと言っているのだろうか？　頭のなかであの場面を再生しているうちに、アマリは自分の思いこみに気づいた。エマはたまたま敵を倒したのではない。

彼が口をつぐんでいると、エマの表情がさらに険しくなった。「レディにあるまじき能力を知ってしまったんだもの、あなたもフルクと同じようにわたしに背を向けるんでしょうね。だけど、わたしが失うものはたいしてないわ。昨日あなたは、わたしとベッドをともにすることはないとはっきり言ったんだもの」

彼女はそうきっぱり言い放つと、踵を返してすたすたと城へ戻っていった。

「本当か？」ブレイクが尋ねる。

アマリはあっけにとられたまま友人に目をやった。そこでようやく口を閉じて呼吸をする必要があることに気づいた。

「やっぱり……」リトル・ジョージがつぶやいた。「新しい服だけじゃ、レディ・エマのご機嫌は直りそうにありませんね」

大広間に戻ってきても、エマの怒りはおさまらなかった。彼女は寝室に戻って、また門をかけようと思っていた。アマリはショックがおさまれば、何かしら話をしに来るに違いないからだ。ところが、階段へ向かっているときにセバートに呼びとめられた。食品庫の香辛料を確認したいので鍵を貸してほしいと言う。鍵を渡して寝室へ戻ろうとすると、今度は目の前にモードが現れた。

「むしゃくしゃされているときは何か召しあがるのがいちばんです。今日は朝食もとってらっしゃいませんし。料理人が奥さまのためにお菓子をこしらえたんです。甘いものは気分をよくしてくれますよ」

モードの顔には深い後悔の念がにじんでいた。今朝、エマを疑ったことを申し訳なく思っているのだろう。料理人がお菓子をつくったのも、謝罪の気持ちからに違いない。彼はお菓子をつくるのが大嫌いなのだから。そのとき、大広間のドアがばたんと開き、エマはそちらに目を向けた。

「仕立屋と針子を連れてきてくれ！」

激怒している夫を見て、エマは眉をひそめた。リトル・ジョージが指示を受けてすっとんでいくと、アマリは彼女のほうへ足を踏みだした。

大広間でぐずぐずしていたことを心のなかで毒づきながら、エマは夫の怒りに身がまえた。だが、そこではたと気づいた。アマリが床を鳴らしながら不格好な足どりで駆け寄ってくる。

彼の足もとを見やったエマは、ぎょっとしたように目を見張った。何やら奇妙なからくりががちゃがちゃと動いている。

「エマ?」

その声に目をあげたエマは、夫が滑稽な帽子をまたかぶっていることにはじめて気づいた。矢を射て彼の頭から吹きとばした代物だ。黒っぽい髪の上にのっているその帽子は、羽根が曲がり、穴があいていた。彼女は怒りに満ちた夫の顔に視線を落とした。そのとたん、彼に対して怒っているにもかかわらず、思わず吹きだした。

エマの笑い声にアマリが顔を赤らめたかと思うと、ますます不機嫌になった。その姿はまるで宮廷の道化師だ。彼女は体を震わせ、忍び笑いをこらえようとした。だが、次から次へと笑いがこみあげてくる。なんとか気をそらそうとうつむいたところ、今度は夫の靴が目に入った。膝にとりつけられた鎖がその爪先を持ちあげている。エマは不意に考えた。夫の足がこんなに大きいはずがない。靴のなかはほとんどが空洞に違いない。もし彼の足がこんなに大きければ、とっくに気づいていただろう。なにしろ、ベッドに横になれば上掛けで天幕を張れるほどなのだから。そんなことを考えているうちに、彼女はもう我慢できなくなり、大きな声で笑いだした。

アマリはむっとした。そもそも、こんな格好をしているのは、エマを喜ばせるためなのだ。

「この格好がそんなにおかしいか?」

その口調ににじんでいる怒りに、エマは自分も夫に腹をたてていたことを思いだして唇を引き結んだ。「いいえ、おかしくないわ……あなたが宮廷の道化師になるつもりなら」

アマリの顔がこわばった。「宮廷では今、こういう格好が流行しているんだ」

エマは目を見開いた。「陛下はとてもお気に召すでしょうね。だけど、道化師たちは機嫌を損ねるわ。だって、必要とされなくなるもの」

ブレイクは、今にも怒りを爆発させそうになっているアマリの腕をつかんだ。「彼女に謝るんだ」小さな声でささやく。

「謝れだと？」ついにアマリは怒りを爆発させた。「妻はおれのことを道化師だと言ったんだぞ！」

「レディ・エマは腹をたてているだけだ。それに、彼女が怒るのも無理はない。彼女はおまえに人殺し呼ばわりされたんだからな」

「たしかにそうだな……」アマリは妻のほうに振り返ろうとして、途中で動きをとめた。そして帽子を引っつかむと、ぶつぶつ言いながらそれをブレイクの手に押しつけた。それからもう一度振り返ったが、もう妻の姿はなかった。彼女は長テーブルに移動し、のんびりと菓子をつまみながら蜂蜜酒《ミード》をすすっている。アマリは吐息をもらすと、テーブルまで行ってエマの隣に腰をおろした。そして、頭のなかを整理してから彼女に顔を向けた。「すまなかった。きみがおれを殺そうとしているなどと言ってしまって」

アマリのほうに顔を向けたエマは、彼の袖に目が釘づけになった。袖が長すぎることには気づいていたが、別になんとも思っていなかった。宮廷では多くの男性が袖の長い上着を着ている。妙な靴だってずいぶん見かけた。なかにはアマリのと同じくらい爪先が長いものをはいている男性もいた。だがどういうわけか、彼らはアマリと違って滑稽には見えなかった。おそらく、歩く練習をしているからだろう。袖にしてもそうだ。長すぎるからといっておかしいと思ったことはない。もっとも、アマリのように袖をミードに浸している人は見たことがないが。

妻の反応にアマリは顔をしかめた。最初、彼女は片眉をあげただけだった。しかし今では、笑いをこらえるかのように唇を引き結び、体を震わせている。アマリは彼女の視線を追って自分の袖を見た。そのとたん長椅子から飛びあがり、悪態をつきながら、びしょ濡れになっている袖をつかんだ。

「これは大変だ」ブレイクがすっとんできてアマリの袖を絞りながら言った。

「わかってる。どうやらおれは本当に道化師だと思われてるようだ」

「そんなことはないさ」ブレイクはアマリを安心させようと嘘をついた。

「いや、そうだ。彼女はおれを見て笑ってばかりいる」

「違う」ブレイクは顔をこわばらせて体を起こしながら、アマリの袖の端を持ちあげた。

「この上着はまだ仕上がってない。袖が縫われてないじゃないか」

アマリはため息をついた。「わかってる。これを着た姿を見せてエマの機嫌を直したかったから、仕立屋を急がせたんだ」苦々しげに打ち明けた。「袖はあとで仕上げることになってる」

「なるほど」ブレイクは袖から手を離してアマリを見た。「なぜ彼女が毒を入れたと思ったのかを説明すれば、少しは機嫌を直してもらえるかもしれないな」

アマリはうなずくと、テーブルを振り返った。しかし、そこで足をとめ、もう一度ブレイクのほうを向いた。「なんて言えばいいんだ？」

ブレイクがあきれた顔をする。「彼女がこっそり薬を入れていたから――」

「ああ、そうだった」アマリはくるりと振り返り、テーブルへ戻ってエマの隣に腰をおろした。今度は袖を濡らさないよう注意しながら彼女に向き直る。「きみが毒を入れたと思ったのは、エールに薬をこっそり入れ続けていたからだ」

エマの顔から笑みが消えた。「あの薬はあなたの体のためを思って入れていたのよ」

「わかってる」アマリはなだめるように言葉を返した。「中身を水桶に入れたのは、犬たちの元気がないことに気づいたからだ……もちろん、彼らが死んでしまう前の話だが」身をよじってうつむいたが、不意に顔をあげた。ある考えがひらめき、表情を輝かせる。「薬はたしかにおれのためになった。考えてみてくれ。頭にけがをしてからきみがこっそりジョッキに薬を入れてなければ、おれが犬の水桶に中身を捨て続けることもなかった。つまり、昨日仕込まれた毒で、おれは死んでいたかもしれないんだ」

それを聞いて、エマは目をしばたたいた。「捨て続けることもなかったって……いつからエールを捨てていたの？」

「歩けるようになった日からだ」アマリはためらったあと、彼女が怒りだすのを覚悟してそう白状した。だがエマは怒るどころか、完全に戸惑っているようだ。

「だったら、わたしのもとに来てくれたのはダミアナのせいではなかったの？」

消え入りそうな妻の声にアマリは眉をひそめた。「ダミアナ？」

そのとき、階段のほうから騒がしい声が聞こえてきた。そちらに目を向けたアマリは、もどかしそうに息をついた。リトル・ジョージがデ・ラセイと針子たちを連れて戻ってきたのだ。「この続きはあとで話そう」アマリはそう言って立ちあがり、彼らが近づいてくるのを待った。

夫の声に冷ややかさを感じとったエマは、怪訝そうに彼を見たあと、近づいてくる仕立屋たちに目を向けた。そして、ゆっくりと立ちあがった。「いったいどういうことなの？」

アマリは用心深くエマを見た。すでに怒りは消え、ただ心配そうな顔をしている。彼は少しだけ気をゆるめた。「おれのジョッキに近づいた人間がいないか、リトル・ジョージが料理人たちに話を聞いたんだ。その結果、昨日の夕食前にきみのほかに厨房に入ったのは、デ・ラセイのふたりの針子しかいなかったことがわかった」

エマはうなずいた。「ギザとシルヴィーだわ。ギザは飲み物をとりに来たの。そのとき、薬を煎じていたわたしに話しかけてきたわ。シルヴィーとは厨房の戸口ですれ違っただけだけど」そう言って夫を見あげる。「まさか、ふたりを疑っているわけではないわよね？」

アマリは顔をしかめた。「話を聞きたいだけだ。今のところ、手がかりはそれしかない」そして針子たちに目を向けた。「五人しかいないようだ。いないのは誰だ？」

「シルヴィーがいないわ」エマは答えた。シルヴィーは針子のなかでいちばん若く、まだ少女と言ってもいいくらいだ。彼女が毒を盛るなど、想像もできない。姿が見えないことで、アマリのシルヴィーを見る目が厳しくなってしまわないだろうか？

先頭に立っていたリトル・ジョージが脇にどくと、アマリはひとりひとりの顔を順番に見ていった。針子たちはみな困惑と不安の入りまじった表情を浮かべている。デ・ラセイは彼女たちの後ろで縮みあがっていた。「シルヴィーという針子はどこへ行った？」

針子たちが黙ったまま顔を見あわせていると、デ・ラセイが前に出てきて質問に答えた。「厨房でワインをもらってくるように、わたしが頼みましてな」そう言うと、また針子たちの後ろへ引っこんだ。

アマリはリトル・ジョージに目をやったが、彼はすでに厨房へと向かっていた。

しばらくすると、リトル・ジョージが新しい情報を持って戻ってきた。シルヴィーはすでに厨房をあとにしていて、階上の部屋に戻っているはずだという。アマリがうなずくと、リトル・ジョージはシルヴィーを捜しに階段を駆けあがっていった。

「いったいどうしたというのですかな?」

驚いたことに、デ・ラセイが自ら前に出てきて尋ねた。だが、それはアマリをいらだたせただけだった。アマリは仕立屋をにらみつけると、リトル・ジョージが戻ってくるのを待ちながら、針子たちの顔をゆっくりと観察していった。嘘をついていることが表情に出ていないかどうか確かめるためだ。彼らは城の人間ではない。誰が罪を犯していても不思議ではなかった。

リトル・ジョージが階段を駆けおりてくると、エマは安堵のため息をもらしそうになった。大広間の緊張は耐えがたいほどに高まっている。だが、リトル・ジョージがアマリに何やら耳打ちしたところで、彼女の安堵は不安に変わった。アマリはエマの腕をとり、階段へと連れていった。

「何があったの?」

「リトル・ジョージがシルヴィーを見つけた」階段をのぼりきったところでアマリは足をとめた。そしてエマを振り返ると、険しい表情で続けた。「彼女は死んでいる。毒を飲んだようだ。犬が飲んだものと同じかどうか確かめてほしい」

エマは頭のなかを整理しながらうなずいた。死体を見て、犬と同じ痕跡があるかどうかを確かめてほしいと夫は頼んでいるのだ。

「助かる」アマリはそう言うと、廊下を歩き、デ・ラセイが布地を置いている部屋に入った。何反もの布地が部屋じゅうに積みあげられているなか、間に合わせの寝床がふたつあった。ひとつは毛布がかけられた藁《わら》のベッドで、もうひとつは部屋のまんなかにある、布で覆われた大きなベッドだ。

シルヴィーは大きいほうのベッドにいた。ベッドの端にあおむけに横たわり、片方の手に空っぽの小瓶を握りしめている。脚はベッドの端から垂れさがっていた。最後の眠りについたシルヴィーは、生きていたときよりも若く見える。

エマは悲しみがこみあげてくるのを感じながらベッドに近づき、シルヴィーのそばにそっと腰をおろした。それから針子の目と鼻をのぞきこみ、小瓶が握られている手を持ちあげて彼女の爪を観察し、小瓶を手にとってにおいをかいだ。

「どうだ?」

「同じだわ」

アマリはうなるように言った。「デ・ラセイと針子たちを連れてきてくれ」

エマは座ったまま死んだ針子を見つめていた。なぜシルヴィーはこんな目にあってしまったのだろう? そう考えていると、衣擦《きぬず》れの音や息づかいが聞こえてきた。エマがドアに目をやると、デ・ラセイと針子たちが姿を見せた。エマは立ちあがり、夫のそばへ歩み寄った。

「こ、これは……」デ・ラセイが狼狽したようにシルヴィーを見る。

「彼女は死んでいる」アマリは厳しい声でそう告げると、事態を受け入れる時間も与えずにきいた。「彼女を雇ってどのくらいになる？」

「こちらへ来る前に雇ったばかりで……」デ・ラセイは完全に動揺しているようだ。

「なぜ彼女を雇うことになった？」

デ・ラセイは頭を振った。「こちらへ向かう日に針子のひとりが姿を見せなかったんです。そしていよいよ出発だというときに、シルヴィーがちょうど戸口へやってきまして……裁縫には自信があると言うもんですから雇うことにしたんです。まったく不幸中の幸いでしたよ」

アマリは、デ・ラセイが選んだ言葉に顔をしかめた。たしかに、自分が葬り去られることをすんでのところで免れているのだから、〝不幸中の幸い〟には違いないが。「彼女の持ち物はどこだ？」

仕立屋が問いかけるように針子たちのほうを見た。すると、そのうちのひとりが間に合わせのベッドに駆け寄り、小さな布の袋を持って戻ってきた。「これです」

アマリは袋を受けとると逆さまにし、ベッドの上に中身を広げた。アマリもエマも悲痛な面持ちでその中身を見つめた。何本も歯の欠けた木の櫛《くし》、いくつも穴があいた飾り気のないブラウンの服、小さな麻袋。そして、ここにも小瓶が入っていた。小瓶を手にとったアマリはふたを開けてにおいをかぐと、それをエマに渡してから、今度は麻袋に手をのばした。

小瓶は空っぽだった。それでも、かすかに残っている鼻をつくにおいは、さっきの小瓶のにおいと同じだ。エマはため息をつきながら頭を振った。

「同じものだな?」

「ええ」彼女は認めた。「シルヴィーが握ってたものと同じにおいがするのは確かかよ。だけど、よくわからない。なぜ彼女は……」エマの言葉はそこでとぎれた。アマリがひっくり返した麻袋から、硬貨が何枚か出てきたのだ。

「これが理由かもしれない」

「ええ……」エマはそう言ったものの、やはりまだ納得できなかった。エマにとってはわずかなものでも、ベッドに横たわっている年端もいかない針子にとっては、たしかに大金だっただろう。それでも、あれほど穏やかな顔で永遠の眠りについているシルヴィーが、人を殺《あや》めることなどできるのだろうか? 「なぜ彼女は毒を飲んだの? なぜ自分で命を絶ったのかしら?」

アマリは肩をすくめると、硬貨を麻袋に戻した。「罪悪感、あるいは、とらえられることへの恐怖心……。だが、本当のことは誰にもわからない」そう言うと、不安そうな表情で針子たちの後ろに身をひそめているデ・ラセイにふたたび目を向ける。アマリの視線に気づくと、仕立屋はびくびくしながらあとずさった。

「わたしは何も知りません……」デ・ラセイが唐突に言った。「わたしのせいじゃありませんよ！　知ってたら、彼女を連れてくるもんですか！」

デ・ラセイの自己弁護にエマは顔をしかめた。

「彼女をここへ連れてきたのはおまえだ」アマリは容赦しなかった。「おまえを罪人として訴えることになる」

「そ、そんな！」デ・ラセイが怯えたような表情を浮かべる。「わたしは何も知らなかったんですから！」

「自分が雇う人間のことはもっとよく知っておくべきだ」

「それはもちろんです。ですから……この償いは必ずします」

「どうやって償おうというんだ？」

「仕立代を値引きしましょう！」デ・ラセイが必死に言う。

それを聞いてアマリはデ・ラセイをにらみつけた。

「いただくはずだった代金の半分にしましょう。それから、ここまでやってきた旅費もいただきませんから」

アマリはしばらくのあいだ口をすぼめて考えていたが、やがてうなずいた。デ・ラセイがほっと胸を撫でおろしたのも束の間、アマリが口を開くと仕立屋はふたたび体をこわばらせた。「この妙な小細工をどうにかしろ」アマリは膝の鎖をはずして靴を脱ぎ、デ・ラセイに投げつけた。「それに、この袖を短くするんだ。ほかの上着もだ」身をくねらせて上着を脱ぐと、それも仕立屋に投げつけた。「それから、あのばかげた羽根を帽子からはずせ」

「も、もちろんです！」デ・ラセイがこたえる。

「それに、もしも妻の格好にひとつでもくだらないものを見つけたら……」アマリは最後まで言わなかった。あとは仕立屋の想像に任せればいい。

「お、お任せください。ああ、ありがとうございます！」デ・ラセイは何度も頭をさげながらそう言うと、針子たちに合図をして部屋から出ていった。

彼らが出ていくのを見届けると、アマリは頭を振りながら仕立屋に対する文句をぶつぶつとつぶやいた。

エマは黙っていた。シルヴィーのしたことがデ・ラセイのせいだとは思わないが、仕立代を半額にするという彼の申し出を断るつもりはない。最初から半分でも充分なほどに、代金が水増しされていたのだ。半額にしたところで、まっとうな儲《もう》けはあるだろう。エマがアマリに目を向けると、彼はしかめっ面で自分の体を見ていた。

「また着替えなくてはいけないようだ」アマリは彼女の腕をとり、部屋の戸口へ向かった。

「リトル・ジョージ、あとを頼む」そう指示して歩きだそうとすると、今度はエマが口を開いた。

「お願い、シルヴィーをきちんと埋葬してあげて」

ふたりの部屋に戻るまで、エマは口をつぐんでいた。シルヴィーが死んだのは本当に悲しかった。それに、今日はほかにもいろいろなことが起こっている。たとえば、結婚してから夫がずっと薬を飲んでいなかったことを、さっきはじめて知った。もしそれが本当なら……。

「ダミアナとはなんだ？」

エマは目を見開き、首をかしげてアマリを見た。まるで心のうちを読まれてしまったかのようだ。

「エマ？」黙ったままの妻を見て、アマリが返事をせかすように眉根を寄せる。

エマはためらった。彼はベッドの足もとにある衣装箱をあさってグリーンの上着をとりだしている。彼女は吐息をもらすと、ベッドの端に腰をおろした。「歩けるようになってから、ずっと犬の水桶にエールを捨てていたと言ったわよね？」用心深く尋ねる。

「ああ」アマリはくたびれたチュニックを着ると、エマを見てため息をついた。「悪かった。だが、あの薬は苦すぎる。それに、おれには必要なかった」

「たしかにそうだったみたいね……」エマは消え入りそうな声でつぶやいた。頭のなかに、ベッドで情熱的に愛を交わしたときのことがよみがえる。

アマリが彼女の隣に腰をおろした。「どうしてあんなことをした？」

エマは不安げに夫を見あげた。薬の効能を知れば、彼は怒りだすかもしれない。質問に答えるのはまだ早い。「ゆうべはどうしてベッドに来なかったの？」

アマリは顔をしかめ、彼女から目をそむけて答えた。「おれがばかだった」

ている」

「いいから答えて」

彼は肩をすくめて部屋の窓を見た。「頭が混乱していたんだ。正直に言うと、今も混乱している」

「あなたが腹をたてたのは、跡継ぎをもうけるために、わたしが……」エマは顔が熱くなるのを感じた。昨日の恥知らずな行動は思いだしたくもない。

アマリは苦々しげにうなずいた。

「だけどそれは、妻が夫に対して望んでいることではないかしら？」黙ったままの夫を見て、今度はエマがため息をついた。「本当のことを言うと、まだあなたに話していないことがあるの。わたしがなぜあれほど……必死だったのかについて。跡継ぎがほしいと言ったのは、うまく説明できる言葉が見つからなかったからなの。本当はそれだけではないのよ。森で襲われたあと、わたしはあなたに抱きしめてもらいたかった。生きていると感じたかったの。あなたはベッドで、わたしにそう感じさせてくれるから……」

「本当に？」アマリは戸惑った。

「本当よ。それから、ほかにもまだあるの。実は……」エマは恥じ入るように言うと、一気に続けた。「ダミアナは男性の欲望を高める薬草なの」

アマリは目をぱちくりさせた。彼女の告白に仰天していた。「欲望を高める？」

「ええ」エマは自分の手に目を落として顔をゆがめた。無意識のうちにドレスを握りしめていた。「わたしとベッドをともにしてもらうためには、それしか方法がないと思ったから」

「なんだって？」アマリは目を丸くして彼女を見た。おれがエマに対して欲望を募らせていたことに気づかなかったというのだろうか？　まるで発情した雄犬のようだったのに。実際、森のなかで彼女を抱いたほどではないか……。そこでようやくわかった。エマはそれが薬の効果だと思っていたのだ。そう気づいたとたん、アマリは彼女のドレスに手をかけ、紐《ひも》をほどきはじめた。

「何をするの？」エマは彼の手をつかんだ。

「おれの欲望を証明するのさ。今日はダミアナも何も飲んでない。そんな薬を飲んでいたら、今日までずっと、きみがベッドの外へ出るのを許していなかったさ」アマリは苦笑いを浮かべて紐をほどき終えると、彼女の肩からすばやくドレスを脱がせた。

「だけど……わたしが弓を使えることはどうなの？」そのことを知ったフルクは、うんざりしたように背を向けた。アマリがそうするのも目に見えている。

アマリは手をとめた、その顔にはもどかしさが浮かんでいる。「ああ、それなら……」彼はエマの脇に手をさし入れて立ちあがり、彼女の体からドレスが滑り落ちるのを待った。ドレスが床に落ちると、アマリはベッドに腰をおろしてエマを膝の上にのせた。それから彼女の尻をぱちんとたたき、うんざりしたような声で言う。「二度とおれに向かって矢を射るな。あれはとんでもない罪だ。おれはきみの夫であり、ここの領主なんだから」アマリは彼女をもう一度抱えあげると、今度はベッドの上に寝かせた。

「それだけ？」自分の体にまたがった夫に、エマは戸惑ったように尋ねた。

アマリがまた手をとめて片眉をあげた。「足りないのかい？」

エマは目をしばたたいた。「いいえ。だけど……わたしの弓の腕前はかなりのものなのよ」

「もちろんわかってるさ」アマリは彼女の肩からチュニックを脱がせた。あらわになった胸のふくらみを見て、目を輝かせる。

「気にしないの？」エマは怪訝そうに彼の顔を見た。

「気にするだって？」アマリはふたたび手をとめると、彼女を見つめた。「正直に言うと、きみの弓の腕前にはおれもおれの体も感謝している。きみの射た矢が少しでもずれていたら、いくらきみの薬でもおれの欲望をよみがえらせることはできなかっただろうからな」

「だけど……」エマの言葉はとぎれた。アマリが胸のふくらみを手で包みこんだのだ。

「それに……」彼は片方の胸にキスをし、もう片方へと唇を滑らせながらつぶやいた。「追いはぎの襲撃からおれを救ったほどだ。きみの弓の腕前はすばらしい。さあ、そろそろ口を閉じて、おれが服を脱ぐのを手伝ってくれないか。そうしないと、きみのジョッキにダミアナを入れることになる」

12

「もうすぐ馬をとめるはずだ」エマがくたびれ果てて牝馬にまたがっていると、自分の馬を遅らせて隣に並んだブレイクが励ますようにささやいた。

安堵のあまり体から力が抜けそうになりながら、エマは感謝をこめて彼にほほえんだ。

エマたちは王宮へ向かっているところだった。アマリのエールに毒が仕込まれていた事件から二週間がたつ。あれ以来、さまざまなことが変わった。アマリもエマ同様、ここ最近たて続けに起こった事件の裏にはバートランドがいるという結論に達し、今後も命をねらわれるだろうと考えていた。そして、それに対してさまざまな策を講じてきた。エマ本人がねらわれたことは一度もなかったにもかかわらず、その対策には彼女の身の安全も含まれた。ふたりが城の外に出たのははじめてなので、今は終日護衛が後ろについている。そして、ジョッキは使う前に毎回必ず熱湯につけられた。

エマの帽子についたベールが顔の前にさがった。彼女は馬に乗ったまま、片手でベールを払いのけた。デ・ラセイがすべての服をつくり終えたのは、エマたちが王宮へ向けて出発する二日前だった。爪先の長い靴もなければ、引きずるような袖もないし、帽子には巨大な羽根もついていない。それどころか、デ・ラセイの仕立てた服はどれも見事なものだった。今回は陰で笑われることも、からかわれることもないだろう。エマはそう思いながらほほえんだが、その笑みはすぐに消えた。お尻がやけどしたみたいに痛むというのに、笑うことなどできない。

こんなに長時間馬に乗ることには慣れていなかった。今日は、朝日がのぼりはじめたときからずっと鞍にまたがっている。昼食のためにほんの短時間とまったのが唯一の休憩だった。すでに太陽は沈みかけているのに、相変わらず旅は続いていた。アマリは夜じゅう馬を進めるつもりに違いない――ブレイクが隣に来たのは、エマがそんなことを思ったときだった。

「夫がそう言ったの？」エマは尋ねたが、ブレイクが顔をしかめて首を振ったのでがっかりした。

「いや。だが……」そのときアマリが〝とまれ〟と叫び、ブレイクは彼女に向かってにっこりほほえんだ。「ほらね」

エマは馬をとめながら、笑みを返さずにはいられなかった。だがその笑みは、すぐに驚きの声に変わった。不意に腰をつかまれたかと思うと、馬からおろされ、アマリの腕に抱かれたからだ。

そのまま森のなかに入っていく夫の肩につかまったまま不安を覚えながら振り返ると、ブレイクが静かに笑っていた。振り返ってもうひとつわかったのは、夫が護衛をつけるのを忘れていなかったことだ。リトル・ジョージともうひとりの兵士が、適度な距離を置いてついてきていた。

「どこへ行くの？」周囲の木々が密になってくるとエマは尋ねた。

アマリが長いこと黙ったままなので、答える気がないのだろうと思いはじめたとき、彼が急に足をとめ、満足げな笑みを浮かべた。「ここだ」

エマは目の前に広がる空き地を見つめた。すぐ横を川が流れている。甘い香りのする草が生え、花の咲いた茂みに囲まれた小さな谷間だった。夕暮れのなかでもとても美しい。

「きれいだろう？」

「ええ」声を出してこの場の平安を壊すのが怖くて、彼女はささやくように答えた。

「だから、ここで野営したかったんだ。きみと一緒にこの美しさを楽しみたかった」

エマはアマリのやさしさに驚いた。こんなに遅くまで休みなく進み続けたのは、このためだったのだ。思いやりに欠けると思っていた彼の行動も、許すことができた。そのとき不意に地面におろされてドレスを引っ張られたので、彼女の思いは千々に乱れた。「アマリ、何を――」

「ここで一日の旅の汚れを洗い流すんだ。そのためには、服を脱がなければならない」

「ええ。でもリトル・ジョージと――」

「彼らには離れたところで待つよう命じてある。何かあったらすぐに駆けつけられるが、こちらを見ることはできない距離だ。心配するな。こいつはどうやってはずせば――」

「こうよ」じれったくなったエマはアマリの手を押しやり、自分でドレスを脱ぎはじめた。

アマリはしばらくその様子を見つめていたが、やがて自分も服を脱ぎはじめた。エマが長靴下を脱ぐために川のほとりの丸太に座るころには、彼はすでに裸になって川に入っていた。

水の冷たさにうめき声をあげるアマリに笑いながら、エマは手をとめて、彼が水のなかに沈むのを見つめた。

「早く来るんだ」アマリがふたたび顔を出し、座ったまま見つめている彼女に言った。

エマはほほえむと、長靴下が脱ぎやすいよう、下着の裾を片方の腿の上まであげた。アマリが急に静かになったので川のほうへ目を向けると、彼はじっとこちらを見つめていた。彼女は目をいたずらっぽく輝かせると、わざとゆっくり片脚をのばし、長靴下を脱いだ。もう片方も同じようにして脱ぐ。それから物憂げに立ちあがり、下着の裾に手をかけた。そこで一瞬手をとめ、自分がこれからしようとしていることに頬を染めてから、ゆっくり裾をあげてヒップを、腹部を、そして胸を順にあらわにした。

アマリがうなりながらすぐさま岸に向かってきたが、エマはすばやく服を持って体を隠した。「だめよ。まず体を洗うわ。一日じゅう馬に乗っていたんだから、馬のにおいがするはずだもの」

彼が足をとめる。そしてためらってから、エマを見つめたままふたたび水のなかにもぐった。エマはゆっくりほほえむと、川に向かって走りながら頭から下着を脱ぎ捨てて、水のなかに入った。ほてった肌に水は驚くほど冷たかった。エマは悲鳴をあげながら深いほうへ向かった。

「冷たいか？」ようやく体が水温に慣れてきたとき、アマリがゆっくり近づいてきて尋ねた。

「ええ」

「あたためてやろうか？」彼はささやくと、エマの手をとって自分のほうへ引っ張った。

「いいえ、いいわ」

エマは背中を向けてアマリの手から逃れようとしたが、彼は後ろから彼女をつかまえて抱き寄せた。エマのヒップに彼の下腹部が押しつけられる。アマリは耳もとでささやきながら、両手で彼女の胸を包み、さらに体を密着させた。

「寒いはずだ。ほら、鳥肌がたっている」

エマは笑いつつあえぎながら、かたくなった胸の先端をそっとつまむ彼の手をたたいた。

「まったくいやらしいんだから」

「きみのつくった媚薬《びやく》のせいだな」アマリがからかうように言うと、エマは彼を肘でつつこうとした。薬を飲ませようとしたことを彼女が白状してからというもの、アマリは何かにつけからかってくる。彼はエマの告白を聞いて怒るどころか大いにおもしろがり、それが彼女を戸惑わせていた。残念ながらエマの肘はあっさりよけられ、その拍子に彼の高まりをかすめた。

エマは水のなかですばやく向きを変え、彼の高まりをつかんだ。アマリの驚いたような表情に顔をまっ赤にしながらも、言い返す。「わたしが寒いはずですって？　あなただって鳥肌がたっているじゃないの」

「いやらしいのはどっちかな？」アマリはにやりと笑ってエマをつかまえようとしたが、彼女は水のなかで彼の膝を蹴って後ろに泳いだ。追いかけてくる夫から笑いながら逃げて岸へ向かい、急いで水からあがると、脱ぎ捨てた下着をつかんで振り返る。アマリがエマに追いついて手をのばしたそのとき、驚いたような叫び声が木々のあいだから聞こえてきた。

アマリは体をこわばらせて向きを変え、下着と剣に手をのばした。「服を着ろ」

二度言われる必要はなかった。エマは下着を身につけると、残りの服が置いてある丸太まで走った。ドレスを頭からかぶったところで枝の折れる音が聞こえてきたので、視界をさえぎっているドレスをあわてて下までおろした。

最初の襲撃者が木々のあいだから現れたのは、アマリがかろうじて下着をはき終えたときだった。アマリがまだ半裸で武器も持っていないのを見て相手は突進してきたが、彼はすでに腰をかがめて剣に手をのばしていた。体を起こし、向かってくる男の胸に剣を突き刺す。

だが、剣を男の体から抜いたのとほぼ同時に、周囲の森から十数人もの敵がいっせいに飛びだしてきてふたりを囲んだ。

　アマリは動きをとめ、息をのんだ。厳しい顔で体を起こし、剣をあげる。そのときエマが突然ぶつかってきて、その勢いでふたりはそろって川に落ちた。エマはすぐに体勢をたて直すと、アマリに背中を向け、じりじりと近づいてくる男たちと向きあう。アマリは川の底に足をつこうともがいた。

「わたしを殺す？」

　襲撃者たちの動きがとまった。アマリでさえ、エマの後ろで凍りついた。

「殺すの？　夫をつかまえるつもりなら、先にわたしを殺さなければならないわよ。そうなったらバートランドは喜ばないでしょうね。わたしが死んだらすべてを失うのだから」そう言いながらも、エマ自身、その言葉が真実ではないことを自覚していた。たとえわたしが死んでも、エバーハートは自分のものだとバートランドは言い張るだろう。持参金が手に入らなくなるだけのことだ。それはロルフの手に返ることになる。だが、この襲撃者たちがそれを知っているとは思えない。「あきらめて自分たちの身を守ったほうがいいわ。あなたたちの近づいてくる音がわたしたちに聞こえたということは、わたしたちの家臣にも間違いなく聞こえている。彼らがやってきたときにまだここにいたら、あなたたちは殺されるでしょうね」

最後の言葉が彼女の口から発せられたのとほぼ同時に、男たちの叫び声が聞こえてきた。エマが安堵に胸を撫でおろしていると、アマリが立ちあがって彼女を押しのけ、今や不安げに立っている襲撃者たちのまんなかへ突進していった。ちょうどそのとき、ブレイクをはじめ、家臣たちが空き地になだれこんできた。

エマは、夫が騎士であることは前から知っていたが、彼が怒ると手がつけられなくなるということは今はじめて知った。アマリは間違いなく怒っている――敵のひとりに向かっていきながら満足げな表情を浮かべている夫を見て、エマは思った。その怒りの一部は、彼の邪魔をしたわたしに向かっているのかもしれない。自分の体を盾にしてアマリを守ったことで、男としてのプライドを傷つけてしまった可能性もある。この状況が一段落ついたら、彼にきいてみよう。

エマはため息をついて、長靴下を脱ぐときに座った丸太に腰をおろし、静かに長靴下をはきながら待った。アマリたちはあっという間に襲撃者たちを倒した。終わったときには、敵はひとりを除いて全員死んでいた。まだ生きているひとりも、ひどいけがを負っている。その男を尋問のために野営地に連れていくよう命じてから、アマリはエマを振り返った。彼女はちょうど服を着終えたところで、丸太に座ったまま、用心深く夫を見つめた。

アマリは気持ちを落ち着かせてから、エマの前に立った。「エマ」

「あなたの前に身を投げだすべきじゃなかったわ」彼女はあわててそう言うと、立ちあがった。「あなたはひとりで敵を倒せただろうし、わたしがしたのは危険な行為だった。死なずにすんだのは運がよかったからで、これからは二度と自分の命を危険にさらしたりしない。約束するわ」

アマリはあきれた顔になった。「守れない約束はするものじゃない。きみはまた命を危険にさらそうとするだろう。それがきみという人間なのだから。だが……」エマがほっとした様子を見せると、厳しい顔でつけ加えた。「今度……いいか、本気で言ってるんだぞ。今度ばかなまねをしたら、おれの膝にのせて……」彼の言葉は不意にとぎれた。エマが胸に飛びこんできて腰に抱きついたからだ。

「本当に、やさしくて辛抱強いだんなさまだわ。わたしはなんて運がいいのかしら」

「ああ……とにかく……」アマリは咳払いをしながら彼女の背中を軽くたたいた。「これからはもう少し考えてから行動しろ」

「ええ、そうするわ。約束よ」エマは顔をあげて彼に愛想よくほほえみかけた。アマリがかがみこんで唇にキスをすると、ほっとして緊張を解いた。よかった。キスが深まるにつれて彼女は思った。アマリの機嫌はそうひどくはない。たいていの夫は、妻があのようなまねをしたら、殴りはしないまでもしかりつけるくらいはするだろうに。

キスを終えると、アマリは何くわぬ顔を装って体を起こした。まったく、どうしてしまったのだろう？　怒りのあまりエマの耳もとで怒鳴り散らすつもりだったのだが、彼女のほほえみを見たとたん、その怒りはどこかへ消えてしまった。彼は首を振りながらエマから離れ、残りの服を拾った。手早くチュニックと上着を身につけると、剣をベルトでとめ、空き地に転がっている死体に目をやる。「リトル・ジョージたちに後始末をさせよう」

エマは眉をひそめた。「誰かにリトル・ジョージともうひとりの様子を見に行かせた？戦いに加わっていなかったけれど」

「なんてこった」いらだたしげに片手で脚をたたくと、アマリは森へ走った。エマも一緒に男たちを捜そうと、急いで夫のあとを追った。

あたりは急速に暗くなってきた。じきに夜が訪れ、もしリトル・ジョージたちが助けを呼べない状態だとしたら、彼らを見つけるのは不可能になるだろう。だから、茂みから小道に向かって突きでている手を見つけたときは、心からほっとして夫を呼んだ。倒れていたのはリトル・ジョージだった。意識を失って地面にのびている。額には大きなこぶができていた。

リトル・ジョージが生きているのを確かめると、アマリは彼を起こすのをエマに任せ、もうひとりを捜すためにさらに進んだ。もうひとりは数メートル先で見つかったが、喉をかき切られていた。

アマリが戻ってきたのは、ちょうどリトル・ジョージが意識をとり戻しかけたときだった。彼はぐったりとした男を肩に担いでいた。夫の表情からして、男が死んでいるのは明らかだ。

エマはあわれみの目で男を見てから、自分の膝の上でうめいているリトル・ジョージに注意を戻した。

アマリの筆頭家臣が頭の痛みに悪態をつく。誰の膝に頭をのせているかに気づくと、わびながら体を起こし、額のこぶに手をやった。「まったく、痛くてたまらん」

「ええ、見るからに痛そうだわ」エマはゆっくりと立ちあがった。「殴られる前に声をあげた?」

「いいえ、そんな暇はありませんでした。後ろから声が聞こえたんで振り返って……」リトル・ジョージが頭を振った。「覚えているのはそこまでです」

「エドセルの声だな」アマリが険しい顔で言った。

リトル・ジョージが体をこわばらせた。「エドセルは……」顔をあげてアマリの肩に担がれた男を見たとたん、言葉がとぎれた。リトル・ジョージは顔を曇らせ、肩を落とした。

「行こう」アマリはあいているほうの手をリトル・ジョージに向かってのばした。「野営地に戻って、捕虜がしゃべるかどうか確かめようじゃないか」

リトル・ジョージが驚いた様子で立ちあがった。「ひとりつかまえたんですか?」

「いいや、つかまえたのは全員だ。生きているのがひとりだけなんだ」

夫の傲慢な物言いにあきれながら、エマは彼の横を通りすぎ、先頭に立って野営地へ向かった。

ブレイクが空き地の入口で一行を迎え、捕虜が死んだこと、家臣たちにその後始末をさせていることを伝えた。アマリは厳しい顔で、黙ったままその知らせを聞いた。エマには夫の思いがよくわかった。アマリは、バートランドに送りこまれたと捕虜に白状させ、それを証拠として王に聞かせるつもりだったのだろう。彼女は、死んだ男を担いだまま歩み去っていく夫をなすすべもなく見つめた。そして、たき火のそばに座っているモードに近づきながら、残りの道中が平穏であることを祈った。

そのときはまだ、それが過度な望みだとは思いもしなかった。

その後の二日間は、何事もなく旅が進んだ。襲撃から二日目の夜、アマリはふたたび川のほとりを野営地に選んだ。一緒に泳ごうと誘われると、エマはしばらくためらった。泳ぐのは危険かもしれないと思ったが、暑かったし旅の汗も流したかったので、結局、承諾した。それでも、そのあいだはずっと息をつめていた。ほっとできたのは、無事に野営地に戻り、モードたちがたき火で料理したうさぎの肉を前にしたときだった。

夕食後、たき火のまわりに残る者はいなかった。黒いベルベットのような空に星がきらめく美しい夜だが、三日にわたる過酷な旅は誰の体にもこたえはじめていた。エマも疲れ果てていて、座ったまま居眠りしそうになっていた。

アマリは、火のほうに倒れこみそうになったエマを腕に抱えて立ちあがった。そして、女主人の着替えを手伝うためについてこようとするモードに首を振ってから、天幕へ向かった。

「ありがとう」エマは夫の胸に頭をあずけた。「すごく疲れたみたい」

「そのようだ」

「気づいていたの？」

かすかに驚きのまじった声に、アマリはほほえんだ。「ああ、すんでのところでたき火の上に倒れるところだったからね」

エマはまばたきをして、完全に目を覚ました。「そんなことないわ」

「いや、そうだ」アマリは頭をかがめて天幕の入口をくぐりながら言った。その拍子に彼の胸に強く抱き寄せられたため、エマは彼の声が胸に響くのが感じられた。彼が今入ってきたほうに向き直り、彼女に天幕の入口を閉めさせる。それからふたたび前を向いた。

「もうおろしていいわ。目が覚めたから」

アマリはそれを無視して前に進みでると、にわかづくりのベッドの足側に彼女をおろし、ドレスを脱がしはじめた。エマは夫の目に宿る表情を見て、自分も彼の服を脱がしはじめた。長い一日ではあったけれど、アマリは夜の務めを果たす元気をとり戻したようだ。もしかしたら、川の水につかったことで疲れがとれたのかもしれない。どちらにしても、アマリに見つめられてエマも元気をとり戻し、彼が欲望を満たしたときには、彼女はすっかり目が覚めていた。

エマはアマリの上に寝そべるようにして彼に抱きつき、胸板に顔を押しつけると、そっと尋ねた。「ねえ、リトル・ジョージの奥さんはいつ来るの?」リトル・ジョージが遅れてやってきてからというもの、何度も繰り返した質問だ。彼がどんな女性と結婚したのか興味があった。そして、王宮からの帰りに彼女のところへ寄って一緒に連れて帰るようアマリを説得するつもりだった。今、彼に尋ねたのはそのためだった。それをきっかけに、なんとか説得しようと考えたのだ。

だが返事がないので、エマは頭をあげてアマリを見た。そして、彼が眠っているのを見てほほえんだ。夫の頬に短いキスをしてから毛布を引っ張りあげ、彼と一緒にくるまって眠ろうとした。

さっきまでひどく疲れていたのに、眠りにつくのに時間がかかった。だがようやく眠れたころ、何かの音で目が覚めた。

ゆっくり目を開けて、天幕のなかの暗闇に慣れるのを待ちながら、目を覚ますきっかけになった音を聞こうと耳を澄ました。だが、今はしんと静まり返っている。目が慣れてきてもの形が見えるようになってくると、エマは頭をわずかに起こしてあたりを見まわした。そのとき、アマリにのしかかっているように見える黒い大きな影が、天幕の壁ではなく、男の影であることに気づいた。

横になったまま体をこわばらせて考えをめぐらせるうちに、男の手のなかで金属が光るのが見えた。ナイフだと気づいたとたん、彼女は夫の脚に絡めていた脚をはずし、彼の背中を思いきり蹴りながら金切り声をあげた。

アマリはベッドから落ちて男の脚にぶつかり、その拍子に床に転がった男の上にのった。

次の瞬間、床を転がりまわるふたりの悪態と叫び声が天幕のなかに響き渡った。

エマはベッドの上に立ち、声を限りに叫んで助けを呼ぶと、くんずほぐれつしながら転がるふたりの上に飛びおりた。


「いったい何事だ？」ブレイクは持っていた松明《たいまつ》を高く掲げ、床でもがいている三人を見て啞然《あぜん》とした。生まれたままの姿のアマリとエマ、そしてしっかり服を着たリトル・ジョージが、蹴ったりたたいたりしながら床を転がっている。いや、厳密に言えば、蹴ったりたたいたりしているのはエマだけだった。あとのふたりはむしろ、彼らのあいだに入ったり、上になったり下になったりしながら攻撃してくる彼女をとめることに一生懸命なようだ。おそらく今閉じている目を開けば、エマはすぐにそれに気づいて攻撃をやめるだろう。なにしろ、戦っているのは彼女ひとりなのだから。ブレイクは愉快な気分でそう思うと、自分のあとから天幕に入ってきた男たちを手で追い払ってから叫んだ。「何をしている？」

そのとたんにエマが動きをとめ、誰もがほっとした。目を開けて、天幕のなかが快晴の朝みたいに明るいのを知ると、彼女は絡まった脚や腕をあわてててほどいて床から立ちあがり、ベッドまで走ってシーツをつかんだ。それで体を隠してから、自分が今までいたところを振り返る。だがすべてがぼやけて見えて、エマはいらいらしながら手で目をこすった。とっくみあいに加わったとき、最初に目を殴られたのだ。ずっと目を閉じていたのはそのためだった。今、彼女は顔をしかめながら、床から立ちあがるふたりの男性を見て、服を着ているほうを責めるように指さした。少なくとも、服を着ているように見える。エマの目はまだ明るさに慣れていなかった。指さしている先には夫もいるのだろうが、おそらくブレイクなら誰のことだかわかってくれるだろう。「あの男がわたしたちを殺そうとしたのよ!」

ブレイクはアマリとリトル・ジョージに顔を向けた。彼女が冗談を言っているのだろうと思っていたが、リトル・ジョージは恥じ入った顔をしている。「リトル・ジョージ?」

エマは目を細めて、自分が指さした相手を確かめようとする。アマリの家臣のはずがない。

「リトル・ジョージはおれを殺そうとはしなかった」アマリがげんなりした口調で言う。ブレイクもエマも安堵したが、アマリがさらにつけ加えると、その安堵も驚きに変わった。「おれは起きていたんだ。リトル・ジョージは十分ほどここに立っていたが、おれを殺すことはできなかった」

それを聞いて、エマがぐったりとベッドに座った。ブレイクは混乱した状況を整理しようとしながら、自分も座りたいと思った。「違うと言ってくれ、リトル・ジョージ」しだいに怒りが募ってくる。

リトル・ジョージはブレイクの視線を避けて後ろめたそうに地面を見つめている。

「なぜだ？　アマリにはよくしてもらっていたじゃないか。アマリは——」

「奥さんはどこだ？」

アマリの質問に驚いてエマは振り向いた。さっき自分が彼にしたのと同じ質問だ。あのときアマリは眠っていたけれど。彼もまた、家臣の妻の到着が遅れて、新婚のふたりが一緒になれないことを気にしていたようだった。

ブレイクは何かを悟ったような顔になり、かすかに肩を落とした。「彼女が親戚の家にいるというのは嘘なんだな？」

「ええ」リトル・ジョージが暗い顔で答えた。

「どこにいるんだ？」

「連れ去られたんです」そのひと言に大きな悲しみがこめられていた。「エバーハートへ向かう途中でした。城まであと一時間というところで、彼女が用を足したいからとまってほしいと言い、森のなかに入っていったんです。彼女はそのまま帰ってきませんでした。代わりに知らない男が現れて、彼女をつかまえた、おれが捜そうとすれば彼女を殺すと言うんです。そして、おれが言われたとおりにするなら、彼女の身に危険は及ばないと言いました」

「何をしろと言われた？」リトル・ジョージが黙ってしまったのでアマリが尋ねた。

「はじめはたいしたことじゃありませんでした。ただあたりに注意を払っておいて、向こうからきかれたときに、知り得た情報を伝えればよかったんです」

「伝えるって誰にだ？」

「最初はわかりませんでした。だから、ただ注意していろいろなことを見聞きするようにしていたんです。そこへ、デ・ラセイとお針子たちがやってきました」

「シルヴィーか」ブレイクがため息をつきながらつぶやいた。

「いや、ギザです」

「ギザですって？」エマはぞっとしてリトル・ジョージを見た。若いシルヴィーだったとしてもショックだが、ギザのことは好きだったのに。

「ええ」リトル・ジョージがうなずいた。「おれからききだせなかった情報は、セバートを利用して手に入れていました」

それを聞いてアマリが眉をつりあげた。「おまえが知らなくてセバートが知っていることなどあるのか？」

「最近ではたくさんあるみたいです」リトル・ジョージは一瞬おもしろがるような表情を浮かべたが、それもすぐに消えた。彼はため息をついて頭を振った。「セバートは閣下の結婚式以来ずっと、仕事の合間に奥さまのあとを追って、あらゆる会話を盗み聞きしていました……奥さまの命令で」落ち着かない表情になったエマを見て、彼は最後につけ加えた。

「わたしの？」

「そうです。ギザが言うには、彼は奥さまから、ドアの外で盗み聞きしてあらゆる会話の内容を把握するよう命じられたとか……いちいち事情を説明する時間が無駄なので」

エマは結婚式の日の騒ぎと、自分が叫んでいたくだらない命令を思いだして、うめき声をあげそうになった。

「そんなことを命じたのか?」アマリが目を丸くして彼女を見つめた。

エマはいらだたしげに手を振って夫の質問をはねのけると、リトル・ジョージに向き直った。「じゃあ、アマリのエールに毒を盛ったのはギザなの?」

「そうです」

「なぜシルヴィーを殺したの?」

「毒を仕込むところを見られたからです。あの朝、食事をとるために階下へおりたときに、ギザはシルヴィーのエールに毒を入れました。そのあと何があったかは知りませんが、おれがデ・ラセイとお針子たちを呼びに階上へ行ったとき、ギザが後ろから話しかけてきて空の小瓶を渡し、シルヴィーの手に持たせるように言ったんです。もうひとつはすでに袋のなかに入れたあとだったんでしょう」

「旅の初日におれたちが川のほとりに行ったとき、襲われることを知っていたのか?」アマリが尋ねた。

「いいえ……森で見張りをしているときに話しかけられるまでは」リトル・ジョージがしぶ

しぶ答えた。

「誰に話しかけられたんだ？」

「ギザです」

「彼女があそこにいたの？」エマは動揺して尋ねた。

リトル・ジョージがうなずいた。「エドセルは、その……用を足すために少し離れたところへ行っていたんです」エマに向かって申し訳なさそうな顔をしながら言う。「エドセルの悲鳴が聞こえたので、おれは彼のいるほうへ向かいました。そのとき、ギザが目の前に現れて、おまえの妻は今のところ生きていて元気だが、これからも言われたとおりにしなければ、身の安全は保証できないと言ったんです。そして、その日の襲撃が失敗に終わった場合、妻を殺されたくなかったら、王宮に着く前におまえの手で閣下の息の根をとめろと命じました。そのあと、棍棒でおれの頭を殴ったんです」

「それで、今夜おまえはおれを殺すつもりだったんだな」アマリは小声で言った。

「そうしようとしました」リトル・ジョージが苦々しげに言う。

「だができなかった」

リトル・ジョージは居心地悪そうに肩をすくめた。「ブレイク卿が言うように、閣下はおれによくしてくださったし、長年の友人でもあった。それに、妻はまだ生きているのか、もう殺されてしまっているのかわかりません。おれには、どうしてもできなかった……」

「ギザは誰のために動いているんだ？　バートランドか？　それなら、今すぐおまえの奥さんを捜しに行こう」ブレイクが言った。

リトル・ジョージは首を振った。「わかりません。誰なのか聞かされてないんです。知っていればとっくに妻を助けに行って、連中の命令なんか全部断ってますよ」

天幕のなかに沈黙が流れる。やがて、リトル・ジョージが落ち着かない様子で体を動かした。「おれをどうしますか？」

アマリは浮かない顔で肩をすくめた。アマリが目を覚ましたのは、リトル・ジョージが天幕に入ってきたときにかすかに吹きこんだ風のせいだった。誰かが近づいてくる音が聞こえ、身を守る態勢を整えたが、目が慣れて相手がリトル・ジョージだとわかった瞬間に凍りついた。ベッドの脇に立ったリトル・ジョージが武器を手にしていることを悟るのに、しばらく時間がかかった。自分が目にしていることが信じられず、本当にリトル・ジョージがそれを使えるのか、緊張しながら見守った。ゆうに十分が過ぎたが、リトル・ジョージはそこに立ったまま、すべきことをできず、かといって立ち去ることもできずにいた。アマリは声をかけて、リトル・ジョージがそこにいることに気づいているのを知らせようとした。だが運悪く、ちょうどそのときエマが目を覚ましてアマリに先んじたのだ。背中を蹴られて、自分を襲おうとしている相手の足もとに転がったときのことを苦々しく思いだす。

「どうもしないよ、リトル・ジョージ」アマリはそう言ってため息をついた。「おれがおまえの立場だったら、妻のためにナイフを突きたてていたに違いない」

リトル・ジョージが肩をすくめた。「おれも、閣下の横に立つまではそう思ってました」

アマリは顔をしかめ、天幕の入口まで行って外をのぞいた。暗い夜空から、夜明けの光がかすかにさしている。「もう夜が明ける。今日じゅうには王宮に着くだろう」

「そして、やつらは……誰だかわかりませんが、やつらはおれが失敗したことを知ることになる」ジョージが惨めな表情を浮かべて言った。

「アマリが死ねば、そうはならないわ」

エマの言葉に、男たちがぎょっとして振り返った。彼女は三人の表情を見て目を見開いた。

「本当に死ぬわけじゃないわよ。死んだように装うの。この天幕のなかで起きたことを知っているのはわたしたちだけよ。リトル・ジョージがアマリを殺せなかったのを知っている人はほかにいないわ」

「いや……」ブレイクが居心地悪そうに口を挟んだ。「ぼくたちだけじゃない」しばらく間を置いてから、いらだたしげに白状する。エマが眉をあげると、彼は顔をしかめた。「きみが叫びはじめたとき、男たちの半分がぼくと一緒にここへ来たんだ。ぼくはすぐに追い払ったがね……きみの姿を見て」彼がシーツを体に巻いて座っているエマをさし示すと、彼女は赤くなった。どうやら、裸のまま夫やリトル・ジョージとともに床を転げまわっていたところを夫の家臣の半分に見られたらしい。気まずかったが、今はそのことをゆっくり考えている時間はなかった。

「その人たちには、アマリがけがをしているかどうかがわかるくらいよく見えたかしら？」

ブレイクはしばらく考えてから首を横に振った。「いや、見えてないと思う」

「じゃあ、決まり。アマリ、あなたは死んだのよ」エマは自分の思いつきにほほえんだ。

「これで、リトル・ジョージの奥さんはあなたが助けるまで無事でいられるわ」

アマリの眉がつりあがった。「おれが助けるのか？」

「もちろんよ。死んだことにすればあなたは自由に動けるでしょう。変装するのよ。バートランドの城にもぐりこんで彼女の居場所を探りだし、そして……。なぜ首を振ってるの？」

「本の読みすぎだ、エマ」アマリは苦々しげな顔で言うと、ブレイクとリトル・ジョージに目配せした。「世の父親たちは娘の読書を禁じるべきだな。娘たちが混乱する」

エマは目を細めて夫を見ながらぴしゃりと言った。「うまくいくわよ！」

「おれたちがチョーサーの物語の登場人物ならな」

「あなた！」

アマリはため息をついた。「エマ、きみはひとつ忘れている。おれが死んだことにすると、バートランドが結婚を無理強いしてくるはずだ」

エマは一瞬考えこんだものの、すぐに顔を輝かせた。「妊娠していると言うわ。それなら安全でしょう？」

アマリは首を振った。そんなことを言えば、彼女は安全などころか、もっと大きな危険にさらされることになるだろう。バートランドにとって子供は邪魔なだけに違いない。エマを流産させるか、あるいはそのまま殺すかもしれない。そのどちらになるかは、バートランドがどれだけエマを求めているかで決まるだろう。アマリとしては、流産させようとするほうだと思いたかった。彼女はとても魅力的だからだ。だが、それをエマに伝えはしなかった。それよりも、今後の計画をたてることに気をとられていた。

「いや、死んだことにはしない」下着を身につけながらアマリは言った。「だが、死にかけていることにしよう」

13

「なんてことでしょう、奥さま。お気の毒に！」

エマは侍女の肩に手を置き、慰めるようにたたいた。「ええ、運命って気まぐれな魔女みたいよね」そう言ってから、大げさにため息をつく。

アマリは妻の下手くそな芝居にかすかに顔をしかめた。それを見てモードが息をのむ。彼はつい顔をしかめてしまった自分を呪った。

「奥さま！　意識が戻られたみたいです。どこかが痛むようですわ」

エマは驚いて夫を見おろしたが、すでに無表情に戻っていた。アマリは今朝自分の計画を説明したあとずっと、その仮面を顔に張りつけている。彼の計画とは、寝こみを襲われて刺されたことにするというものだった。瀕死《ひんし》の状態だが、死の一歩手前で踏みとどまっている。夫が刺されたときにエマが目を覚まして襲撃者に体あたりしたため、三人でもつれあったが、そこへ松明を持ったブレイクがやってきて、そこにいるのがリトル・ジョージであることがわかった。リトル・ジョージはブレイクよりひと足早く天幕に来て、暗闇のなかで何も見えなかったためとっくみあいに加わったが、そうこうするうちに悪党が逃げていったのだと説明した……。それが計画の内容だった。バートランドとレディ・アスコットはほかの誰かにアマリを襲うよう命じてはいないのだから、リトル・ジョージが命令どおりに動いたと考えるだろう。アマリは、この計画なら、リトル・ジョージの妻を見つける方法がわかるまで、彼女とエマの両方が安全でいられるだろうと言った。

エマは自分の計画のほうがうまくいくと思ったが、男たちが同意しなかったので、しかたなく彼らの意見にしたがうことにした。だが、それにはいろいろと問題があった。そこで彼女はまず、幻の襲撃者を捜すためにアマリの家臣たちを森に向かわせた。次は、モードをどうするかだ。死にかけたことになっているアマリは、残りの道中ずっと、意識を失ったふりをして荷馬車に寝ていなければならなかった。本当に具合が悪かったときもおとなしくしていなかった彼のことだから、仮病を使うのが苦手なのは意外ではなかった。彼は機会さえあれば、じっと荷馬車に乗っていなければならないことに愚痴や不満を言った。

モードがアマリの包帯を換えるなどして彼が無傷であることを知ってしまわないよう、エマは常に彼と一緒に荷馬車に乗って、夫を気遣うふりをしなければならなかった。旅の最終日となったこの日、エマはずっと、夫の文句をモードに聞かれないよう気を配って過ごした。特に、意識を失っていることになっている夫に与えられた昼食がりんごひとつだったときは苦労した。弱っている夫に食べ物を与えるのは不自然だろう。だが、それを腹をすかせたアマリに説明するのはひと仕事だった。なにしろ彼は朝から、エマがこっそり手に入れたパンの切れ端しか食べていなかったのだ。

そのあとさらに厄介なことに、雨が降りはじめた。屋根のない荷馬車の上で夫を雨から守るため、旅が終わるまで、エマは彼の隣にうずくまって一緒に毛布をかぶらなければならなかった。ふたりで毛布にくるまっているため、さらに彼の文句を聞かされるはめになった。それに加え、ずっとうずくまっていなければならないせいで背中が砕けそうなほど痛くなり、しまいには自分の手で夫を刺したくなった。

ようやくリチャード二世が仮の王宮にしているレスターシャーに着いたときは、エマは心からほっとした。アマリも同じように見えた。少なくとも、宮廷のなかの部屋に運ばれるあいだは、文句を言わなかった。ここではアマリの文句をかき消してくれる車輪の音もなければ、モードと彼を隔ててくれる毛布もない。彼が黙っているのはそのせいだと思い、エマはモードを長く部屋に引きとめておいた。しかし、いつまでもそうしているわけにはいかないだろうと思いはじめた。というのも、夫が自分の役割を演じ続けるのに苦労しているのが見てとれたからだ。ただ黙って横になっていればいいだけなのに、それさえもアマリには難しいようだった。

エマがあきらめてモードをさがらせようとしたとき、誰かがドアをノックした。モードが急いでドアを開け、小さく息をのんで横にどいた。リチャード二世が後ろにブレイクをしたがえて入ってきたのだ。

王はまっすぐベッドへ向かうと、横たわっているアマリを見おろして肩を落とした。「本当だったのだな」王がため息まじりに言うと、アマリは低いうめき声をあげた。

エマは夫をちらりと見ながら、いらだちを覚えて唇を引き結んだ。死にかけていることになっているのに、うめいたり顔をしかめたりしたら、快方に向かっていると思われてしまう。アマリが自分でたてた計画なのだ。せめて、取り決めたことくらい守ってほしかった。

エマが夫をにらんでいるのを見て、リチャード二世が眉をひそめた。「彼は何か言おうとしているようだが」短く言う。

「いいえ」エマは悲しそうな表情をつくって言った。「違うんです、陛下。夫は何も話せません。死に向かっているのは明らかです。わたしたちにできるのは、ただ静かにしていることだけ。しばらくはこのままもちこたえるでしょうが、それも時間の問題で……痛っ！」彼女はアマリを見おろしてにらんだ。彼が、毛布の下から手を出してつねったのだ。誰にも見られなかったのは運がいいとしか言いようがない。

「何か問題でも？」リチャード二世が尋ねた。

怪訝そうな表情を浮かべている王を見て、エマは首を振った。「なんでもありません。ただ……靴が痛くて」そうごまかした。「新しくて、はき慣れていないものですから」たまたまブレイクのほうを見ると、彼はエマに向かって顔をしかめながら、あごでモードを示していた。モードを部屋から追い払ったほうがいいというのだろう。エマがそう気づいたとき、ドアがばたんと開き、リトル・ジョージが飛びこんできた。後ろからついてきた王の護衛がリトル・ジョージの腕をつかんで引き戻そうとする。

「妻は死んだ！」リトル・ジョージが大きな声で嘆いた。「すべて無駄だった！　彼女はもう死んでいるんです」悲しげに言い終えると、彼は足をとめた。すかさず護衛がリトル・ジョージをとらえ、部屋から引きずりだそうとする。

「あれはアマリの家臣です」ブレイクが口早に説明すると、王はうなずいて、ドアのところでもみあっている三人の男のほうを向いた。リトル・ジョージは抵抗せずにうなだれながらも、その場にとどまろうとしている。

「その男に手を出すな！　さがれ」ドアが閉まると、リチャード二世は振り返って室内の者たちを見た。自分のまわりに何やら秘密が渦巻いているのが感じられる。何が起きているのかわかっていないのは自分だけのような気がしてきた。「どういうことだ？　何が起きているんだ？」

しばらく沈黙が続いた。やがて、アマリがため息とともに体を起こした。「わたしが思いついたことなんです、陛下」申し訳なさそうに言いながらベッドからおりる。

「まあ、なんということでしょう。奇跡ですわ！」モードがひざまずいて感謝の祈りを捧げようとした。

エマはため息をついて侍女に言った。「ええ、モード。驚きだわ」とても喜んでいるとは思えない声で言うと、モードの腕をとって立ちあがらせようとしたが、侍女は歓喜の涙を流すのに忙しくて気づかなかった。エマはモードをドアのほうへ導きながらその背中をさすった。「アマリは具合がよくなったようだから、飲み物と食べ物が必要だわ。気持ちが落ち着いたら、彼に食べるものを持ってきてちょうだい」

「はい。きっとそれでお元気になられるでしょう」

「そうね」侍女が部屋から出ると、エマはドアを閉めた。

アマリが、黙ったまま立ちつくしているリトル・ジョージのほうを向いて促した。「話してくれ」

リチャード二世はその命令を撤回してまずはアマリに説明を求めようと口を開きかけたが、リトル・ジョージが話しはじめたので思いとどまった。

「ウェスリーを手伝って厩舎で馬の世話をしているとき、彼がウールジー卿の筆頭家臣と話しているのを小耳に挟んだんです」リトル・ジョージはのろのろと言った。「閣下のけがの話題から、ウールジー卿一行も、ここに来るまでのあいだに災難にあったという話になりました」

「そうだ」リチャード二世がうなずいた。「今月のはじめに到着したときに、ウールジーが話してくれた。気に入っている馬が脚を痛めて安楽死させなければならなかったとか、家臣のひとりが病気になったとか、野営中に川に女性が浮いているのを見つけたとか」最後の部分を聞いてリトル・ジョージが顔をしかめ、苦悩の表情を浮かべたのを見ると、王は言葉を切った。そして、少し間を置いてつけ加えた。「その女性のことは、誰だかわからなかったそうだ」

「ええ。わたしもわかりませんでした……これを見せられるまでは」リトル・ジョージは手をさしだして開いた。そこには小さな指輪がのっていた。

「奥さんのか？」アマリは恐る恐る尋ねた。

リトル・ジョージがうなずいた。「わたしたちのイニシャルが彫ってあります」

アマリはリトル・ジョージに近づいて指輪を受けとった。イニシャルを探し、見つけるとため息をついた。指輪を返し、リトル・ジョージの肩に手をやる。「彼女はとっくに亡くなっていたんだな？」

「彼らが妻を見つけたのは連れ去られた二日後でしたが、すでに一日は水のなかにつかっていた状態だったそうです」

充分待ったと思ったリチャード二世は困惑もあらわに、腕を組んで全員に向かって問いただした。「どうなっているのだ？　アマリ、そなたの口から説明してくれ。そなたは明らかにけがをしていない。なぜわたしにはけがをしていることにしたのだ？」

「申し訳ありません、陛下。これまでお待ちいただいてありがとうございます」アマリはリトル・ジョージの肩をつかんでから、王に向き直った。これは礼儀作法に反する行為だとエマは思った。王に背中を向けることは許されない。だが、リチャード二世が腹をたてた様子はなかった。すっかり混乱して、気づいてすらいないのかもしれない。

「結婚式以来、わたしたちのまわりではいろいろとおかしなことが起こっていました」アマリが言った。「わたしは追いはぎに襲われ、傭兵に命をねらわれました。それから、わたしの飲み物に仕込まれた毒で犬が死にました。ここに来る道中も、妻と一緒にいるときに襲われました。そして、わたしの筆頭家臣にわたしを殺させるために、彼の妻が結婚式の数日後に誘拐されたことを知りました」

王はアマリの話をのみこむと、険しい表情になった。「バートランドのしわざか？」

「そうだと思います」

「そなたがけがしたふりをしていたのは？」

アマリはリトル・ジョージをちらりと見てからため息をついた。「リトル・ジョージの妻のためでした。リトル・ジョージは、最後の襲撃が失敗に終わったら自分の手でわたしを殺すよう命じられていました。そうしなければ妻を殺すと脅されたんです。われわれは、わたしが死の淵《ふち》にいることにすれば、彼女とエマを同時に守ることができると考えました。それに、わたしがなんとかもちこたえていることにいらだって、ふたたび襲ってくれば、現場を押さえられるとも思ったんです」

「そして今は？」

アマリはためらってから肩をすくめた。「今でもまだ罠《わな》として使えると思っています」

「侍女のことを忘れているぞ。今ごろは、みんなにおまえが快復したことを話しているだろう。快復して動きまわっていることをな」

「ええ」アマリは苦々しげにうなずいた。「ですが、それがこちらに有利に働くかもしれません。きっとうまくいきます」決意をかためて言う。「陛下とブレイクとで、わたしはまだ体力が戻っていないが、じきに元気になるだろうとみんなに伝えてください。そうすれば、連中は必ずもう一度襲ってきます」

リチャード二世はしばらく考えてからうなずいた。「わたしの家臣たちをドアの前に立たせよう。それから――」

「いいえ！　陛下のお手をわずらわせるつもりはありません。護衛がついていたら敵は警戒するでしょう。そうなると、連中はすぐには行動を起こさないかもしれない。護衛は必要ありません。わたしがけがをしていないことはこっちに有利ですから、ここで敵が来るのを待ちます」

「それはだめだ。バートランドは臆病者かもしれんが、その母親は頭が切れる。そなたの計略はすぐに見抜かれてしまうだろう。せめてひとりは護衛をつけよう。この部屋のなかにだ」

アマリはしばらく考えてからうなずいた。

「わたしが護衛をします」みんなが振り返ると、リトル・ジョージは指輪を持った手を握りしめた。「正義がなされるところを見たいんです」

「そうしよう」リチャード二世は決断をくだした。


エマは小道で足をとめると、目を閉じて顔を上に向け、花の甘い香りを吸いこんだ。

レスターシャーの仮の王宮に着いて二日目の朝だった。彼女にとってこれまでの一日半は、悪夢のような時間だった。ただでさえ待つことは苦手なのに、何者かが夫を殺しに来るのを待つのは耐えられなかった。はじめは自分の思いつきに満足げだったアマリでさえ、なかなかやってこない襲撃者たちを待って何時間もベッドに横たわっていることに疲れてきたようだ。エマが部屋に戻るのを先のばしにしている理由のひとつがそれだった。夫はしだいに辛抱がきかなくなっている。庭でしばしひとりで過ごすのは、ちょっとした贅沢《ぜいたく》だった。ここはとても清廉で、すべてが新鮮だ。宮廷にはなじめなかった。誰もがとても冷たくて思いやりに欠け、堕落しているように思える。いったいどれだけの女性たちが、他人の夫とベッドをともにしているのだろう？　考えると頭がくらくらしそうだった。とはいえそれは、ここで行われている汚らわしいふるまいのほんの一部にすぎない。エマは食事中の会話を思い起こした。

エマの隣に座っていたレディ・マグダリンは、冷淡で辛辣で、人にショックを与えることを喜びとしているような女性だった。大広間に入ってきたレディ・アスコットをエマが用心深く見つめているのに気づくと、レディ・マグダリンは顔を寄せてささやいた。〝本当にいけすかない女よね。彼女の息子との結婚から逃げられてよかったじゃない〟そして短い沈黙のあと、さらに言った。〝彼女の侍女はどこかしら？　ここに来るまで、あのふたりは片時も離れなかったのに〟

レディ・マグダリンが侍女という言葉を皮肉をこめて強調するように言ったので、エマは尋ねた。〝レディ・アスコットの侍女のことですか？〟

〝そうよ。ただの侍女じゃないわ。宮廷での噂が本当なら、レディ・アスコットの愛人なのよ。もちろん、世間体が悪いから侍女ということになっているけれど〟

〝愛人？〟エマは驚いて息をのんだ。自分も女だから、営みに必要なあの付属物を侍女が持っていないであろうことはわかる。それなら、どうして愛人と言えるのかしら？　不思議に思い、エマがその疑問を口にすると、レディ・マグダリンは笑って、あきれたように頭を横に振った。

〝あなたって無邪気な人ね〟レディ・マグダリンはそう言って立ちあがり、別の席に移った。しばらくしてから大きな笑い声がしたのでエマがそちらを見ると、レディ・マグダリンとその隣の女性があからさまに笑いながらこちらを見ていた。

今、枝の折れる音にはっとして目を開けると、目の前に男性が立っていた。「バートランド」エマは警戒して彼を見つめた。バートランドがほほえみかけると、背筋がぞくりとした。

「おはよう、レディ・エマ。きみも庭が好きらしいな。どうやらぼくたちには共通の趣味があるようだ」

注意深く横に動いて彼の脇に移動しながら、エマはぎこちなくうなずいた。「夫のところに戻らないと。彼を放ってきてしまったから、きっと不安がっているわ」不安がるどころの話ではない。エマが、ひとりでばったりバートランドに出くわすようなところにいたことを知ったら、アマリは怒り狂うだろう。彼には、食事のとき以外は部屋から出ないよう命じられている。食事のときはまっすぐ食堂へ行き、またまっすぐ戻ることになっていた。それに加えて、アマリはブレイクにエマの見張り役を頼んだ。けれども今朝は、テーブルについたリチャード二世がブレイクに話があると言った。

ブレイクはためらったが、エマは朝食が終わったらすぐにアマリのところへ戻ると彼を安心させた。それで、ブレイクはしぶしぶ立ちあがって王のもとへ行ったのだった。王の要請を断ることはできない。

エマは本当に約束を守るつもりだった。だがレディ・マグダリンがそばを離れたあとで脂っこいチーズと茶色いパンが運ばれてきたとき、嘔吐しそうになった。一瞬、病気かと思ったが、なんとか吐き気をのみこんだ。おそらくもう何週間も不安のあまり緊張し続けているせいで、胃が敏感になっているのだろう。何かあると、まず胃がいちばんに反応する。次が頭で、すでに頭痛がはじまりかけていた。

「彼はいつも不安がるのか？」バートランドは尋ねたが、エマの当惑した顔を見ても驚かなかった。彼女が何か違うことを考えているのはわかっていた。エマの顔をさまざまな感情がよぎるのを見るうちに、バートランドの心に希望がわいた。どれもいい感情ではなかったからだ。彼女はため息をつき、顔をしかめた。どうやらエマの結婚生活は幸せではないらしい。そうなるのではないかと思っていた。ぼくよりアマリを選ぶ女がいるだろうか？　いるわけがない。ぼくは女にもてるのだから。

エマは夫を愛していない。バートランドはそう結論づけた。ギザから、エマが夜になると情熱のうめきをあげると聞いたときは愛しているのかもしれないと思ったが、それは苦悩の声だったのだろう。ギザが聞いたのは快楽の声ではない。女はそんな声をあげたりしないものだ。官能の悦びに浸って勝利の声をあげるのは男だけだ。そんなことはわかっていたはずだ。大勢の女とベッドをともにしてきたが、悦びの声をあげた者などひとりもいなかった。

エマはバートランドの質問に眉をひそめてから、頭痛を和らげようと額をさすったものの、効果はなかった。「夫のところに戻らないと」

「待て！」バートランドは彼女の腕をつかんで引き戻した。「アマリ卿の災難は聞いている。お見舞いを言いたかった」

エマは口を引き結んだ。バートランドは、本心ではほくそ笑みたかったに違いない。不愉快そうな彼女の顔を見て、バートランドは手をたたいて喜びたくなった。間違いなくエマは結婚生活に不満を抱いているのだ。バートランドの言葉が上っ面だけなのを感じとって、最近夫の身に降りかかったいくつもの災難の裏に彼ら母子《おやこ》がいると気づくことは絶対にないだろう。

「きみを妻にできるなんて、彼は実に運のいい男だ」バートランドは言った。これは本当のことだった。心からアマリを幸運だと思っているし、その幸運をじきに自分のものにしたいと思っている。

バートランドの物欲しげな顔を見て、エマはふたたび吐き気を覚えた。アマリがいなくなったらほしいものをすべて手に入れられると思って喜びを噛みしめているのだ。アマリのものをすべて自分のものにできると。

「ええ、彼は運がいいわ」彼女は衝動的に答えた。「今では公爵だし、広い領地と大勢の家臣を持っているし、もうすぐ跡継ぎもできるし」

それに対するバートランドの反応は、いつまでも思いだしては笑えるだろう。まるで脳天に斧《おの》を打ちこまれたみたいな顔をしている。彼が呆然としている隙に、エマはくるりと向きを変えて建物のほうへ戻りはじめた。頭痛はすでに和らいでいたし、不安も消えていた。もう、アマリが襲われることはないだろう。レディ・アスコットとバートランドは、そんなことをしても無駄だと考えるはずだ。アマリの跡継ぎができたというのに、わたしとバートランドの結婚を押し進めることはできない。残念なのは、それが真実ではないことだ。彼女はため息をつきながらそう思った。

エマが城に入るドアに近づいたとき、なかからレディ・アスコットが出てきて、小道をこちらへ向かってきた。エマはためらい、レディ・アスコットが目の前に来ると歩をゆるめたが、相手は冷たく頭をさげただけだった。

エマはゆっくりと歩き続けてドアを抜けてから、立ちどまって振り返った。バートランドはさっきの場所から一歩も動いていない。母親が近づくまでそのままだった。レディ・アスコットが足をとめ、ふたりが言葉を交わす。そしてこっそりあたりを見まわすと、庭の小道を進んでエマの視界から消えた。

エマは唇を噛んでしばらくためらっていたが、結局、小道を戻った。木立がはじまるところで立ちどまり、落ち着きなくあたりを見まわしてから、彼らのささやき声を追って木立のなかへ入った。

「どういうことなの?」

「彼女は妊娠しているんです。その意味はわかるでしょう?」バートランドが噛みつくように言った。

「わたしに偉そうにしないでちょうだい!」それに続いて、ぴしゃりと何かをたたく音がした。エマが枝を押しのけてのぞくと、まっ赤になった頬を押さえているバートランドが目に入った。彼の母親は杖をおろすところだった。

「すみません」バートランドが悲しげに母親を見た。「ショックだったんです。ぼくたちの努力も計画も無駄だった」

「ばかなことを言わないで。計画どおり続けるわよ」

「でも、彼女は妊娠してるんです。跡継ぎができたのに無理やりぼくと結婚させるわけにはいかない」

「流産すれば結婚させられるでしょう」レディ・アスコットが冷ややかに言った。「そんなに難しいことじゃないわ」

エマは恐怖のあまり目を丸くした。どうやっても、彼らをとめることはできないのかしら?

「母上は頭がいい」

「それを忘れないでちょうだい」

エマは顔をしかめたが、上の空だった。もう六月の終わりになってしまった——その事実にすっかり気をとられていたのだ。最後に月のものが来たのは結婚式の直後で、一カ月以上前のことだ。ただ遅れているだけよ、と自分に言い聞かせたが、自分でもそう信じることはできなかった。普段は規則正しくやってくる。でも最近はかなりのストレスにさらされているし、ストレスは月のものに影響を及ぼすと言われている。

今朝、朝食の席についたとき、吐き気を覚えたでしょう？　頭のなかでそんな声が聞こえてきてエマはたじろいだ。妊娠の兆候については熟知している。フルクと結婚して最初のひと月でひととおり勉強したのだ。頻繁に尿意を覚えることがそのひとつで、たしかにこのところその傾向があった。王宮へ向かっているときにはじめて気づいた。馬をとめて用を足す場所を探すのに苦労したからこそ気づいたのだ。

なんということかしら！　妊娠だなんて、そんなばかな！　長いこと待ち望んでいたものが、自分をひどく脅かす原因になるとは皮肉な話だった。衝動的についた嘘が、待望の子供を危険にさらすことになるとは……。

「どうやるんです？　エマの命には危険はないんですよね？」

「ええ。ギザならやり方を知っているわ。彼女はいったいどこにいるのかしら？　ここで落ちあうよう伝えたんでしょう？」

「ええ、もちろんです。たぶんわざと待たせているんですよ。傲慢な女だ。母上はよく、あんな侍女に我慢できますね」

エマはそれを聞いて体をこわばらせた。ギザがレディ・アスコットの侍女ですって？　愛人と言われている侍女のこと？　これこそ、探していた証拠だった。アマリに話さなければ。そうすれば、昼食の前には、王がバートランドとその母親を塔に幽閉するだろう。急いでこの話を伝えに行こうとした瞬間、頭のなかで何かが破裂したような痛みを覚えた。その衝撃にふらふらしながら振り返ったとき、ギザの冷たく笑う顔が目に入ったかと思うと、エマは闇に包まれた。

「エマはいったいどこに行ったんだ?」アマリは上掛けをはねのけ、部屋のなかを行ったり来たりしはじめた。

リトル・ジョージはアマリのいらだった様子を見て戸惑った表情を浮かべたが、その問いには答えられなかった。

黙ったままのリトル・ジョージをにらみつけると、アマリは窓辺へ行って外を見た。自分が動けずにいること、妻が食事をとりに部屋を出ていかなければならないことが腹だたしい。そんなことをしたら危険だとアマリは思ったが、ブレイクもリチャード二世も彼女が部屋を出ることに賛成した。その隙をねらって敵がアマリを襲撃する可能性が高いからだ。それに、バートランドとその母親が人前でエマに危害を加えるとは考えがたいというのが、ブレイクと王の言い分だった。結局、アマリは彼らの意見に同意したのだが、今、エマの帰りが遅れているという事実に心配でたまらなくなっていた。

リトル・ジョージにエマを捜しに行かせようとしたそのとき、馬に乗って城壁から外に出ていこうとする三人組が目にとまった。ふたりの女をしたがえている男を見つめるうちに、それがバートランドだと気づいた。身のこなしも小柄なところも彼にそっくりだ。そして、女のうちのひとりはレディ・アスコットによく似ている。アマリは三人目に視線を移し、不審に思った。見覚えがある気がするが、この距離からでは顔が見えない。わかるのは、エマにしては大柄だということだけだった。

アマリはふたたび男に目を戻し、その膝の上のタペストリーに注目した。あんなものを膝にのせて馬に乗るとは妙だ。しかもとても大きくて、馬の両側に垂れさがっている。そのとき、巻いてあるタペストリーのあいだから金色の小さなものが地面に落ちるのが見え、アマリははっとした。

急いで窓から離れてシーツの下に隠してあった剣をとると、ドアに向かう。

「閣下！」リトル・ジョージが叫びながら、席から立ってあとを追った。

「何事だ!?」

叫び声が聞こえたかと思うと、廊下を走ってきた男がアマリの行く手をさえぎって腕をつかんだ。「何をしている？　すべてが台なしになるぞ！」

その鋭いささやき声の意味が頭に入ってくるまでに少し時間がかかった。アマリは相手の顔を見てブレイクだとわかると、彼の外套《がいとう》の前をつかんだ。「彼女はどこだ？」

「誰だ？」

「エマだ。どこにいる？　おまえが彼女を部屋まで連れてくるはずだったじゃないか」

「陛下に呼ばれて……」ブレイクは言葉を切った。「彼女は、少なくとも三十分前には食事を終えているはずだ」厳しい顔でそうつけ加える。

アマリは悪態をつきながら、友人を押しのけて廊下を進んだ。

ブレイクも何やらつぶやきながらあとを追い、その合間に外套を脱いだ。「せめてこれぐらいは着ておけ」そう言ってアマリに外套をかけ、フードで彼の顔を隠す。そして、リトル・ジョージを振り返った。「戻って、寝室のドアを閉めるんだ！　アマリが元気なのをみんなに知られたいのか？」

リトル・ジョージはあわてて足をとめると、寝室に戻ってドアを閉め、ふたたびふたりに追いついた。

「そんなに急いで動くな、アマリ。注目を集めてしまう」ブレイクが言った。そして、階段をおりきったとたんにアマリが外に出るドアへ向かったのを見て尋ねる。「どこへ行くんだ？」

「ブレイク？」

ブレイクは足をとめて振り返り、廊下の脇のドアから出てきたリチャード二世におじぎをした。振り返ると、アマリがドアから外に出るのが見えた。

「顔をあげろ。何があった？」

ブレイクは顔をあげ、誰もいない廊下をすばやく見まわしてからささやいた。「レディ・

エマの姿が見えないのです」

「なんだと?」リチャード二世は一瞬、恐怖に満ちた目でブレイクを見つめた。それから、開いているドアと、外壁を出て厩舎へ向かう男を見た。「あれは?」

「アマリです」

「なんということだ!」王はすぐにアマリを追い、そのあとをブレイク、リトル・ジョージ、そして武装した王の家臣が続いた。

厩舎に着くと、馬にまたがったアマリがちょうど出てきたところだった。

リチャード二世は片手をあげてとまるよう命じかけたが、すでに遅かった。アマリは、悪魔に追われているかのような勢いで馬を走らせていった。

「何か考えがあるに違いない。厩舎長はどこだ? 馬がいる! 馬を連れてくるんだ!」


金色の物体がタペストリーから落ちるのが見えた場所まではすぐだったが、アマリには果てしなく遠く思えた。それが小さな室内ばきであるのは、馬からおりて拾う前にわかった。だが実際に手にしてみると、恐怖がこみあげてきて、アマリは一瞬、悲しみにわれを忘れた。

「ド・アネフォード、それはなんだ? 何を持っている?」

アマリが目をあげると、リチャード二世やブレイクたちが馬をとめるところだった。アマリは黙ったまま、室内ばきを上にあげて彼らに見せた。

ブレイクがとたんに青ざめた。「今朝、エマは金色の靴をはいていた」

「ああ」アマリは室内ばきを握りしめてすばやく鞍に戻った。「バートランドにさらわれたんだ。寝室の窓から、彼が母親ともうひとりの女と一緒に出ていくのが見えた」

「そして、エマはそなたにそれを知らせるために自分の室内ばきを落としたんだな」王が興奮して言った。

「違います。バートランドはタペストリーに巻かれた何かを運んでいました。これは、その端から落ちたんです」

リチャード二世は顔をしかめた。「待て！」バートランドを追おうと馬の向きを変えたアマリに言う。

アマリはためらった。だが、王の命令にそむくのは法に反する。胸のなかで渦巻くいらだちを抑えてアマリはとまった。

「彼らがどこに向かっているのかわかっていない」リチャード二世は静かに言った。「考えもなしに進んではいけない。まず考えよう」

「考えることなんかありません。やつらはこっちに行きました。遠くに行かないうちに追いつきますよ……急げば」

最後の言葉は、わたしへの反論だな、とリチャード二世は苦笑した。「彼らがまっすぐ進んでいなかったらどうする？　木々に隠れたとたんに向きを変えていたら？　城から丸見えだったことに彼らが気づいていないと思うか？　レディ・エマリーヌが消えたら自分たちがまっ先に疑われることを、彼らが考えなかったと思うのか？」

「たしかに」アマリはしぶしぶ認めた。王の言うことはもっともだし、自分がそれに気づくべきだった。ここまで動揺していなければ気づいただろう。動揺は命とりだ。彼が騎士としてこれまで生きのびてこられたのは、動揺しなかったからだ。二十数年生きているが、わが身のことでこんなに狼狽したことは一度もなかった。それなのに、エマの身が危険だと思うと狼狽せずにはいられない。

「自分の領地に向かっているのではないでしょうか」ブレイクが言った。「ここからそんなに遠くないし、方角もこっちです」そう言って、北をさした。

「ああ。だが、木々に隠れたとたんに向きを変えているかもしれない」リチャード二世がじっくり考えて言った。

「ええ」アマリは決意した。「でも、そこに向かった可能性が高い。バートランドの領地はあそこだけですし、エマを彼女の意思に反して連れていっているのだから、それ以外の場所では危険が大きすぎます」

　リチャード二世は家臣のひとりを呼んだ。家臣はすぐさま王の横にやってきた。「城に戻って百人の兵士を集めろ。いや、二百人だ。集まったら、われわれを追ってこい。アマリの家臣も連れてくるんだぞ」

「急げば兵士などいなくても大丈夫です」家臣が城に向かうと、アマリはいらだたしげに言った。

「バートランドの城はここから一日で行けるところにあるし、彼はわれわれの知らない近道を知っているかもしれない」王は言った。「援軍を用意しておくに越したことはない。だが、われわれは彼らを待たずに先へ進もう、ド・アネフォード」

アマリはほっとして馬の向きを変えると、妻のあとを追いはじめた。

14

目が覚めたとき、エマには何も見えなかった。息苦しく、激しい頭痛がする。暑くて汗だくで、全身が痛む気がした。ぼろぼろで埃《ほこり》っぽいものにくるまれており、体が跳ねる様子からして馬の背に乗せられているらしい。

十分後、エマがこのような状況に陥った自分にまだ腹をたてていると、不意に揺れがとまった。やがて、誰かの手が厚くてかたい生地越しに彼女をつかみ、そのまま動かした。エマを覆っているものが切り開かれたので、彼女は自分が石づくりの狭い部屋のベッドに横たえられたのを知った。

「目が覚めたな」

いきなり明るいところに出されたため目が慣れないが、声だけでバートランドだとわかった。ひどくうれしそうだ。エマは、頭を殴られ誘拐されたことに文句を言おうとしたが、かすれた声が出ただけで、言葉がつまってしまった。

「飲み物がいるな」バートランドが立ちあがってドアへ向かった。「持ってきてあげよう。

きみは休むといい。長い旅だったからね」

部屋から出ていく彼をにらむと、エマはため息をついて体を起こし、ベッドの端に腰かけてあたりを見まわした。ほとんどなにもない。彼女が座っているベッドが、この部屋で唯一の家具だった。そのほかには窓がひとつと小さな暖炉があるだけだ。エマは顔をしかめながらぎこちなく立ちあがり、よろよろと窓に向かった。たいした距離ではないのに、窓にたどり着いたときは、何キロも歩いてきたような気がした。

窓枠にもたれて外の新鮮な空気を深く吸ってから、午後の日ざしに顔を向けた。今になってタペストリーだったとわかったが、得体の知れないものにくるまれて何時間も過ごしたあとだけに、空気と日ざしという自然の贈り物に元気づけられた。じきに体の痛みが和らぎはじめ、目の前のことに集中できるようになった。

わたしは、アマリの死を望む人たちの手で塔に幽閉されている。彼らはわたしの赤ちゃんの死も望んでいる——本当に妊娠しているのならの話だけれど。

おなかに手をやり、そっと撫でてみる。痛みも圧迫感もない。馬に揺られたのがいけなかったかしら？　あんなふうに乗れば、どんな赤ちゃんだってひとたまりもないだろう。たぶん妊娠はしていないわ。エマはその可能性にしがみついたが、すぐに首を振った。今ははっきりどちらとも言えない。振り返ってみるといくつかの兆候は見られたが、どれも単にストレスのせいかもしれなかった。だが、妊娠している可能性を無視するわけにはいかない。

もし妊娠していたら、バートランドに言ったことでその子を大きな危険にさらしてしまった。彼の母親は、わたしが流産するのを望んでいる。

なんとかここから逃げださなければ。エマはそう思いながら、外の景色を見つめた。古い城で、エバーハートよりかなり狭い。塔の窓からは城の片側が見渡せた。

体をのりだして右を向くと、城を囲む塀と、跳ね橋の両側に立つ見張り塔のひとつが見えた。見張り塔にはふたりの男がついている。エマは、あたりを見まわしているのを彼らに見つからないよう頭を引っこめてから、窓の真下を見た。

地面ははるか下だった。塀のすぐ外側の堀は、おそらく城のまわりを一周しているのだろう。その先は開けていて、森までゆうに三十メートルはありそうだ。こちらから逃げることは不可能だ。空を飛ぶことはできないのだから。

エマはため息をつきながら振り返って部屋を見まわした。くすんだ石の壁に、石の床、ベッド、そしてドア。出口は窓とドアの二カ所しかなさそうだ。窓がだめならドアから出るしかない。だが、ドアが開かないのはすでにわかっている。バートランドが出ていくときに閂をかける音が聞こえた。

それなら、なんとか彼に閂をはずさせよう。階下まで連れていかせることもできるかもしれない。もちろん、それにはまず信用させなければならない。もっとも簡単なのは、わたしがアマリよりもバートランドとの結婚を望んでいると思わせることだ。難しいことではないだろう。バートランドはかなりうぬぼれが強いようだし。フルクとの結婚式のときも、昨日の宮廷でも、それが見てとれた。容易にだませるに違いない。わたしが彼を持ちあげることさえできれば。

「やらなければならないわ」エマは自分にそう言い聞かせた。「そうしないと、夫と、おなかにいるかもしれない赤ちゃんを殺されてしまうのだから」

アマリは馬をとめると、隣にとまったブレイクと王を見た。「彼らが領地に向かっているはずがありません。バートランドの馬にはふたりが乗っているから、われわれの馬より速いわけがない。もし彼らが領地に向かっているなら、われわれはとっくに追いついているはずです」

リチャード二世はしばらく黙って前方の森を見つめてから、今通ってきた道を振り返った。目を細めると、後方の小さな丘で赤い列が動いているのがわかった。王の家臣たちだ。アマリの進み方が速いので、まだ追いついていないのだ。「おそらく近道を知っているのだろう」王は言った。

「そうでしょうか？」アマリは疑わしげだ。

リチャード二世は肩をすくめた。「地図を見たところ、バートランドの領地は直線距離では近いが、途中に深い川が流れているために大きく迂回《うかい》しなければならない」

ブレイクがうなずいた。「ええ、川に着いたときに向きを変えたのを覚えています。数時間前のことでした」

王はアマリに向き直った。「その近くに、決まった季節にだけ川を渡れる場所があるのかもしれない。そうだとしたら、頻繁にここを通る者しか知らないだろう」

アマリは心配そうな顔になった。「ですが、そんな場所がなかったら？　バートランドがこっちに向かったのではなく、別のところへ向かっていたらどうするんです？」

リチャード二世はいらだって顔をしかめた。アマリとは何度かともに戦ったが、これほど優柔不断で不安げな彼を見たことはない。いったいどうしたというのだろう？「バートランドの城までは、ここから一時間ほどしかない」王はきっぱりと言った。「ここまで来たのだから、最後まで行って確かめようではないか」

「そうですね。おっしゃるとおりです」

「うむ」リチャード二世はしばらくアマリを見つめてから、頭を振った。アマリは今、冷静にものを考えられる状態にない。バートランドの領地に着いてそこにエマがいることがわかったら、間違いなく彼女に駆け寄っていって殺されるだろう。駆け寄る隙があれば。それなら、隙を与えないようにしよう。王はそう決意した。「ここからはわたしのあとについてこい」そう言って、ふたたび馬を進めた。

バートランドが戻ってきたとき、エマはベッドに座っていた。ミードの入ったグラスを持った召使いが、彼のあとから入ってくる。エマは、召使いの顔についた傷やあざにひるまないようにしながらにこやかにほほえみ、グラスを受けとった。レディ・アスコットが召使いをどんなふうに扱っているかがうかがえる。

「飲むんだ」召使いが出ていくと、バートランドが言った。「喉が渇いているだろう？」

無理に笑みを大きくすると、エマはグラスを口もとまで運んでから、夫のエールに毒が入っていたのを思いだして手をとめた。ギザが流産を引き起こす毒を入れた可能性がないとは言いきれない。

エマがためらっているのを見て、バートランドは眉をひそめた。エマはグラスをあげたままこっそり中身のにおいをかいで、飲むふりをした。特に変わったにおいはしないが、用心するに越したことはない。

飲みこんだように見せかけてからグラスを置き、バートランドに向かってほほえんだ。

「とても誇らしげなご様子ですね、閣下」

バートランドはにっこり笑った。エマの愛想のいい笑みを見て、ほっとしたように体の力を抜いたのがわかる。「そりゃあそうだろう。夢見てきたものがすべて手に入るまで、あと少しなのだから」そう言って、親指と人さし指でわずかな隙間をつくってみせた。

彼女は頭のてっぺんから足の先までまっ赤になった。怒りのせいだと自分ではわかるが、バートランドには恥ずかしがっているのだと思われるよう、首をすくめてささやく。「わたしったら、ひどい様子でしょう?」

「ああ」

彼は女性の見た目だけに惹かれるわけではないらしい。そう思いながらも、エマは手をあげて髪を整えた。髪が乱れ、巻き毛が顔のまわりに落ちてきていたからだ。ドレスも埃まみれなうえにしわだらけで、金色の生地がただの黄色に見える。顔もひどいありさまなのは間違いないだろう。計画を成功させるには、バートランドの目に魅力的に映らなければならない。

バートランドはエマが身なりを整えるのを見つめた。すべて彼のためなのだ。女はみな、彼の前に来るとめかしこむ。たいていはそれがうっとうしいのだが、今は心が躍った。エマは彼を求めている。多くの女性がそうだから彼女もそうに違いないと思ってはいたが、それが本当だったとわかって最高の気分だ。ああ……エマがほしくてたまらない。

バートランドが飛びついてきてエマは不意を突かれた。まったく予想していなかったので、ベッドに押し倒されてグラスをとり落としながら、小さな叫び声をあげることしかできなかった。

黄昏《たそがれ》のなか、一行は木々のあいだに身をひそめながら、城の様子をうかがった。

「彼女はここにとらえられている」リチャード二世が言った。

「ええ」ブレイクが王にこたえた。「跳ね橋があがり、城はかたく閉ざされています」

アマリは馬を進めようとしたが、ブレイクと王が同時に彼の手綱をつかんで引きとめた。

「だめだ、アマリ。待て」ブレイクが言った。

「待つだと？　おれの妻がつかまっているんだぞ」

「どうするつもりだ？　馬で乗りこんで門をたたくのか？」ブレイクが険しい顔で言った。

「ブレイクの言うとおりだ。兵士たちが来るのを待とう。人数が多ければ有利になる。来い」リチャード二世は馬の向きを変えてから、ためらっているアマリを振り返った。「待つあいだに休憩をとって計画をたてよう」

アマリは鞍の上で肩を落としながらうなずいた。王とブレイクの言うことはもっともだ。考えもなしに敵地にのりこむものではない。計画をたてて行動した者が最後に勝つ。それは承知している。これまで戦いで負けたことがないのもそのためだ。それなのに、今回は衝動のままに暴走しようとしていた。考えただけでも冷汗が出る。そんなことをすれば、自分も、悪くすればエマも殺されるところだった。タペストリーから彼女の室内ばきが落ちるのを見て以来、ずっとこんなふうに気がせいてばかりいる。近くで見る前から、それが妻のものであるのはわかっていた。これまで虫の知らせなど感じたことはなかったが、考えてみれば、愛する者が危険にさらされることもこれまでなかった。

愛……。頭に浮かんだ言葉に、アマリは息をのんだ。なんてことだ！　おれは本当に妻を愛しているのか？　欲望を覚えているのは間違いない。もう何週間も、血がふつふつとたぎり、今にも沸騰しそうな気がしている。エマのことが好きなのも確かだ。彼女は頭がいいし、魅力的だ。それに、この一カ月で何度か笑わせてくれた。それもわざとではなく自然にだ。いつしか彼女と結婚する前の生活が思いだせなくなっていた。おそらく灰色の日々だったのだろう。

エマが死んだら、またそんな日々に戻ってしまう。そう思ったとたん、鋭い痛みを感じた。彼女を失うわけにはいかない。愛しているのかどうかはともかく、とにかく彼女にそばにいてほしいのだ。エマを救うためなら命だってさしだすが、できればそんなことはしたくない。これからずっと、気まぐれなエマとともに過ごしたい。彼女を死なせてはいけないのだ。

アマリはふたたび城に目を向けた。エマはどこだ？　彼女の身に何が起きているんだ？　バートランドやその母親がエマに危害を加えたら、ふたりとも殺してやる。それも、ゆっくり時間をかけて。

「ド・アネフォード！」

アマリはため息をついて馬の向きを変え、王のあとを追った。少し落ち着かなければならない。冷静になって計画を練らなければ。妻を死なせはしない。おれも死なない。バートランドに彼女を渡しはしない。

「だめですわ、閣下。どうかおやめになって！」エマは、耳のまわりに熱いキスを浴びせてくるバートランドの胸を押した。「こんなこと、できません！」

「できない？」バートランドは彼女から体を離して怪訝な顔をした。「したくないのか？」

エマは目をぱちくりさせた。したくないどころか……いいえ、やめておこう。正直になっている場合ではない。逃げるためには彼の機嫌をとっておく必要がある。「もちろんそんなことはありません。でも……我慢なさってください。わたしたち、我慢しないといけませんわ」

「なぜ？」

「なぜかですって？」エマは唇を噛みながら必死で考えをめぐらせた。「わたし……月のものが来ているんです」

「ええと……」バートランドの顔に一瞬嫌悪感がよぎったが、次の瞬間、彼は眉をひそめた。「だが、妊娠しているんだろう？」

「ああ、ええ、わたし……」エマは一瞬ぽかんと彼を見つめたあと、おなかのなかで育っているかもしれない子供を守る方法を思いつき、はにかむようにほほえんだ。「まさか、信じたわけではないでしょうね、閣下？」

「なんだって？」

「閣下は聡明《そうめい》な方ですから、すべてが策略だったことはお気づきでしょう？」

「策略？」

「ええ。わたしの夫が、そういうことにしておけばあなたが彼を放っておくだろうと考えたんです」

バートランドはかすかに眉をあげた。「そうなのか？」

「ええ。でも、気づいていらしたんでしょう？　この前の襲撃で彼は死にかけました。一命をとりとめたのは奇跡です。次の襲撃は成功するだろうと彼は恐れています」アマリをひどく中傷したことを彼が許してくれますようにと、エマは心のなかで祈った。

「恐れているのか？」

「ええ。ですから、妊娠したとわたしに嘘をつかせたんです。もちろんわたしは子供なんか望んでいません」

「本当に？」

「当然ですわ、閣下。子供ができたら、あなたとの結婚をあきらめなければなりませんもの。あなたのように洗練されて……ええと、ハンサムで、聡明な方との結婚を」

バートランドは一瞬、得意げな表情を浮かべてから、目を細めた。「じゃあ、なぜ嘘をついたんだ？」

「なぜか、ですって？」

「そうだ。あのとき彼は庭にいなかった。ぼくに本当のことを言ってくれてもよかったじゃないか」

「それは……もし夫に知られたら殴られるからです」

「殴られる？」バートランドが目を丸くする。

「ええ。彼は、わたしを殴ると言って脅したんです」エマはそう言いながら自分でも驚いた。わたしは嘘を紡ぎだす名人らしい。しかもそれを楽しんでいる。

「だが、殴られてはいないね？」

「ええ」彼女は答えた。「夫は体が大きいから、一度殴られたら死んでしまいますわ」

「たしかにそうだな」バートランドはそう言ってから、しかめっ面になった。「ぼくの母は杖を使うのが好きだが、もちろんただ痛いだけで、殺されるようなことはない」

エマはどう返せばいいかわからなかったので、同情するようにただうなずいた。

「ああ、愛する人よ！」バートランドは不意に叫ぶと、エマを抱きしめた。「ぼくたちは思っていた以上に共通点が多いようだ。一緒になったらきっと幸せになれるだろう。なんとしてでもきみとの結婚を実現させるよ」それを強調するような彼のキスに、エマはひそかに身を震わせた。

「閣下、お願いですから」彼がキスをやめると、エマはすかさず言った。「月のものが」

「ああ、そうだった」バートランドはすぐに彼女から離れた。「すまない。われを忘れてしまった。あまりにうれしかったものだから」

「いいんです」エマはほっとしてつぶやいた。

「きみとベッドをともにするのが待ちきれない。やさしくするよ。二度と、アマリのような野蛮なやつの手に抱かれることはない」

「なんてうれしいんでしょう」彼女は無理にほほえんだ。「もう一杯飲み物をいただけるかしら？　さっきのはこぼれてしまったみたいだから」落ちたグラスを拾いながら言う。

「ああ、もちろんだ」バートランドはドアを開けると、大声で召使いを呼んだ。

「自分で階下までとりに行ってもいいかしら？」ドアを閉めた彼にエマは言った。

「だめだ。きみをここに閉じこめておくよう母に言われていて……」彼女が眉をひそめるのを見て、バートランドは言いよどんだ。「すまない。だが、母はなんでも思いどおりにしないと気がすまないんだ。長くはかからない。アマリが死んだらすぐに結婚しよう。きみは自由になれる」

エマは唇からもれそうになったうめき声を抑えた。自由に動きまわらせてもらえると思っていた。少なくともここから逃げだせる程度には。だが、どうやら失敗だったようだ。

彼女はため息をついて窓へ向かい、森を眺めた。堀から森まではさほど離れていない。ああ、わたしが幽閉されているこの部屋がもう少しだけ低いところにあれば……。たとえば二階にあれば、飛びおりることができたのに……。でもそれは、かなわぬ願いだった。

気落ちした様子のエマを見て、バートランドが顔をしかめた。「すまない」しばらくしてから彼は言った。「気晴らしになるようなものを何か持ってこようか？　刺繍《ししゅう》の道具とか、本でも？」

エマが答えずにいると、バートランドは悲しげにため息をつき、汚れた金色のドレスに包まれた彼女の体をものほしげに見つめた。それから、急に元気になって言った。「着替えたらどうだろう？　きみのためにドレスをつくらせたんだ」

エマがとがめるように振り向くと、彼はきまり悪そうに言った。「こういうことになるかもしれないと、念のためにつくらせておいたのさ」

彼女はため息をついて顔をそむけた。バートランドが落ち着きなく体を動かすのを感じる。

「黄色いドレスだ」彼は必死になって言った。「きみによく似合うだろう」

黄疸《おうだん》にかかったみたいに見えるでしょうね。エマは苦々しく思った。金色はいいけれど、黄色は好きではない。だが、どちらにしても違いはなかった。たとえ裸でいることになっても、バートランドがつくらせたものなど着る気はない。その傲慢なふるまいだけでも、エマにとっては断るのに充分な理由だった。彼がドレスを持ってきたら、どんなものであれ細く切り裂いてやる。それを結んでロープにして……。

「ロープ？」彼女は小さな声で言ってから、窓の下の地面を見た。

「どうした？」

エマはくるりと振り返り、愛想よくほほえんだ。「たしかに、着替えるのはいい考えですわ」でも、それだけでは地面までおりられない。ほかに何を頼めばいいだろう？「それから、ぼろきれ」

バートランドが目を白黒させた。「なんだって？」

「布きれですわ、閣下。たくさん必要なんです」

「布きれ？」

「ええ、月のもののときは……」彼がかすかに眉をひそめたので、エマはさらににっこりほほえんだ。「本当に大変なんです。前回は期間も長かったし、次から次へとあふれでて、まるでテムズ川みたいでした。だからたくさんシーツが必要なんです。本当にたくさん」

「たくさん……」彼女の下腹部に目をやったバートランドは、気分が悪くなったのか青ざめた顔をしている。そんな彼の様子を見て楽しんでいる自分に、エマは戸惑いを覚えた。

「ええ。ある晩なんて、アマリが溺れそうになるほどひどかったんです。こんなに出血するなんて話は聞いたことがないと侍女にも言われました。毎回わたしが出血多量で死なないのが不思議なくらいだと……。どうされました、閣下？ 顔色が悪いようですけれど」

「いいや」バートランドは唾をのみ、ドアのほうへあとずさりした。「すぐに運ばせよう」

よろよろと出ていくと、彼は音をたててドアを閉めた。

エマはにっこりほほえんでから、窓辺に戻って身をのりだし、城の壁と周囲の様子を調べた。まったく見張りがいないわけではない。角にひとり、塀と城の壁がぶつかるところにひとり立っているが、夜まで待てば暗くなるし、彼らも退屈になるだろうから、こちらに有利に働くはずだ。

しばらくすると、部屋のドアがふたたび開いた。召使いが飲み物を持ってきたのだ。彼女は蠟燭も持ってきていた。それを見て、もう遅い時間になっていることにエマははじめて気づいた。作業をするのに蠟燭が必要になるだろう。そこへ、もうひとりの召使いが黄色いドレスと清潔な布を持って入ってきた。約束どおり、バートランドはたくさんの布きれを用意させていた。期待していた以上の量だわ。召使いがドレスとシーツをベッドに置くのを見ながらエマは思った。

召使いが出ていってドアにもとどおり閂がかけられると、エマは緊張を解いて黄色のドレスを手にとって眺めた。やたらとひらひらしたデザインは、子供っぽくてわたしには似合わないだろう。だが、細く裂けばいいロープになる。そのあと、布きれの枚数を数えながら彼女は苦笑いした。バートランドはさっきの話を本気にしたらしい。本当に、川みたいに出血しても困らないぐらいの量がある。

顔をしかめつつ肩をすくめ、ベッドに座ってドレスを細長く裂いては結びあわせた。思ったよりも時間がかかり手が痛くなったが、ドレスが終わると、すぐに布きれにとりかかった。たたんであるのを広げてねじり、間に合わせのロープの端に結びつける。

日が沈みかけたころ、ドアの閂がはずされる音がした。エマははっとして、つくりかけのロープや布きれを毛布の下に押しこみ、ドアが開いたときには膝の上で手を組んでいた。レディ・アスコットが入ってきたのは、エマにとって驚くことではなかったが、うれしいことでもなかった。心の準備をしながら、こちらを見つめるレディ・アスコットに愛想のいい顔を向ける。

「息子から、あなたが妊娠していないと聞いたわ」

厳しい口調にひるまないようにしてエマは答えた。「ええ」

「嘘をついたのね」

「バートランド卿に説明しましたが、アマリの命令で――」

「もう聞いたわ」

エマは口をつぐんで待った。

「それから、あなたが彼を……バートランドを……愛しているとも聞いたわ」

エマは唾をのんだ。ここは慎重に進めなければならない。「そのような感情を持つほど彼のことをよく知っていたわけではありませんが、アマリよりバートランド卿のほうが好きなのは確かで――」

「また嘘をついているわね」

「わたしは……」

「ギザが言っていたわ」

予想外の言葉に、エマは体をこわばらせた。「何をです？」

「彼は夢見る愚か者みたいにあなたの機嫌をとっているって」

「アマリがですか？　そんなことはありません。彼は……」

「あなたを喜ばせるためだけに、デ・ラセイが傲慢な態度をとっても我慢して彼の言うとおりにしているそうじゃないの」

エマは目をぱちくりさせた。

「アマリは宮廷であなたに恥ずかしい思いをさせたくなかったのよ。アマリがブレイクと話しているところをギザが聞いたの」

意外だった。アマリは、追いはぎに襲われたときにたった二着しかないチュニックを破られたからだと言っていたのに。

「それに、あなたは彼との営みを楽しんでいるとも聞いているわよ」

エマはまっ赤になった。「それは……」

「毎晩、ときには朝も叫び声をあげているそうね」

エマはあんぐりと口を開けた。そんなに大きな声だったかしら？　城じゅうに聞こえていたの？　アマリと話しあわなければならない。城じゅうに聞かれていると思ったら、二度とベッドでのひとときを楽しめないもの。

「それなのに、バートランドには彼を愛していると言った。なぜなの？」エマが答えを思いつく前に、レディ・アスコットは先を続けた。「息子を利用して逃げようと思ったんでしょう？　彼はうぬぼれ屋だし、頭がよくないから、うまくいったかもしれない」考えこむように言ってから、エマを鋭くにらんだ。「わたしがいなければね。でも、いるのだから用心したほうがいいわよ。ここから逃げることはできないわ。アマリが死ぬまであなたはここにいるの。そして、彼が死んだらわたしの息子と結婚するのよ」

「わたしが生きている限り、そんなことにはならないわ」エマは怒りに任せて言った。従順なふりをしても、もはや意味がない。

「じゃあ、あなたは死ぬことになるわね」

エマは口を閉じた。

「どちらにしても、息子はエバーハート城を手に入れる。そうなるべきなのよ。あれはバートランドのものなんだから。フルクが死んだときに息子のものになるはずだったの」レディ・アスコットは不意にほほえんだ。「お互いのことがよくわかったところで、あなたをひとりにするわ。今はたいして食欲がないでしょうから、召使いには食事を運ぶ必要はないと伝えておくわね」そう言うと、背を向けて部屋を出ていった。

エマはしばらくドアをにらんでから、毛布の下から布きれを引っ張りだし、作業を続けた。そして最後の布を結びつけようとしたとき、ドアを軽くたたく音に続いて閂がはずされる音が聞こえた。

彼女は小さく悪態をつきながら、ふたたびロープを手早く隠した。ドアが開いた。今度はバートランドだった。エマは用心深く彼を見つめた。レディ・アスコットは、わたしのたくらみを見抜いたことを息子に話したかしら？　彼がかすかにほほえんでから背を向けてドアを閉めるのを見て、母親から何も聞いていないのがわかった。

ふたたびこちらを向いたバートランドは何か言おうとしたが、そこで、エマの埃まみれのドレスに目をとめた。「ぼくが運ばせたドレスに着替えていないね。気に入らないのか？」

彼女は凍りつき、自分の愚かさを呪ってから、笑みをつくって言った。「今はドレスを汚してしまうんじゃないかと怖くて。明日、入浴のあとに着ようと思うんです」

「なんて頭がいいんだ」彼はほっとして前に進みでた。「きみに食事を運ばないよう母が召使いに命じていたので、食べるものを持ってきた」ポケットからりんごとローストチキンを引っ張りだし、エマにすすめながら隣に座る。

りんごはおいしそうだが、チキンは食べられそうな代物には見えなかった。ポケットのなかの埃や糸くずがついている。エマはそれでも感謝のしるしにほほえみ、りんごをかじった。さしだされたものを見るまで、自分が空腹だということに気づいていなかった。だが考えてみれば、これから長く困難な旅が待ち受けているのだ。食料も馬もなしに、徒歩でなんとか王宮まで、それが無理ならせめて近くの城までは行かなければならない。

冷静に考えれば、そんなことが本当にできるかどうか疑わしい。かといって、ここに座って夫が死んだという知らせを待ち、目の前の役たたずと結婚しなければならないなんて想像もできなかった。それに、途中で追いはぎの集団に出くわすことだってあるかもしれない。もしそうなって話を聞いてもらえたら、報酬と引き換えに彼らに宮廷まで無事に連れていってもらおう。

「母をあんなに喜ばせるなんて、何を言ったんだ？」

エマは口からりんごを離し、いぶかしむように彼を見つめた。「喜んだから、わたしに食事を与えないよう命じたとおっしゃるの？」

「そうじゃない。それはただ、自分が主導権を握っていることをきみに見せつけるためだ。母はぼくにもよくその手を使うんだ。夕食抜きで寝ろと言ったりね。だが、きみと話してからというもの、母はずっとほほえんでいる」

エマはなかなか理解できなかった。バートランドほどの年齢の男性が、母親からにしろ誰からにしろ、夕食抜きで寝ろと命じられるなんて。でも、彼が臆病者であまり頭がよくないのは確かだ。そんな考えを頭から追いやって、エマはバートランドの質問について考えた。レディ・アスコットはわたしが何かしたからではなく、自分の計画がうまくいっているから喜んでいるのだ。だが、それはバートランドには黙っておいたほうがいいだろう。

「たぶん、わたしたちがお互いに好意を抱いているのを喜んでいらっしゃるんでしょう」彼の目を避けながら嘘をついた。

バートランドの顔が明るくなる。「ああ、きっとそうだろう」

エマはふたたびりんごをかじった。「どうやってわたしの夫を殺すつもり？」できるだけさりげなくきこうとしたが、声が緊張しているのが自分でもわかった。だが、バートランドは気づいていないようだ。

「それはアランデル大司教に任せてある」

エマはりんごを喉につまらせそうになった。「大司教ですって？」

「そうなんだ。彼は母の友人でね。宮廷で毒を飲ませることになっている。もう終わっているかもしれない。今にも知らせが来るだろう。知らせを受けとったら、ぼくたちは結婚できる」バートランドはほほえんだあと、ため息をついた。「もう行かなければならない。ぼくがいないことに母が気づかないうちに。ぼくがここに来たことを知ったら母は怒るだろう。今夜は誰もきみに会ってはいけないと言われているんだ」彼は立ちあがり、エマにキスをしようと身をかがめたところで彼女の脇に置いてある最後の布きれに目をとめ、つらそうな笑みを浮かべながらあとずさりした。「結婚はあと一日二日待ったほうがよさそうだな。そのほうが初夜を楽しめる」

エマは、バートランドの背後でドアが閉まるまで顔をしかめるのを我慢した。ドアが閉まると、りんごをベッドの上に落とし、ロープを引っ張りだした。彼から最後に聞いた情報のせいで、すっかり食欲がなくなっていた。アマリが死んでいるかもしれないと思うだけで、恐怖で胃がひっくり返りそうだ。それについては考えまいと心に決めて、最後の布きれをロープに結びつけ、立ちあがって窓へ向かった。

外はまっ暗になっていた。暗すぎて、どこまでが壁でどこからが地面かもわからない。窓の外は底なしの地獄のようだった。

エマは顔をしかめると、ベッドのシーツをはがしてロープの端に足した。そして結び目をひとつひとつ確かめた。それが終わると、大きく息を吸いこんで勇気をかき集めてから、ロープの片端をベッドの柱に結びつけ、窓辺に戻って身をのりだして見張りを見た。見張りの男たちは互いに遠く離れたところから大声で話をしていた。しばらく様子をうかがったが男たちがそれぞれ相手から目を離さないので、彼女は意を決してロープを落とした。ロープは暗闇に消えながら壁にぶつかった。大きな音ではないものの、エマは不安になってもう一度見張りを見た。彼らは気づいていないようだ。

彼女はしばらく待ってから、片足を窓の縁にかけた。ふたりの見張りのうちのどちらかがこちらを見て、闇のなかに金色のドレスを見つける可能性がある。ロープをつくりながらそんな危険についても考えたが、どうすることもできなかった。もっと暗い色のドレスを着ていなかったのは残念だ。アマリが黒い服をいっさい着せたがらなかったのだ。機会があったら、まっ先にそのことで文句を言ってやるわ。彼がすでに死んでいるかもしれないことは考えないようにしよう。アマリが死んでいるはずがない。彼の未亡人になるなんてありえない。それは、バートランドと結婚したくないからだけではない。いつしかアマリとともにいることがあたり前になっていた。彼と愛を交わすことも。アマリに触れられると膝の力が抜け、彼にほほえまれると、朝がいっそう明るく感じられる。アマリがいなければ、世界は灰色だろう。

そんなことを考えていると、窓からロープにつかまっておりようとしている事実から気をそらすことができた。エマはちらりと横を見て、まだ見つかっていないのを確認した。もし見つかったらどうしたらいいのか、自分でも考えてはいなかった。城壁を蹴って堀のなかに落ちれば、追っ手の目を避けて森のなかに逃げこめるかもしれない。エマはロープの先端を片腕に巻き、両手でロープを握ると、窓から飛びおりた。

15

落ちる距離はそんなに長くなかったが、腕に巻きつけたロープがくいこんできた瞬間、エマは自分の間違いに気づいた。痛くてたまらなかった。窓の下で大きく揺れながら、悲鳴を押し殺し、しっかりとロープにつかまる。目の前のかたい石の壁に神経を集中させることで、腕の痛みを忘れようと努めた。だが、まるで火がついたように痛い。

いくらかでも痛みが和らぐのを待ったあと、彼女は見張りのほうに恐る恐る目をやった。ふたりはまだ話をしていたが、会話がいつまでも続くわけではないのはわかっている。唇を噛んで痛みと声を抑え、手ひとつ分だけロープを伝いおりた。ふたたび動きをとめたあと、また少しおりる。そうやって、今にも見張りが気づいて大声で叫ぶのではないかと怯えながら、壁を数センチずつおりた。腕と肩の筋肉が悲鳴をあげ、その声が頭のなかに響くような気がしたけれど、壁を半分ほどおりたころにはそんなことを心配するのもやめた。暗闇のなかでは、見張りにこちらの姿は見えないようだ。

ロープをつかもうと下におろした手が空をつかんだとき、エマは自分がロープの端までおりていることに気づいた。体をこわばらせて下を見る。目を細めてしばらく見つめるうちに、やっと地面がぼんやりと見えてきた。どうやら、壁の三分の二ほどおりたところにいるらしい。つまり、あと三分の一おりなければならないのだ。ロープなしで。一瞬、強い恐怖を覚えたが、それを押し殺して自分がとるべき選択肢を考えた。

ロープをのぼって牢獄《ろうごく》のような部屋に戻るのがひとつ。

「それは絶対にないわ」彼女はつぶやいた。

地面に飛びおりるのがふたつ目だが、脚を折る可能性がある。骨折したら、逃げるのに苦労するだろう。

エマはふたたび地面を見てから堀に目を向けた。そちらにならいつでも飛びおりられる。だがそこまで考えて、彼女は思わず鼻にしわを寄せた。ロープをおりはじめたころから、堀からの悪臭を感じていた。今や、そのにおいは耐えられないほど強くなっている。その大元に飛びこむと思うとぞっとした。だが、夫の死を目のあたりにすることを考えればそうも言っていられない。彼女は顔をしかめてふたたび下をのぞきこんだ。堀に飛びこめば、間違いなく水音を聞かれてしまう。少なくとも誰かが見に来るだろう。つかまる前に堀から這いあがって森にたどり着かなければならない。ほかにどうしようもない。エマは心を決めたあとも、まだしばらくためらっていた。

そのとき頭上から怒鳴り声がして、彼女は見あげた。塔の窓に、バートランドの影が見える。どうやら、またこっそり会いに来たらしい。

エマは壁のほうを向くと、大きく息を吸ってから壁を蹴り、同時にロープから手を離した。まるで石になった気分だった。異臭のする堀のなかに落ちた瞬間、ドレスが顔の上までまくれあがる。思ったよりも堀は深く、底につくまでの時間が永遠に思われた。もっとも、今は何もかもが時間がかかりすぎる気がする――自分を捜しに大勢の見張りが門から出てくるさまを頭に描きながらエマは思った。堀の底に足がつくと、底を蹴って水面に浮かびあがった。だが、悪臭を放つ空気を充分に吸わないうちに、ドレスの重みでふたたび沈んだ。

もがいたが、水面にあがることができない。苦しくて胸が焼けつくように痛む。彼女は必死でドレスを引き裂いてふたたび水面に顔を出した。吸いこんだ空気は強烈なにおいがしたにもかかわらず、エマには薔薇の香りのようにかぐわしく感じられた。

さらに息を吸ってから、腐った水のなかを堀の外側へ向かった。塀の上からエマを捜す見張りの叫び声が聞こえてくる。同時に、跳ね橋をおろす音も聞こえた。

あと少しで堀の縁に着くというとき、片方の足に何かが触れるのを感じた。何か生き物――あるいはその死骸――が堀のなかにいると思い、彼女は大あわてで岸の芝生をつかみ、震える体を水から引きあげた。芝生にあがりながら身震いしたかったが、そんな時間はない。立ちあがると、こちらへ向かって跳ね橋を走ってくる男たちを振り返りながら森に走った。

森の手前まで来たとき、木々のあいだから大柄な男たちが現れて行く手をさえぎった。エマは驚いて立ちどまると、横に逃げようと向きを変えた。

「エマ!」

その声に動きをとめ、声のしたほうを振り返った。だが、見えるのは兵士たちの黒い影だけだ。そのなかからひとりが前に進みでた。輪郭がアマリに似ている気がするが、あたりが暗くてよく見えない。そのとき、誰かが松明に火をつけて高く掲げ、エマの追っ手は戸惑って速度を落とした。松明を掲げているのはブレイクだった。その隣にアマリが、そしてアマリの隣にはリチャード二世が立っていた。彼らの両側には、果てしないほど長い兵士の列が続いている。

エマは安堵のあまり泣きながらアマリの胸に飛びこんだ。

アマリは反射的に両腕をあげて、妻を胸に受けとめた。塔の窓に彼女の姿を認めたときほどほっとしたことはなかった。アマリたちのあとを追ってきていた兵士たちも、ちょうど彼女の姿が見えたときに追いついた。全員が静かに立ったままエマを見つめた。

蠟燭の明かりのなかに金色のドレスが見え、妻が少なくとも生きているとわかったとき、アマリはほっとして脚から力が抜けそうになった。ところが次の瞬間エマが窓から飛びおり、アマリは心臓がとまりそうになった。落ちた体が少し上に戻り、彼女がロープにぶらさがっているのがわかったときは、本当に脚の力が抜けた。ブレイクと王がすかさず腕をつかんでくれたおかげで、なんとか立っていられたほどだ。エマが少しずつ地面に近づくのを見守るそれからの数分は、まるで地獄のようだった。ほとんどの男が尻ごみするようなことをエマがしているのを、全員が息をのんで見つめた。森のはずれからでは何もできないと、誰もが無力感を覚えていた。

彼女が壁を半分ほどおりたころには、アマリの額には汗が浮き、強く握りしめていた手は痛くなっていた。不意にエマの動きがとまったとき、彼は何か不都合が起きたのだと思った。それでも、彼女が堀に飛びこむことを予想した者は誰もいなかった。彼らは一瞬、その場に凍りついた。やがてエマは堀からあがると、何事もなかったかのように芝生を走りはじめた。はじめは、アマリたちのほうにまっすぐ向かってきた。そこにいるとわかっているかのようだった。だが、彼女はそれがアマリたちだとは思っていなかったらしく、不意に向きを変えた。

今、アマリはエマの頭のてっぺんにキスをしたが、彼女から漂うにおいにはっと体をこわばらせた。ちらりと横を見ると、リチャード二世も気づいたらしく、鼻の前で思いきり手を振りながらあわててあとずさりしている。ブレイクは、松明を持ったまま大きく二歩離れたところに立っていた。

そのとき蹄の音がして、アマリは跳ね橋を馬で渡ってくるレディ・アスコットに気づいた。すぐ後ろにバートランドが続いている。足をとめていた追っ手たちは、彼らの数メートル前でためらっていたが、すぐさま女主人のために道をあけた。

「ド・アネフォード、おかげで、あなたの妻とあなたの両方を捜す手間が省けたわ」ゆっくりとそう言うと、彼女は息子を見た。「彼を殺しなさい」

バートランドはしばらく途方に暮れた様子を見せたあと、自分の馬の前に立っている男たちに命じた。「アマリを殺せ。だが、レディ・エマには手を出すな」

男たちは戸惑った顔で立ちつくしていた。彼らは王を見ていた。それにすでに闇に目が慣れているので、自分たちが大勢の敵と向きあっていることがわかっている。誰も動こうとしなかった。

「聞こえなかったの、バートランド?」レディ・アスコットがいらだって言った。「何をためらっているの? あの男を殺しなさい!」

「わたしがここにいることと関係あるのかもしれないな」リチャード二世が一瞬、松明の明かりのなかに踏みだしたが、鼻にしわを寄せると、すぐにブレイクの反対側に移って、アマリとエマからできるだけ遠くに離れた。それから、ほっとしたようにレディ・アスコットにほほえんだ。その笑みとともに王の兵士たちがレディ・アスコットの家臣たちをとり囲む。

さすがのレディ・アスコットも青ざめたものの、なんとか自分を守ろうとして言った。「陛下……なんというううれしい驚きでしょう。わたしたちは、ただ……」

「人質をまたとらえようとしたのだろう?」リチャード二世が茶化すようにあとを引きとった。

「いいえ、まさか。レディ・エマはお客さまですわ」

「あんたのところの客はみんな、窓から逃げだしたりするのか?」ブレイクがにこりともせずに言った。

「冒険好きな人だけよ」レディ・アスコットが噛みつくように答えた。

アマリは従者を振り返って命じた。「妻を馬のところまで送ってくれ」

「いやよ」エマは体を離して夫を見た。「アマリ……」

「バートランドとその母親はわれわれがなんとかする」新たに漂った悪臭に顔をしかめてアマリは言った。

「聞いて。ギザはレディ・アスコットの侍女なの。彼女たちはわたしを殴ってつかまえたのよ。そして、アランデル大司教が宮廷であなたに毒を盛ることになっていた。そのあとで、わたしをバートランドと結婚させるつもりだったのよ」エマはバートランドを指さして言った。

「わかったよ。さあ、オールデンと一緒に行ってくれ。きみは服を着ていないも同然じゃないか」妻を従者のほうにやさしく押してから、アマリはレディ・アスコットとその息子に向き直った。

エマはしかめっ面で夫の背中を見つめてから、従者のほうを向いた。

「奥さま、まいりましょう」オールデンは前に進みでてエマの腕をとると、森のなかへと導いていった。

バートランドは、自分が恋い焦がれた女が木々のあいだに消えていくのを見送った。ぼくのほしいものすべてを村娘の庶子が手に入れるとは、なんと不公平なことだろう。彼はため息をつき、馬からおりた。今すべきことははっきりしている。

バートランドがいきなりリチャード二世に走り寄ると、アマリとブレイクが王を守るように剣を抜いた。バートランドは足をとめて王に言った。「どうかお許しください、陛下。ごらんのとおり、わたしは何も関係ありません。すべては母のしたことです」

「バートランド！」息子が自分をさし示すのを見てレディ・アスコットは怒り狂って叫んだが、バートランドはそれを無視した。

「わたしは母の言いなりになっただけです！　レディ・エマ同様、被害者なのです！」

ブレイクとアマリは顔を見あわせて苦笑した。だが、リチャード二世はそれほど愉快に思わなかったようだ。

「泣き言はやめろ！　おまえもこの策略にしっかりかかわっているはずだ」王が合図するとふたりの家臣が前に出てバートランドをとらえた。リチャード二世はレディ・アスコットと向きあった。ブレイクとアマリは剣をおろし、やはりレディ・アスコットのほうを向いてにらみつけている。

しばらくのあいだレディ・アスコットは三人の非難のまなざしを黙って受けとめていたが、

とうとう叫ぶように言った。「ギザよ！　すべて彼女のしたことなの。わたしはただ彼女に、いとこのデ・ラセイに頼んでエバーハートに連れていってもらい、あなた方を監視するよう命じただけ。あなたに毒を盛ったのは、彼女が勝手にやったことよ。エマを殴ったのもギザ。エマがわたしたちの話を盗み聞きしているところを見つけて……」レディ・アスコットの必死の言い訳は突然とぎれた。当のギザが前に進みでてきて、レディ・アスコットのスカートをつかんで馬から引きずりおろしたからだ。ギザは女主人を盾にし、その喉もとに短剣をあてた。

「わたしたちはお互いに忠実なはずよ」ギザがレディ・アスコットに向かって苦々しげに言いながら、短剣を強く押しあてる。その切っ先から一滴の血が流れるのを見て、アマリは近づこうとした。「やめなさい、ド・アネフォード。あなたには九つの命があるかもしれないけれど、どうやらこのレディはそうではないみたいよ」

アマリは足をとめたが、わざとらしい脅しに肩をすくめた。「それなら殺せばいい」レディ・アスコットがうめき声をあげると、彼は彼女に目を向けてさらに続けた。「おれは痛くもかゆくもないからな。彼女だっておれを殺そうと躍起になっていたわけだし。それに、彼女が死ねばおまえは盾を失う」

ギザは口をゆがめ、女主人をつかまえたままあとずさりをはじめた。レディ・アスコットの家臣たちが道をあける。「どうやらわたしはまた間違いを犯してしまったらしいわね」ギザが言った。「ひとつ目の間違いは、このずる賢い雌犬をあがめてしまったこと」

「そしてふたつ目は、おれを甘く見たことだ」アマリはギザを追いながら言った。

「そうね。でも、もう間違いは犯さない」そうつぶやいて後ろを振り向いたギザは、堀に近づいているのに気付いて足をとめた。そして、アマリが急いで飛びだしてくるのを視界の隅でとらえながら向きを変えた。レディ・アスコットが暴れだし、ギザはよろけた。短剣が喉もとを切り裂いた瞬間、女主人の動きはとまったが、ときすでに遅かった。ギザは体勢をたて直すことができないまま、レディ・アスコットもろとも堀に落ちていった。


女たちがよろけはじめたのを見て、アマリは大声をあげた。近くにいたレディ・アスコットの家臣が前に出て、せめて女主人だけでも助けようとしたものの、堀に落ちる前につかまえることはできなかった。彼女たちが暗い水のなかに姿を消すと、男たちは黙って立ちつくしたまま、どちらかがふたたび水面に現れるのを険しい顔で待った。

アマリは、半円を描いて立つ男たちのあいだから前に飛びだした。そしていちばん近くの男から松明を奪うと、しゃがんで堀を照らした。堀はまっ黒だった。水面には泡ひとつ水紋ひとつたっていない。まるで、堀がふたりをのみこんでしまったかのようだ。

「誰かがもぐって捜すべきだろうか？」ブレイクが隣に来て言った。

レディ・アスコットの家臣たちは、頭がどうかしているのではないかと言いたげにブレイクを見た。

「奥さまは亡くなった」家臣のひとりが言った。「落ちるときに、侍女に喉をかき切られたのだ」

「そうだ」別のひとりが言った。「それに、奥さまを殺した女を助けるためにあのなかに飛びこむ気にはなれない」

ほかの男たちもぼそぼそと同意した。アマリは顔をしかめて水面を見つめたまま立ちあがった。

「ドレスの重みで沈んだままになるだろう」リチャード二世がアマリの隣に来て、悪臭を漂わせる水面を見た。「これで厄介払いができた。殺人者を助けるためにわたしの家臣の命を危険にさらすつもりはない」

「エマが助かったのは奇跡だな」ブレイクがつぶやいた。

「ああ」アマリは重々しくこたえた。「死体が浮かびあがるまで、ここに見張りをつけておけ」それから王を見た。「バートランドはどうします?」

「国から追放する。とりあえず今は、彼にも見張りをつけておこう。明日になったら、船に乗せてフランスかイタリアに送ればいい」リチャード二世は肩をすくめた。「いずれにしても、彼はもう脅威にはならない。土地も富も勇気もないのだから、二度とわれわれを悩ますことはないだろう」

アマリはうなずいた。「では、アランデル大司教は?」

リチャード二世は唇をすぼめた。「どうもしない。大司教の職を続けさせる」苦々しく言ってから、アマリたちの落胆した顔を見てつけ加えた。「アランデルなら、信用できないとわかっているからわたしも身を守りやすい。新たに誰かを任命しても、その人物が信用できるかどうかわからないからな」そう言うと、アマリとブレイクに考えさせるように少し間を置いた。「それに、アランデルには友人が多い。その多くはレディ・アスコットとその息子のような連中だ。伝聞証拠だけではアランデルをすんなり追放することはできないし、今のわれわれがつかんでいるのは、バートランドからレディ・エマリーヌを通じてわたしに伝わった証拠だけだ。アランデルには計画を実行する時間がなかった。だから、われわれには証拠がないのだよ」

ブレイクはうなずくとアマリを見たが、彼はすでにそこにいなかった。妻を捜しに行ったのだろう。大声で命令をくだす王の声を聞きながら、ブレイクはひとりほほえんだ。

「彼らは、ふたりが死んだと確信しているんだな?」

エマは驚いていいとこのロルフを見た。レディ・アスコットとその侍女が死んでから三週間近くがたっていた。エマとアマリは、脱出の翌朝に王宮へ戻った。彼女は、すぐに荷物をまとめて領地に帰るものと思っていた。だがリチャード二世は、エマが事件でストレスを受けていないことや、堀に飛びこんで風邪をひいていないことがはっきりするまであと数日滞在するよう強くすすめた。

　数日が数週間に長引いたのち、やっとふたりは解放されて領地へ向かうことができた。エバーハート城に帰ってきたのは昨日のことだ。ちょうどいいタイミングだったようで、今朝目覚めたとき、エマはロルフとウィカム司教が城に向かっているという知らせを聞いたのだった。

　彼女が階下におりると、ロルフと司教はすでにテーブルについて食事をとっていた。エマはふたりに愛想よく挨拶をしてから、まずはじめに、宮廷での最新の噂話をふたりに話した。エマと夫が宮廷にいるあいだ、ロルフと司教はいなかったのだ。〝ふたりは宮廷の用事でスコットランドに行っている〟彼女が尋ねたとき、リチャード二世はそんな説明しかしてくれなかった。

　宮廷で聞いた噂話を披露し終えると、エマはバートランドとその母親との出来事を話した。そして今、心配顔のいとこに向かってほほえんでいた。

「ええ。レディ・アスコットは、わたしたちが王宮へ向かった翌日に堀に浮いているのが見つかったそうよ。それからギザは……」彼女は言葉を切って口を引き結んだ。セバートがこちらに向かってくるのが見えたのだ。彼の表情は、決然としていると同時に惨めそうでもあった。

エマはすぐに話を中断した。彼女たちが戻って、ギザがたくらみにかかわっていたことを伝えてからというもの、セバートはずっと意気消沈している。自分は利用されていただけだと確信し、ギザとの話の大半がエマとアマリについてだったことに気づかなかったわが身を責めた。あなたのせいではないといくらエマが言っても、セバートを慰めることはできなかった。時間の経過とともに心の傷や罪悪感が和らぐことを祈るばかりだ。

セバートはまっすぐテーブルに向かってきたが、エマに近づく代わりに司教の脇で足をとめた。「司教さま、すでに退任されていることは存じていますが、今はガンプター神父が不在です。それに、司教さまは前回ここにいらしたときに告解を聞いてくださいました。どうか、わたしの告解を聞いていただけないでしょうか……もう一度」

「もちろんだよ」ウィカム司教はすぐに立ちあがった。「ほかにもひとりかふたりは、告解をしたい者がいるだろう」明るく言うと、司教はセバートの背中をたたきながらテーブルを離れた。

ふたりが出ていくと、ロルフも席を立った。「悪いが、ブレイクを捜しに行く」

エマは意外に思いながらいとこの後ろ姿を見送った。ロルフがなぜ、アマリの親友を捜すのかしら？　わたしの知る限り、わたしがアマリと結婚するまでロルフはブレイクに会ったことがなかったはずだ。気になるわ。彼女はひそかに肩をすくめると、モードを捜すために立ちあがった。庭ではとれない薬草がほしかった。つわりを防いでくれる薬草だ。

エマはまだ平らなおなかに手をあててほほえんだ。今では、本当に妊娠していることがわかっていた。ありがたいことだし、ある意味奇跡だとも言える。タペストリーにくるまれての旅を生きのびることができたのだから。つわりが来て、はじめてエマは確信した。もう三週間、吐き気に苦しんでいる。だがアマリは、王宮にいるあいだは毎朝早く起きて王に仕えていた。目覚めたエマが苦しむのを彼が目のあたりにしたのは、今朝がはじめてだ。アマリはひどく心配して、彼女を抱きしめながら次から次へと悪態をついた。やがてエマの胃が落ち着くと、ベッドに寝ているよう言い渡した。大広間におりて客に挨拶するのを許してもらうのに、とてつもなく時間がかかった。つわりだと説明すれば彼も安心したのだろうが、話す気になれなかった。

それはもちろん、アマリとベッドをともにするためだ。夫婦の営みができなくなるのは、どうしてもいやだった。赤ん坊をつくる必要がなくなっても、ベッドでの行為を楽しんだっていいはずだ。だが、夫はそうは考えないかもしれない。そしてわたしは、これからの七カ月、彼の体に包まれることもなく、彼の愛撫に慰められることなく過ごさなければならなくなる。それがいやで、エマは妊娠したことをなるべく長く秘密にしておくつもりだった。そのために薬草が必要なのだ。わたしが毎朝吐き気とともに目覚めていたら、アマリだって気づいてしまうだろう。

厨房でモードを見つけ、馬の用意をさせるよう頼んだ。それから、弓と矢をとりに寝室に戻った。身を守るためではない。アマリは護衛をつけろと言うだろうが、彼も今ではエマの弓の腕前を知っているから、少し練習してもかまわないだろうと思ったのだ。

部屋に入ると、ベッドの足側にある物入れに向かい、なかを探った。ちょうど弓を見つけたとき、背後でドアが閉まる音がした。ひざまずいたまま振り返ったエマはまっ青になった。

「奥さま」

皮肉っぽいその言葉に、エマは弓をつかんでゆっくり立ちあがり、憎しみの目でこちらを見ている女性と向きあった。「生きていたのね」

ギザは片方の眉をあげた。「驚いていらっしゃらないようですね、奥さま」

「わたしが堀に落ちて生きのびたんですもの、あなたが生きのびても不思議はないわ」

「でも、わたしがここにいることには驚いていらっしゃる」

エマはうなずいた。「頭のいいあなたがここに来るとは思わなかったわ。もっと自分の命を大事にすると思っていた」

「命？」ギザは吐き捨てるように言い、右手をぐいと動かしてエマの目を引いた。そこにはナイフが握られていた。「わたしはもう死んだも同然です。あなたが何もかも台なしにした。何もかも！」

エマは急いで壁まであとずさりし、ギザが近づいてくると今度は脇に動いた。物入れの端まで動くと、ギザと向きあい、彼女がすぐ近くまで来るのを待つ。ギザが充分に近づくと、エマは弓で殴った。

弓はギザの頬を直撃し、彼女はよろよろと数歩さがった。その隙に、エマはベッドのほうへ逃げた。逃げられるのがそちらしかなかったのだ。そのとき、ギザがベッドをまわってきてエマの行く手をふさごうとした。エマはベッドのカーテンを開き、反対側に移ろうとした。だが、向こう側のカーテンにもう少しで手が届くというところで、ギザがドレスをつかんで思いきり後ろに引き戻した。

エマは悲鳴をあげながら振り向いた。怒りに燃えるギザの顔を見て、ふたたび弓で殴りかかった。

ギザはエマのドレスを放し、殴られる前に弓をつかんだ。

エマは弓をあきらめ、ベッドのカーテンから飛びだして、ちょうど寝室のドアを開けて入ってきたアマリの腕の下をすり抜けた。

廊下に出たとたんに足をとめ、振り返って警告した。だが、その必要はなかった。カーテンから出てきたギザに向かって、アマリはすでに剣を抜いていた。ギザはその顔に満足げな色を浮かべたかと思うと、彼を見て、剣の先端に向かって突進した。

16

おぞましいにおいに、エマは目を覚ました。まばたきをして目を開き、咳《せ》きこみながら手をあげて、悪臭を振り払おうとする。実際のところ、バートランドの城の堀よりひどいにおいだ。

「ああ、神さま」モードがため息をついて、いやなにおいのする液体をエマのそばから離した。

エマは、侍女がボウルを置くのを苦々しく見つめた。それから息をついて、ベッドのまわりから心配そうに自分を見つめている人々に気づいた。ふと、結婚初夜のことを思いだす。またしても、入れるだけの人がこの部屋につめかけていて、あぶれた人々はドアの外からのぞきこもうとしていた。

「何があったの？」

「きみは気を失ったんだよ」アマリが心配そうに言った。

「本当に？」エマは困惑して片手を頭にあげたが、ふと気を失う前に何があったかを完璧に思いだした。「ギザ！」

「彼女は死んだよ」アマリがすぐさま言った。

エマは、ドアの横のギザが死んだ場所に目をやった。

アマリがさらに言った。「もう運びださせた」

「そう」

「きみは、彼女が溺れ死んだと言っていたじゃないか」ロルフが責めるようにエマに言った。

「死体が見つかったと」

「違うわ。レディ・アスコットが見つかったと言ったのよ。ギザは見つかっていないと言いかけたときに、話をさえぎられてしまったの」エマはため息をついてから、体を起こそうとした。「起きなくちゃ」

「いや、休まなければだめだ」アマリがきっぱりと言って彼女を寝かせた。「きみは病気なんだから」

「病気じゃないのよ」静かに言って彼を安心させてから、エマは体を起こした。

アマリがふたたび彼女を寝かせた。「朝、吐いていたじゃないか。この数週間の出来事で体が弱っているんだ」

「弱ってなんかいないわ」エマはもう一度起きようとしたが、今度はロルフの手で戻されてしまった。

ロルフは鋭い目をアマリに向けた。「吐いたのか?」

アマリは険しい顔でうなずいた。「ああ。苦しそうに吐いていた。死んでしまうのではないかと思ったよ。だから、モードが厩舎係にエマの馬に鞍をつけるよう命じているのを聞いて、ここに来てみたんだ」それからエマに顔を向けて言う。「馬には乗るな。きみは病気なんだ」

「病気じゃないの!」エマは頑固に言うと、またしても体を起こした。

「彼女を興奮させているぞ、アマリ」ブレイクが心配そうな顔で言った。「病気なら、興奮させるのがいちばんよくない。休ませなければ」

「そのとおりです、閣下」リトル・ジョージも低い声で言った。「休めば治ります」

「そうさせようとしているのがわからないのか?」アマリは彼らに向かって吠えるように言うと、妻をまたベッドに寝かせた。「きみは病気だからベッドから出るな」

「病気じゃないってば!」

「つべこべ言うんじゃない。きみは病気で、よくなるまでベッドに寝ているんだ」

「寝ないわ」七カ月半もベッドに縛りつけられることを想像し、エマはいきりたった。子供が生まれてくるまで七カ月半。わたしの体に問題があるとしたら、それは妊娠しているからにすぎない。ちょっとしたつわりとめまいのために、七カ月半もベッドに横になっているなんて。

「おれが寝ていろと言ったらそうするんだ」アマリは鋭い目で彼女をにらんで言った。「きみに見張りをつけて――」

「妊娠しているのよ」エマはしかたなく白状した。

彼女のそばにいた人たちが、不意に静かになる。

「なんとおっしゃいました？」料理人がドアの横から尋ねた。

セバートが少し首をのばし、人々の頭越しに答えた。「レディ・エマは、もうすぐお子さまが、お生まれになるとおっしゃったんだ」

「なんだって？」アマリの家臣のひとりが廊下から叫んだ。

料理人は笑顔で家臣を振り返った。「妊娠しているんだ！」

その言葉に、ベッドから離れたところや廊下にいる人々のあいだから、喜びと不安の入りまじった声があがった。

「それなら、もう廊下を走りまわったり踊ったりなさってはいけないとお伝えしてくれ」誰かが叫び、部屋じゅうの人々がうなずく。

「休ませてさしあげろ」別の声が言った。

その言葉に、エマはあっけにとられた顔のアマリからロルフに顔を向け、懇願するように見つめた。いとこも夫同様あっけにとられた様子だが、彼女の顔を見て言わんとするところを察してくれた。

「たぶん……」ロルフはそこでいったん咳払いをした。「ふたりきりにさせるべきだろう」きっぱりと言う。

最初に動いたのは料理人だった。ドアのそばからエマにほほえみかけると、手をたたいて廊下に向かった。「お祝いのごちそうをつくろう」

「わたしはエールを多めに用意するわ」飲み物係がそう宣言して料理人に続いた。

「喉が渇いた」ブレイクがつぶやいて、ドアに向かった。

「ああ」ロルフ、リトル・ジョージ、セバートもブレイクにしたがう。

「何も問題はないだろう」ウィカム司教がつぶやいて、やはりドアに向かった。

エマとアマリを残してドアが閉まると、彼女はため息をついて自分が座っているシーツを見おろし、落ち着きなくもてあそびはじめた。「赤ちゃんのこと、うれしくないの？」

「うれしいさ」アマリは力なくベッドの脇に座り、頭痛がするかのように片手を頭にあてた。

エマは不満そうな顔をした。「いいえ、あなたは喜んでいないわ」

「喜んでいる。ただ……きみがあまりに華奢《きやしや》だから」彼は不安げに言った。

「まあ、閣下」自分の体のことを心配してくれていると知って、エマはアマリの手を両手で包んだ。実際、出産で命を落とす女性は多い。「たしかに背は低いけれど、身長はあまり関係ないのよ。赤ちゃんを産むのに大事なのはヒップの大きさなの」安心させるように言った。

アマリが彼女のヒップに目をやる。それでも彼の顔から不安は消えなかった。「小さなヒップだ」

「そんなことないわ！」エマはベッドからおりると、アマリの前に立って彼の手を自分のヒップにあてた。「大きいわよ。赤ちゃんが生まれてくるには充分だわ」

「確かか？」アマリが彼女の目を見あげた。

「間違いないわ。すべてうまくいくわよ」エマは身をのりだして彼の唇にやさしくキスをした。

「ああ、エマ」アマリはうめくと、彼女を腕のなかに引き寄せてしっかり抱いた。「きみはおれを幸せにしてくれる。だから、きみを失うのが怖いんだ」

「失ったりしないわよ」エマは彼の胸に向かってそっとささやき、抱擁に身を任せた。妊娠しているあいだも、少なくともこうやって抱いてはくれるだろう。それで満足しなければ。

彼女は暗い気持ちでため息をついたが、アマリが少し体を離して顔をのぞきこんだので、無理に笑みを浮かべた。アマリが頭をさげて情熱的なキスをする。

エマは彼の首に腕をかけて引き寄せ、キスを返した。そして、アマリがドレスの上から体を撫ではじめると、驚いて押しやった。

「何をしているの？」戸惑いながら尋ねる。

彼は目を見開いた。「わかるだろう？」

「でも、おなかに赤ちゃんがいるのよ」エマは急いで言った。

アマリは手をとめた。不安が彼の顔をよぎる。「赤ん坊に害はないだろう?」

「そうだけど、でも……」エマはまっ赤になった。「教会は、その……夫婦の営みは子供をつくるためだけに行われるべきだと言っているし、わたしたちのあいだにはもう子供がいるから……」

エマの声がしだいに小さくなって消えると、アマリはほほえんだ。〝わたしたちのあいだにはもう子供がいる〟という彼女の言い方が、心をあたためてくれた。おれたちの子供なのだ。おれたちの。おれたちの子供に、おれたちの城、そしておれたちの家臣。世界のすべてがおれたちのものだ。そこまで考えてから、不意に気づいた。おれが心から望んだのは、そういったものを手に入れることではなかった。おれは単に、誰かとつながりたかったのだ。

そして夢がかなった。おれはエマとつながっている。

「愛している」アマリは唐突に言った。エマは目を丸くして、彼の手から顔に視線を移した。

「本当?」

「ああ」アマリはおごそかに答えた。

「な……」エマは唇をなめてから言い直した。「なぜ?」

彼がはっとして、顔がまっ赤になる。

「つまり、わたしのどんなところを愛しているのか知りたいのよ」

アマリは彼女を抱く手をゆるめて体を離し、考えこむように見つめてから笑みを浮かべた。

「好きじゃないところをあげるほうが簡単だ」

エマは目を細めた。「どんなところが好きじゃないの？」

「短気なところ」アマリはすぐに答えた。「怒りがおれに向けられているときだけだがね。それ以外のときは、短気さえ好きなところになる」エマが疑わしげに見ると、彼はふたたび引き寄せて抱きしめた。「きみの体を愛していることは知っているね」

エマはまっ赤になっておずおずとうなずいた。

「きみの心の強さも好きだ。これまで会ったどんな男にもひけをとらない」

彼女はうれしくてほほえんだ。

「だが何よりも、おれを幸せだと思わせてくれるところが好きなんだ」アマリは静かに言った。「きみといると心が休まる」

エマは目に涙を光らせて、彼にさらに強く抱きついた。「わたしも愛しているわ。あなたと出会うまでは生きていなかったんじゃないかと思うぐらい。わたしは……」彼女は途中で言葉を切った。アマリがエマの体に触れるのに夢中で聞いていないことに気づいたのだ。

「アマリ、あなたを愛しているわ。でも教会が……」

「わかっている」アマリはふたたび体を離してほほえんだ。エマの考えに反して、彼はちゃんと聞いていた。彼女も愛してくれているという事実が、うれしくてたまらなかった。アマリはさらにほほえみながら、腕のなかで彼女に後ろを向かせ、コルセットの紐に手をかけた。

「教会は全員が男だ。そしてたとえ聖職者であっても、男は間違いを犯すことがある。たとえばだが、彼らは女性が夫婦の営みを好まないと信じている」コルセットがはずれ、彼はエマの肩からドレスをはずして足もとに落とした。そして、ふたたび彼女を自分のほうに向けた。「知っていたか?」

「い……いいえ」アマリが下着越しに片方の胸の先端を唇で挟むと、エマはあえいだ。

「知らなかったのか?」アマリは驚いたようにきき返し、彼女の胸から顔を離して下着を頭から脱がせた。

「知っている、と言いたかったの」エマはあわてて言い直した。「たぶんわたしがおかしいのね。あるいは、わたしは真のレディではないのかもしれない」

下着を床に落とそうとしていたアマリは、手をとめて顔に怒りをたぎらせた。「そんなことを言うな。きみはどこから見てもレディだ。だが同時に、女でもある」背中を向けてベッド脇の物入れに彼女の服をのせてから、ふたたび向き直った。そして、エマの体に視線を這わせる。「女性の体を持っている」彼はその体に手をのばし、撫でながらかすれた声でささやいた。「そして女性の欲望も」

アマリがキスをすると、エマはうめき、両手で彼の服を引っ張った。アマリの腰から剣をはずせずにいると、彼がキスをやめて手を貸した。

「それに、悪いのはおれなんだ」

シャツをあげる手をとめて、エマは戸惑いの目でアマリを見つめた。「なんのことかしら?」

「きみが夫婦の営みを楽しんでいることだよ」そう言うと、アマリは自分でチュニックを頭から脱いだ。「きみの体に火をつけるのはおれの手だ。そうだろう? この手がなければ、きみはまったく楽しめないかもしれない。あいにく、おれはきみが楽しんでいるのが好きだから、これからもそうするつもりだ」

彼はみだらな笑みを浮かべてエマをのぞきこんだ。「きみがあげる、うめき声やあえぎ声、甲高い泣き声が好きだ。それから、おれの下で身をよじる様子も」彼女が体を震わせ、アマリが言ったような声をあげはじめるまで、彼はキスを続けた。そして体を離すと、エマの手を下へと導いて、下着の上から高まりをさわらせた。「ほらね? これでおれは火がついた。全部おれのせいだ」

アマリが彼女の手を放し、下着を脱いだ。エマは彼の体に視線を走らせた。広く力強い胸、筋肉の引きしまった脚、そしてそのあいだのもの。体のなかを熱が駆け抜けたことにも、じれったくて爪先がうずいていることにも驚かなかった。夫を見ているだけで体に火がついたが、それを彼に知らせる必要はない。

「ええ」エマはかすれた声で言うと、服を全部脱ぎ去ったアマリに体を寄せた。「あなたのせいよ。わたしをこんなに燃えあがらせるのはあなたの手だわ」

彼が唇を重ねる前に満足げな笑みを浮かべたのを、エマは見逃さなかった。こんな夫を持って、わたしはなんて幸せなのかしら。それに、もうすぐ赤ちゃんも生まれる。

そのとき、アマリがエマを抱えあげてベッドへ向かったので、彼女はそれ以上何も考えられなくなった。

訳者あとがき

コメディタッチのロマンス小説で日本でも人気のリンゼイ・サンズ。今回お届けする『夢見るキスのむこうに』（原題：“*The Deed*”）は、そんな彼女のデビュー作で、アメリカでは一九九七年に刊行された作品です。その後の作風を思わせる、ユーモアたっぷりのヒストリカル・ラブコメディとなっています。

ヒロインのエマは、幼くして母を亡くし、男手ひとつで育てられたせいで、男女の性愛に関してはまったくと言っていいほど何も知りません。夫婦の営みについても、ひとつのベッドで一緒に眠りさえすれば契りを交わしたことになると誤解しているくらいなのです。それでも教会の教えにしたがって子供を切望しますが、授かる前に夫が亡くなってしまいます。そんな彼女に、ある複雑な事情から、すぐに再婚するよう王命がくだります。そして、新しい夫となるためにエマの住むエバーハート城にやってきたのが、ヒーローのアマリでした。事情もよくわからないままに周囲にせきたてられるように結婚式をあげ、初夜を迎えたふたりですが……。そこからの騒動、ふたりの生活、そして陰謀。物語は次から次へとテンポよく展開していきます。

小柄でかわいらしく、頓珍漢なことを言ってばかりのエマですが、父親から習った弓の腕前は見事なものですし、勇敢さではアマリにひけをとりません。そんな彼女の男勝りな部分が、ときに厄介事を引き起こし、ときに窮地を救ったりするところも、本書の見どころのひとつです。

アマリのほうは、庶子というつらい運命を背負って生きてきました。とはいえ暗いところはまったくなく、剣の技を磨き、大勢の家臣を率いるようになった人望の厚い若者です。せっかちで少し子供っぽいところがある一方で、いざというときはとても頼りになるアマリ。彼がエマと結婚したのは、王に命じられ、自分自身の領地と城を手に入れたいと考えたからにすぎません。そんな彼の心が、エマをひと目見て以来どんどん変化していくさまは、胸が躍ると同時に、とてもあたたかい気持ちにさせてくれることでしょう。

主役のふたりも非常に惹きつけられるキャラクターですが、本書には魅力的な脇役も数多く登場します。エマのいとこのロルフ、アマリの親友ブレイクはそれぞれのいちばんの理解者ですし、ときの王リチャード二世も人間くさく親しみやすい人物として描かれています。そのほかにも家臣や召使い、悪役ひとりひとりの個性が際だつ筆致は、さすがリンゼイ・サンズといったところです。涙なしでは読めない感動ストーリーもすばらしいと思いますが、人を泣かせるよりも笑わせるほうが実は難しい、とよく言われます。その点、やはりリンゼイ・サンズの筆力はロマンス界の中でもトップクラスだなと、本書を読んで改めて実感させられました。

リンゼイ・サンズの公式ウェブサイトのプロフィールは、こんなふうに始まっています。

「わたしは一一四二年生まれだから、初恋はだいぶ昔のことなのよ。なぜわたしが不老不死のヴァンパイア・ストーリーが好きかは……みなさんのご想像にお任せするわ。わたしが実体験をもとに小説を書き始めたとき、一族の面々からは大変なお叱りを受けたの。さまざまな秘密を世間に暴露するつもりかって。だから、あくまでフィクションとして出版されるし、本名も出さないからって必死で説得したわけ。まあ、今は本名で書いているんだけど……。なんてね、冗談よ！　そんなに長生きしていないし、もちろん、ヴァンパイアでもないわ。でも、わたしはヴァンパイアだったとしても、ぜんぜんかまわないのに。だって、今みたいに体形を気にして、ありとあらゆるダイエット法を試したりしなくていいわけでしょ。実際には無理でも、こうだったらいいのに、と想像してしまうことってあるじゃない？　大変な日常を忘れて、そんな夢の世界に連れていってくれるのが、小説をはじめとするエンターテインメントなんだと思うの」

とにかく読者を楽しませたいというサービス精神と、卓越したユーモアセンスが、その人柄からも伝わってきます。本人は「冗談」と断っていますが、本当にヒストリカルの時代に生きていたのではないかと思わせるほど生き生きとした描写に、読み始めたら一気に中世の英国へとタイムスリップしてしまうことは間違いありません。

「なぜ悲しかったり、深刻だったりするような暗い要素のある物語を書かないのか？」という質問に対して、リンゼイ・サンズはこう答えています。「人生はとっても短いから、落ちこんでいるより、ハッピーな気分でいるほうがいいでしょ」

まさに本書は、みなさんにほっとする幸せを届けてくれる、宝物のような一冊になるはずです。

二〇一五年二月

ザ・ミステリ・コレクション

夢見《ゆめみ》るキスのむこうに

著者 リンゼイ・サンズ
訳者 西尾《にしお》まゆ子《こ》

発行所 株式会社 二見書房
東京都千代田区三崎町2-18-11
電話 03(3515)2311［営業］
03(3515)2313［編集］
振替 00170-4-2639

印刷 株式会社 堀内印刷所
製本 株式会社 関川製本所

ISBN978-4-576-15033-8
http://www.futami.co.jp/